U0002548

GOBOOKS & SITAK GROUP

文學新象 279

赫莉·艾肯頓 Helly Acton——著
羅慕謙——譯

分手生存戰

The Shelf

高寶書版集團

獻給親愛的爸、媽，
是他們讓這一切成真。

一

艾咪．郝躺在床上，盯著牆上的鏡子，數著自己的下巴層數。一頭深色的長髮盤在頭頂，像極了她昨天偷偷吃掉的巧克力甜甜圈。如果瞇起眼睛，她看起來簡直就像個相撲選手。但是艾咪不會讓這個小胖妞影響她的心情，至少今天不會。她眨眨藍色的雙眼，決定記住這一天，因為今天將是她此生最美好的一天。

只不過艾咪不知道，她此生最美好的一天即將成為她此生最慘痛的一天。

她從床頭櫃拿起手機，打開IG，看看誰在最近八小時內訂婚、結婚或懷孕了。沒看到任何鑽石戒指、也沒看到任何小寶寶的表情符號時，她稍微鬆了一口氣。有個叫做@**快瘦下來**的團體在追蹤她，此外珍妮又新增了一張雙胞胎的特寫照片。今天早上雙胞胎把自己抹了滿嘴的香蕉胡蘿蔔泥，珍妮在照片下寫說**又沒辦法睡懶覺了**。表面上在說「可憐的我」，言下之意其實是「稱讚我吧」。

艾咪差點想回個嘔吐的表情符號，再加一句**#饒了我們吧**，但還是忍住了。她思索了一下如果自己在網路上想到什麼就說什麼，其他人會怎麼看她。大家想必會排擠她，把她視為痛恨小孩的怪胎，儘管這樣並不公平，因為她其實還滿喜歡小孩的。至少某一些小孩。她不喜歡的是被迫每天觀看小孩子流口水、流鼻涕、流眼淚的最新照片。等到她有小孩時，她只會把真正值得紀念的事放上社群軟體，而不是瑣碎的日常觀察，像是珍妮昨天寫的亨利便便了！＃長得好快。有一瞬間，艾咪還以為她會在照片上看到一坨屎，但是照片出現時，其實只是亨利笑嘻嘻地面對著一碗巧克力冰淇淋。她當時留言寫不要吃，現在想起來還有些不好意思。其他媽媽的留言都恭喜來恭喜去的，除了艾咪的留言之外，珍妮對每人的留言都點了讚。

「人是不是生了小孩就會失去幽默感？」艾咪曾喃喃地問傑米，當時傑米正在切羽衣甘藍，準備做他早上喝的果菜汁。

「不只是幽默感，連身材也是。」傑米立刻答道。這個回答使艾咪氣了幾分鐘，然後擔憂了好幾個小時。傑米總會在說笑中暗示他不想要小孩，但如果他不想要小孩，為什麼要跟她在一起？這想必只是他的幽默感。如果艾咪不跟著一起笑，他就會怪她「這幾天怎麼這麼嚴肅」。

艾咪對著香蕉泥的照片嘆了口氣，點了兩下，依照禮節留言＃真可愛＃好喜歡。她不希望珍妮以為她不喜歡她的雙胞胎。她是真的喜歡他們。至少隔著一段距離還可以，這時他們至少無法瞪著她，無法尖聲大叫到使大人無法對話，或是在她想抱他們時扭來扭去。

＃真惹人憐愛。

滑下自己的貼文，她發現美國有間公司想賣給她某種「頸部鬆垮皮膚剋星」，她嘖了一聲，把貼文儲存起來準備晚一點再看。有一天她會買下這東西，連同那套加速排汗的減重衣，還有可以減少食慾的舌頭貼片。

接下來是洛蒂．佛羅斯特，又名為＠洛蒂探索家，新增了一張在峇里島水明漾做銅鑼浴的自拍照。她是永遠一身古銅色皮膚、從頭到腳完美無缺的那種人。洛蒂兩年前辭去公關的工作，開始經營自己的旅遊部落格。她的帳號已經有二十八萬名粉絲，而且她每天都在度假天堂發表貼文，加上#洛蒂在探索的主題標籤。這比珍妮的香蕉泥貼文有趣多了，但是也一樣令人反胃。

艾咪把手機丟到床下。

她為什麼要感到嫉妒？今晚，她將夢想成真，坐在商務艙裡喝著香檳酒，跟傑米一起飛往她自己的度假天堂，然後發個#傑咪（傑米不喜歡這稱呼）的貼文給她兩百六十名忠實粉絲看。

艾咪跟傑米在一個叫做「天生一對」的交友軟體上認識已經超過兩年了，她有預感傑米可能會在這趟旅行中跟她求婚。沒錯，他們甚至還沒住在一起，但是他最近在她面前總是表現得特別奇怪，既沉默又緊張。這對傑米來說一點都不正常，畢竟他是個自信感爆棚的人，他第一次在她爸爸的退休慶祝會上見到她父母時，就當場來了一段即興致詞。他才剛認識她爸媽一小時耶！所以他現在這麼侷促不安，表示他一定有心事。他一定是在準備什麼重大的事情，而這種大事只有兩種可能：他要不就是要跟她分手，要不就是要跟她求婚。但是他在幾個月前才送給她一把自己家的鑰匙，而且在兩人一起出遊時把她甩掉也太尷尬了吧。所以，他一定是要跟她求婚了。

艾咪翻過身，把臉埋在枕頭裡，掩藏臉上的微笑，悶住一聲長長的尖叫。尖叫劃破寂靜，使身邊的睡美人動了一下。

「把妳該死的鬧鐘關掉。」

艾咪的視線挪向傑米超級厚實的背。傑米的背看起來像是用紙板剪出來般硬挺，在他身旁總讓艾咪覺得自己十分苗條，而在看到鏡中的那位小胖妞後，這就是她所追求的感覺。像是修過圖般地平滑、套過濾鏡般地黝黑，並且和格鬥選手一樣結實的背脊。她用新做的裸色光療指甲輕輕滑過他橄欖色的皮膚，一邊凝視著自己的手指，想像他選了什麼樣的鑽戒。虛榮的傑米想必會選個耀眼的戒指。巨大的鑽石是傑米的風格，但是艾咪並不在意大小。

她在意的是兩人的關係終於有了進展。她終於可以向珍妮及其他的媽媽證明，她的進度並沒有落後。明年這個時候，她就會跟她們一樣是個已婚在職的超級媽媽。跟蘇活區的濃縮咖啡馬丁尼說再見，跟市郊的濃縮咖啡說早安。

天啊，聽起來真無趣。

這是艾咪一天當中最喜愛的時候。儘管傑米就躺在她身邊，她仍然覺得很孤單。四周很安靜，她可以讓思緒自由翱翔。這並不是她在這段關係中唯一感到孤單的時刻。傑米在做飯、傑米比她晚上床睡覺、傑米用眼神暗示她今晚該回自己家睡覺時，她也感到孤單。但是**至少她看起來並不孤單**。她的身邊有傑米，她至少能設法擠進已婚朋友的社交俱樂部，等到她戴上了戒指，她就會成為這個俱樂部的正式會員。結婚的壓力會消失，接著會轉移到生小孩，進入下一個她非自願參加的競賽階段。

當然，她也有別條路可以走。一條她不太願意去想、但是過去一直被她當作夢想的路。一條在認識傑米之前她本來準備走上的路，是傑米說服她留下來了。她只需要買一張從倫敦飛往曼谷的單程機票就夠了。傑米不會有事。他有他正在起步的事業、他的電子裝置，還有他每天的例行公事。上個月艾咪還調侃他，說他跟艾莉克莎（亞馬遜語音助理）說的話比跟她說的話還要多。他聽了大笑，反問艾莉克莎穿了什麼衣服。

上星期艾咪忘了帶牙刷，這時她終於失去耐心，鼓起勇氣質問他為什麼從來不在她家過夜。

「小豬，我也想在妳家過夜，但是妳知道早上慢跑對我來說有多重要。我不去慢跑的話，腦袋就會昏昏沉沉。我現在為了弄這間新公司忙得不可開交，妳這樣只會增加我的負擔。」

「我家巷底就有座公園，你為什麼不去那慢跑？」

「什麼，妳說那座墓園？」他嗤之以鼻。

「裡面有草地。」

「沒錯，還有成群的流浪漢。不，謝了。難道妳不喜歡這裡嗎？」

「我是喜歡這裡，傑米。」她嘆口氣，納悶自己怎麼突然變成了不體貼的一方。「只是每次我要來的時候，要帶一大堆東西很麻煩……」她停下來，暗自希望他會聽懂她的暗示，然後會說清出一個抽屜給她用。但是他沒答腔，只是把她抱進懷裡，輕輕咬她的耳朵，要她輕聲重複剛才說的最後幾個字。

但是艾咪只是輕聲問：「我可以借用你的牙刷嗎？」

「別噁心了，小豬。」他放開她，打開冰箱。「去附近的雜貨店買一支吧，它還開著。順手幫我帶一瓶杏仁奶好嗎？」

典型的傑米。典型的她。如果是十年前，她可能會忍無可忍一走了之，但是此時艾咪決定慢慢克服一道道難關。只要她足夠有耐心，她會得到屬於她的抽屜。而如果她的預測沒錯，也許還會得到更多。

她挪動一下，心思回到此刻。沒錯。傑米不會有事的。她現在就可以離開。沒有什麼在阻止她。她的行李已經打包好了，自由寫作的合約剛結束，而且身為文案作家，只要有網路跟一台筆記型電腦，她在世界上任何一個角落都可以工作。她終於可以重新開始撰寫她那已經好幾年沒動過的部落格。她只需要一個自己熱愛的主題。乳酪。甜甜圈。一段減重旅程。一段旅程。走段**郝**路。人生**郝**里程。轉個**郝**彎。艾咪可以像洛蒂·佛羅斯特以及所有她在追蹤的旅遊網路紅人一樣。如果他們做得到，為什麼她不行？

因為妳三十二歲了，艾咪。現在冒險太遲了。

再說，她還可以跟傑米一起迎接很多新事物，儘管他有時很惹人厭，但她真的愛他。他對艾咪來說是個熟悉的伴侶。熟悉，而且舒適。此外，她覺得跟傑米結婚應該會不錯。結了婚，他們就是一個團隊，會一起接受生活中所有的挑戰。一旦他們的關係由一位陌生人、一顆石頭與一份簽了名的表格證實後，至少她想像會如此，她終將正式成為歐家團隊裡的一員。或者是郝家團隊？不可能，傑米永遠都不可能改成她的姓。也許她可以冠夫姓。

「妳好，我是艾咪·歐郝。」她對著鏡子輕聲說。「我是艾咪·歐郝。我是艾咪，噢好。呃，好。我是艾咪，呃，好？」

聽起來像是想跟人吵架。

「哼？」傑米在半睡半醒中含糊不清地說。

「沒什麼，繼續睡，還很早。」她揉揉他的背。他挪了一下，與她離得更遠。每次他這麼做，她心裡總是泛起一陣刺痛，但是她知道他在床上喜歡擁有自己的空間。有些人就是這樣。

去年，傑米創立了自己的獵人頭公司「人頭總部」，他總是說這公司有巨大的潛能。這也是他們還沒住在一起的原因之一。幾個月前，當他送她一把自己家的鑰匙時，她是有提出這個想法，但是他很快就把那場對話結束了。他說他太忙了，如果她一直待在他家，只會讓他分心。艾咪很想把這個理由視為一種稱讚，但是他說這句話的語氣實在很難讓人這麼想。也許是因為他臉上不耐煩的表情。接下來一整天傑米都在生悶氣，說他送給她鑰匙，她不但不感激，還總是想得到更多，總是覺得他做的永遠都不夠。

那天晚上回家後，她滿心愧疚。傑米在一個愛爾蘭的大家庭長大，總是要跟五個哥哥搶空間，因此她能了解他為什麼不太能與人分享自己的家。而且就像他所說的，反正他們已經很常見面了，那為什麼還需要住在一起？儘管她總是忍不住這麼想，如果他們已經這麼常見面，跟住在一起不是差不多嗎？但是艾咪不希望有正面衝突。拿到鑰匙已經是一小步了。傑米大概只是需要時間去適應這個想法。

其實艾咪不介意自己住。她喜歡自己的家。她熱愛在自己家裡的自由，可以穿著最舊、最醜、最舒服的內褲，一邊看《我的夢幻婚紗》，一邊配著健怡可樂消滅掉一整包全脂的貝比貝爾乳酪。她可以每天早上在鏡子前詳細述說自己的化妝過程，假裝自己是個網紅。昨天，她假裝自己是英國演員喬安娜・林莉，結果這段演出被一陣突然地乾咳打斷。如果和傑米住在一起，艾咪就得放棄各種難以啟齒的樂趣：她不能再開著門上廁所，不能再出去狂歡一晚後隔天吃泡麵當早餐。傑米永遠都不會讓她舔掉洋芋片上的調味料，然後又放回碗裡，只因為她喜歡洋芋片的味道，但是痛恨那種口感。也許他們根本不會買洋芋片。也許桌上只會有一小碗悲傷的芹菜條，等著讓她意識到自己咀嚼的聲音有多大並產生新的心理負擔。

不，艾咪不介意一個人住。但是艾咪介意的是，每當她想到傑米從來沒有暗示過想跟她住在一起時，胃裡泛起的刺痛感。一次都沒有。更令她無法忍受的，是珍妮在她們一年兩次的咖啡聚會上露出那種「好可憐」的表情——忙著升遷、雙胞胎與擴建廚房的珍妮現在只有這麼多時間跟她見面。艾咪痛恨每次珍妮問起她和傑米什麼時候要住在一起時，她只能重複同樣的理由：傑米目前工作太忙；我們反正也很常見面；我們也許明年會住在一起吧；我們不急。這些理由她講了一遍又一遍，自己都開始要相信了。

「妳三十二歲了，艾咪，不是二十二歲。如果妳覺得不急，就是在逃避現實。妳會變成一個悲哀的老剩女，沒有人跟妳一起過聖誕節。妳是獨生女。有一天妳爸媽走了，妳身邊就什麼人都沒有了。」

珍妮從來沒有這麼說。

但是上次她們見面時，艾咪知道珍妮就是這麼想。當時珍妮避開她的目光，伸手攪拌她超淡的格雷伯爵茶，茶匙在茶杯邊上叮噹作響。一段漫長而尷尬的沉默後，她改變話題，開始說她的新保母有多棒。

「珍妮，拜託妳！我們以前這麼要好！為什麼妳就不能承認你的雙胞胎煩人沒家教、會計的工作無聊透頂，承認妳懷念去白馬酒吧喝酒，還有彼得有口臭！**妳的生活不完美**。拜託別再假裝妳的生活很完美，說實話吧！」

艾咪從來沒有這麼說。

因為她不是社交生活中的自殺特攻隊，而且珍妮是同學中少數還願意找時間跟她見面的人，儘管只是一年幾次。再說，珍妮也不是那麼討人厭。她似乎是真的很關心艾咪的未來，雖然有時說出口的是話中帶刺的恭維或略帶挖苦的評論，就像是《BJ單身日記》裡的總是螫傷別人的水母朋友。她總是會邀請艾咪跟傑米參加她時不時舉辦的晚餐派對，然而最近艾咪多半會用傑米工作太忙當作藉口婉拒出席。再說，她跟珍妮的那些會計朋友也沒交集。她受不了這些無聊到讓人想挖出眼睛的會計師，只會談錢，還有用錢可以買來哪些昂貴卻無用的東西。

珍妮刻意的沉默情有可原。艾咪三十二歲了。她快沒時間了。但是她還能怎麼辦？她沒有辦法再重頭開始。傑米是她最好的賭注，是她擁有跟珍妮一樣的生活的最後機會。那種在她這個年紀理當渴望的生活。

艾咪知道自己目前在傑米的生活中只是第二順位，但是她已經做好了長期抗戰的準備。下個月，他的公司會正式營運，他就會有更多時間可以專注在私人生活上，專注在他們的感情與未來上。他們不需要透過住在一起來變得更親密。他們幾乎每晚都會見面。她有他家的鑰匙。如果他們跳過同居的階段，直接完成最終目標，她也不介意。

「人頭總部會快速成長，小豬。明年這個時候，我就會有一棟豪宅跟一輛荒原路華，等著看吧。」

艾咪注意到他句子中的「我」，但是她沒多問。如果他想一個人住，為什麼要買棟可以給一整家人用的房子跟車子？她必須停止過度分析他的言行舉止。他今天不是要帶她去某個神祕的地方度假嗎？所以他一定是愛她的，儘管有時候他使她覺得自己是個不受歡迎的訪客。

二

傑米坐起來，把頭髮往後梳。這是他每天早上出門慢跑前的儀式之一，而艾咪並不包含在內。有時候艾咪會懷疑他是否還記得她就在這裡。他睡醒後從不搭理她，只有一次對她咳了一聲。傑米站起來，穿上他的萊卡緊身運動服，不到五分鐘就出門了，留下艾咪一人在床上，並給了她去偷翻他行李的絕佳機會。但是她是個有紀律的人，因此她只是翻身過去另一邊，伸手打開他的抽屜找手機充電器。如果裡面剛好有一只鑲三鑽的蒂芬妮訂婚戒指，那也不是她的錯。但是抽屜裡沒有充電器，也沒有戒指。只有一個用來在慢跑時自拍的手腕型腳架、一個夜間慢跑用的頭燈，還有一副可笑的青檸色護目鏡，自從艾咪說他戴上後看起來像《辦公室風雲》裡的格瑞之後，他就再也沒戴過。她翻回到自己那一邊。

昨晚，她在「精典小菜」跟最要好的大學同學莎拉共享一瓶普羅賽克氣泡酒時，透漏了她可能即將訂婚的消息。這裡是她們從來到倫敦的第一年就時常一起去的小餐館，也是她們互相宣布重大消息的地方。六個月前，就在同一張桌子上，艾咪宣布傑米送給她一把他家的鑰匙，莎拉則宣布說她剛買了她的第三間公寓。

不出所料，投資分析師莎拉對艾咪的求婚理論抱持懷疑的態度。

「那妳說這次有什麼不一樣？」

每次跟傑米出門度假前，艾咪都說傑米要跟她求婚了，因此莎拉會半信半疑也情有可原。但是這一次是真的有所不同：艾咪覺得傑米正在醞釀什麼大事。

「上一次妳跟我說，他會在他爺爺的葬禮上跟妳求婚。」

「他那時總是話中有話！說什麼生命有多短暫、什麼我們應該及時行樂，還有不該錯失良機。」

「其實他又是在說他的工作，是吧？」

「好啦，對啦。但是這一次有更多證據。我們在一起已經兩年了……」

「不算證據。」

「但這是絕佳的時機！而且傑米喜歡二這個數字——二是他的幸運數字。」

莎拉對她皺起眉頭。

「早上吃兩顆雞蛋，喝雙倍濃縮咖啡。他總說我是他的第二名。」

「那誰是他的第一名？」

「他自己。」

「哇。」

「他是開玩笑的！而且前天我媽在電話上毫無理由地哭起來了。」

「我看是因為看了《舞動奇蹟》的決賽吧？還是喝了琴酒？還是因為妳爸退休了每天都穿涼鞋加襪子？退休了所以現在每天都可以看到他？」

「她是在跟她的小女孩說再見！記得嗎？我是獨生女。這對她來說可是一件大事。」

「妳三十二歲了，艾咪，不是十二歲。」

「沒錯，所以我確定傑米領悟到如果現在不行動，就沒有機會了。他知道我的生理週期只會一去不回。」

「艾咪！」莎拉差點嗆到。「我真不敢相信妳會說這種話！」

「說什麼？」

「妳就好像是張開雙臂去擁抱達摩克利斯之劍一樣。妳人生的目的不是繁殖下一代——而是過得幸福快樂，無論是以何種型式。」

「我知道，但是也許繁殖下一代會使我幸福快樂。也許我的幸福就是毛衣下藏著一顆大西瓜。」

「我的幸福則是丹尼爾．克雷格在墨西哥海邊餵我吃馬鈴薯泥。」莎拉笑起來，啜了一小口酒，然後伸手捏了捏艾咪的手。

「艾咪，答應我一件事，**不要因為妳的年紀、因為大家都在結婚生小孩，妳才想結婚生小孩。妳要真的想要小孩。**」

艾咪直視回去。「我知道。我是真的想要小孩。」

「生了小孩，妳就要忙小孩的事，去小孩愛去的地方。」莎拉繼續說。「像是動物園啊、園遊會啊、小孩的慶生會啊。星期天妳不能再只穿著內褲懶洋洋地躺在沙發上，一集接一集地看《六人行》。噢，我的天啊，艾咪，妳每天都要穿褲子耶！」莎拉裝出一臉驚恐的表情。

「莎拉，我是真的想要小孩！而且不只是因為我的年紀，或是因為大家都在結婚生小孩。而是因為我真的喜歡小孩。我一直都很喜歡小孩，只不過沒有一直掛在嘴邊。我星期天不想只在網飛上追劇。而且我無法忽視自己的年紀，科學的定律就是如此。再說，我們為什麼在討論生小孩？我甚至還沒訂婚咧！」

「為什麼要結婚？直接跟他生小孩就好啦，如果妳確定傑米是妳的真愛。」

「呃，他是我唯一的愛。」

莎拉瞪著她。

「開玩笑的啦！我很幸福。我們的關係正在進展，就跟其他人一樣。」

「妳知道妳不需要跟別人一樣，艾咪。我是我，妳是妳，傑米是傑米。」她打了個嗝。「這個空杯子是這個空杯子。」

坐地鐵回傑米家的路上，艾咪納悶莎拉之所以會有這樣的反應，是為了即將失去她這個單身朋友而感到難過，還是為了艾咪選擇跟傑米共度餘生而感到生氣。莎拉跟傑米合不來。他們的關係就如同跟一個已讀不回妳訊息的約會對象待在同一部電梯裡一樣尷尬。她第一次也是最後一次暫時離開讓他們獨處，回來後發現傑米在研究他的低碳啤酒標籤上的成分，莎拉則假裝在早已沒電的手機上寄郵件。艾咪曾分別試探他們對彼此的看法。

「如果他不要一直盯著我的嘴巴看，我就會更喜歡他。」莎拉當時氣呼呼地說。

「如果她把她的八字鬍用熱蠟除掉，然後不要老是裝幽默，我就會更喜歡她。」傑米當時嘟囔道。

「沒有一個女人在你眼中有幽默感。」艾咪當時嘆了口氣。為什麼他老是這麼欠揍？為什麼他就不能對她的朋友好一點？

「可能因為她們就是沒有幽默感。」他當時答道，然後一把摟住她的腰，貼在她的脖子上吹氣。「妳當然是例外，妳這隻幽默的小豬。」

艾咪當時笑出來，沒再繼續追究。

傑米的言語有時候真的很傷人，但是他的撫觸總使她覺得自己深受寵愛。他結束一場激烈的爭論必用策略就是好萊塢式的深吻，儘管艾咪深深懷疑他這種做法其實是為了阻止她開口反駁，她仍舊每一次都上當。像他這樣的深吻與擁抱，每個人都會上當。

她翻過身，揉揉雙眼。她得停止在腦海中批判她想要共度餘生的男人。傑米是不完美，但是他也的確做了很多顯示他在乎她的事。上星期，他因為要跟個潛在投資人見面而臨時取消週六晚間的約會時，他特別為她訂了外送晚餐。其中的波羅蜜沙拉直接被她丟進垃圾桶，她實在受不了那種味道，但最重要的是他的心意。每次他喝多了來她家時，他總是熱情到使她心跳加速。深情的擁抱、甜言蜜語，手指滑過背脊並輕撫頭髮。幾杯伏特加蘇打下肚，他就顯露出真正的自我。有時候艾咪真希望他每晚都喝酒。畢竟傑米很少如此放縱自己。他太注重健康、太專注了，而且總是把工作排在享樂之前。這一陣子這樣是沒關係。畢竟她也希望他事業有成，儘管這表示他們見面的時間會更少。

她有可能和比傑米更差勁的人在一起。認識傑米之前，她曾跟個愛喝啤酒的班在一起。班唯一開心的時刻，就是手上抓著啤酒、眼睛盯著體育節目的時候。哪一種運動都好，只要有球就夠了。他們第五次約會的地點是一間保齡球館，而且還不是那種現代時髦的保齡球館，那時她就知道該跟班說再見了。在班之前，還有一個無聊透頂的丹，總想像自己是個業餘的侍酒師，某次在一份超貴的冷肉拼盤前挑挑揀揀的時候，他滔滔不絕地說明梅洛紅酒與希哈紅酒之間的差別，聽的艾咪差點無聊到哭出來。一想起他的指甲戳入西班牙香腸那一幕，她就渾身打顫。丹的指甲總是比正常人還要長五釐米。

傑米的指甲又短又乾淨。身上也不會無時無刻都帶著啤酒味。他張口閉口談論的都是未來，而不是進球與否或葡萄的種類。儘管他從未明確地把她規劃在他的未來中，但她一定可以融進某處吧。不然他為什麼會說等他賺進他的第一筆一百萬時，會買給她一整櫃的新衣服？

艾咪聽到門打開的聲音，傑米氣喘吁吁地衝進來。他對她露出一個微笑，眼角的魚尾紋翹了起來，她不禁心跳加速。他彎身脫掉短褲，六塊腹肌隨之繃起，烏黑的頭髮垂在綠色的眼睛前時，她的心跳又更快了。他爬進被窩，從側邊摟著她，艾咪立刻縮起小腹，不想讓微凸的「丁丁小腹」破壞此刻的氣氛。這是傑米幾天前才發明的綽號，說實話，艾咪並不喜歡。她也不喜歡他總是抱著她的肚子，尤其是在吃了一頓大餐之後。

「算你運氣好，我心眼沒那麼小。」上星期她對他說，然後輕拍他微禿的頭頂。「對了，你說要轉換成太陽能的計畫進行得怎麼樣了？」

當時傑米立刻大發雷霆，一邊摸自己的頭頂，一邊指責她的言行非常惡劣，然後出去慢跑了整整兩個小時，最後一整天都不跟她講話。

艾咪知道自己不胖，只是全身的肉有些鬆軟。如果要改變現況，就得去健身房，但是她實在不想站上交叉訓練機。傑米去年送給她的生日禮物就是一家健身房的會員卡。但不是他自己常去的那間。

傑米把她摟得更緊，開始他們例行做愛公式上的第一個步驟，也就是吻她的後頸，使她全身冒出雞皮疙瘩，往後窩進他的懷抱中。沒錯，傑米有時候是有點自私。沒錯，這個公式已經有六個月沒變了。而且她很少是這場戲的主導者。但至少他還能使她慾火焚身。至少他沒有口臭，不像珍妮的彼得。

正當傑米進入做愛公式的第二個步驟，也就是輕捏她的乳頭，使她稍微有些疼痛、稍微有些感覺的時候，他的手機突然鈴聲大作，嚇得兩人都跳了起來。他接起電話，艾咪不可置信地瞪著他。然後他把手指舉到唇邊，揮手要她走開。還真體貼。她氣沖沖地起床走去浴室。

她獨自待在浴室裡，一切都很平靜。

接下來兩個小時，艾咪都在準備度假需要的基本配備。她把上週的薪水都花在熱蠟除毛、浸泡、磨砂、去角質、緊膚、做人工日曬、染髮。真的是名符其實地把兩百英鎊白白浪費掉。也許在泰國普吉島的海邊小屋度假一週，也是一樣的價錢。

她在鏡子前練習擺出完美的「我願意」表情，也就是不失優雅地喜極而泣時，突然瞥見一根突出的眉毛。她的臉沉下來。「謝了，老爸。」她嘆口氣，扯下那根迷路的眉毛。她有幸遺傳了媽媽的嘴唇，但是也不幸遺傳了爸爸的一字眉。不管他怎麼說，這個眉形只會讓她看起來跟家裡的貴賓狗米飛驚人地相似。米飛並不適合在這時候出現。

傑米曾透漏一條關於祕密度假地點的線索：不需要帶外套。艾咪認為他們大概會飛去東南亞某個小島，於是她花了好幾個小時、好幾天、也許有好幾週時間在打理她的旅遊－美妝－時尚部落客打扮，包括一頂超大的遮陽帽、一副玫瑰金色鏡面太陽眼鏡，還有一條破洞牛仔熱褲，但她知道這條牛仔褲她平時根本不好意思穿出門。旅行箱裡面還有五套新的比基尼，其中三套她在收拾行李的時候很合身，另外兩套她一定、絕對、百分之百會在抵達當地時穿得進去。如果他一直沒開口，她會特別把這兩套留到假期的最後幾天，而且這兩套露出的皮膚比《英倫玩咖日記》全體演員加起來還多。她暗中希望會感染上某種安全但高度有效的熱帶腸胃炎。

正當她抓起一盒三包裝的止瀉藥時，傑米突然出現在浴室門口，一身潔白的襯衫、淺藍色斜紋棉布褲與深藍色樂福鞋。艾咪在他的注視下慢條斯理地把止瀉藥收進盥洗包裡，暗自希望他沒看到是什麼藥。

「米飛要一起來嗎？」

艾咪的目光立刻掃向鏡中的自己。

「開玩笑的！」他嘻嘻笑，張開雙臂。「準備好了嗎？」

「如果是要去峇里島，那我準備好了。如果是要去西伯利亞，那就還沒。」

「妳馬上就會知道了，不過妳看起來可以出門了。剛剛那通電話很重要。」說完，他略帶歉意地張開雙臂，勾了勾手指要她過來。

「公事順利嗎？」她問，然後走向他，接受一個在被窩外難得的擁抱。

「韋勒加入我們了。另外一個跑去為西蒙瓦特的蠢蛋做牛做馬了。」他邊吹口哨邊看著鏡中的自己。

「那些蠢蛋不是你的朋友嗎？」

「事關錢就不是，小豬。」

艾咪心想，如果這是一部電影，那麼傑米會是大家都想看到被擊垮的惡棍。她心裡又開始感到內疚了。傑米的野心是一種資產，而非缺陷。在商言商，他有時候就得冷酷無情一點。這個特點可以保障他們共同的未來。

她應該感到自豪。甚至是幸運。

看著傑米鎖上公寓時，艾咪盯著前門，嘆一口氣，納悶自己再次看到這道門時，一切是否還會和現在一樣。她想像傑米將她一把抱起，甩過門檻，不禁露出微笑。然後她在心裡提醒自己在度假旅館的自助早餐吧不要吃太多鬆餅。

「我今天早上沒找到我的鑰匙。我要回去拿嗎？」兩人走下樓梯時，她問傑米。

「不需要。」

她很確定自己把鑰匙留在玄關桌上了，所以這一定是他計畫的一部分。

「要我叫輛車嗎？」

「不用了，這也安排好了。」傑米邊說邊朝路邊點個頭，只見一輛閃亮的黑色加長型禮車慢慢開到人行道邊。

「噢，我的天啊！」

「妳先請，小豬。」

傑米在他的手錶收藏、威士忌酒櫃與埃及棉床單上一向很奢侈講究，但是這種事他從來沒做過。更別說是為了她。這只有可能是好事。畢竟這是兩人相識以來，他第一次急於討好她。他想讓這個求婚從頭到尾都完美。

艾咪眉開眼笑地滑到柔軟的皮椅上，聞著車內嶄新的氣味，傑米則從兩人之間的冰桶中取出一瓶香檳酒，為自己與艾咪各倒一杯。

「乾杯，敬妳的雙下巴吧，小豬。」他露出微笑說。

她把頭歪向一邊。「真好笑。為什麼不是敬**我們**呢？」

他們剛在一起沒多久時，有一次傑米撞見她在床上做頸部運動，從此以後他就老是這樣取笑她的雙下巴。

他邊看著她邊慢慢啜飲一口香檳，然後伸手去把她的頭髮撥到耳後。

「我已經計畫這件事一陣子了。」

這是兩人相吻的最佳時機，但是她靠向他時，他只是轉頭望向窗外。艾咪掏出手機，傳簡訊給莎拉。

艾咪：我坐在加長型禮車裡。
莎拉：有香檳嗎？
艾咪：有。
莎拉：哇。
艾咪：是的。他剛剛說他已經計畫一陣子了……👰
莎拉：為什麼新娘看起來有點害怕？😬
艾咪：她在下巴上找到一根毛。🧔
莎拉：但願妳左手熱蠟除毛過了。玩得愉快！愛妳哦。

艾咪：謝了，親愛的。愛妳。

車子開過漢默史密斯河，車裡一片安靜。

「阿波羅劇院！」艾咪把手放在傑米的腿上。「你還記得我們一起去看的第一場演唱會嗎？」

他在座位上挪動了一下，與司機目光相交了一下。

「謬思合唱團？」

「不是，不是謬思合唱團。我們有一起去看謬思嗎？是那個泰國DJ，音樂超棒。」

傑米不記得了，但還是說：「沒錯，那小夥子是很讚。」

「小姑娘。」

「啊，對，那小姑娘是很讚。」

傑米不斷瞥向後視鏡。檢查自己的外表是傑米常做的事，但是奇怪的是，他不是在看他自己。他在看司機，而司機也回看他。

然後禮車司機突然說：「時間到了，歐先生。」

艾咪一臉困惑地看著傑米，而傑米只是把她手中的手機拿過來。她心裡一陣緊張，擔心他可能會去讀她的簡訊。不過他只是把手伸到前座，從中央的置物箱裡取出一塊黑色的長布條。

「這是什麼？」艾咪緊張地笑起來，像是《六人行》的錢德準備照相時一樣。她的胃開始打結。

傑米對她露出微笑，要她轉過身。他慢慢把眼罩覆蓋在她眼前，然後外面的世界就消失了。

「我戴著眼罩怎麼在機場走路?」

「艾咪,我們不會去機場。」

「好吧⋯⋯那是要去蘇活度假莊園嗎?還是椴木酒店?」

「都不是,也不是要去養生會館。老兄,來點音樂好嗎?」

司機打開收音機,古典音樂立刻流入車廂。艾咪往後靠在椅背上,傑米把手放在她的手上,他抓握的力道有些大,彷彿想告訴她什麼他自己無法說出口的事情。不去機場,不去養生會館。艾咪突然有個恐怖的想法,倏地坐直。

「傑米,」她悄聲問,「我們是要去⋯⋯性愛派對嗎?」

「什麼?不是啦!再等一下,快到了。」

「好吧。抱歉,我只是太興奮了!」她悄聲說。她不希望又被他說不知感激。

艾咪聽到司機打方向燈,把車開到路邊停下來。

「到了。」傑米鬆口氣,鬆開艾咪緊握的手,打開車門。

艾咪隱約聽到車外有人在交談,然後車門開了,她感覺到傑米牽起她的手。他緩緩把她扶下車,然後帶她穿越一道聽起來像是個電動門的入口。

「好了,艾咪,等下有個斜坡要走下去。」

他的聲音不再如之前那般平靜,似乎還在發顫。艾咪納悶他為什麼要把她帶到地下室,而不是走前門。接著她突然領悟到是怎麼一回事了。

一切都如此明顯。他一定是籌辦了一場驚喜派對,準備在所有的親友面前跟她求婚。等一下,她知道他想幹嘛了。是個該死的快閃求婚。傑米可迷這種東西了。幾個月前,她想跟他聊聊工作上的問題，還沒講完就他就打斷她，要她看一段有人在滑鐵盧快閃求婚的影片。

「天啊，如果有人這樣跟我求婚，我早就跑了。」當時她說，心裡很氣惱他突然改變話題。

「這可是個大警訊，因為他想搶走她所有的風頭。」

「那又怎麼樣？他還是跟她求婚啦！這樣對妳們女人來說還不夠嗎？如果影片有一百萬人觀看，妳大概也不會抱怨吧。」

「傑米，我寧可你在廁所問我，也不要這種噱頭。」

「話別說得那麼絕對，小豬。」

每場關於婚姻的對話就是這樣結束。

「前面有扇門，我會幫妳拉著。」說完他把手放在她的腰上。她跟著傑米走進一個似乎很空曠的空間，感覺到一股冷風從前面襲來。四周一片寂靜，她的笑聲迴盪在空氣中。

「傑米，我覺得我好像在監獄裡，你要把我關起來嗎？」她笑起來，想掩飾心中的不安。門在她身後砰地一聲關上，聲音迴盪在空氣中。

「傑米？」

「我在。」

她在臉頰上感覺到他的氣息，隨後傑米輕輕解開她的眼罩，慢慢移開，然後在她額頭上吻了一下，握起她的雙手。光線流瀉進來，她看到傑米直直地盯著她的雙眼。

她緊張地往上瞧，看到一片全白的天花板，上面裝著幾盞日光燈。她不知道自己在哪，也不知道為什麼傑米選了這地方。她轉頭，看到一間開放式的大客廳，漆著各種粉紅色調，一座粉紅色的天鵝絨沙發，還有一張可坐十二人的大餐桌。把驚喜派對、度假宅跟求婚全混在一起，根本不是傑米的風格。

天花板一角傳來一陣機器的嗡嗡聲。她抬起頭，看到一台亮著紅燈的小型攝影機對著她。

「傑米，我們在哪裡？」她問，依舊嘗試露出微笑。「你為什麼要把我們錄下來？這是什麼地方？」

他用雙手捧著她的臉，靠過來在她耳邊輕聲說：「再見，小豬，祝妳好運。」

他轉過身，從走廊盡頭一扇大鋼門走出去。門砰地一聲關上了，艾咪聽到一個冰冷的聲音在空氣中響起。

「哈囉，艾咪，歡迎來到《分手生存戰》。」

第一週

First Week

三

艾咪目瞪口呆地轉過身，但是屋裡空無一人。只有她跟天花板上的攝影機，而且攝影機還正對著她。她盯著鏡頭，往左走幾步。攝影機發出嗡嗡聲跟著她轉動，閃爍著紅燈。

「傑米？」她帶著緊張的笑容慢慢說道。「什麼生存戰？我們在哪裡？」

她走到傑米之前離開的門邊，握住手把。竭盡所能地裝出一臉鎮靜的模樣。她又推又拉，但是門緊緊鎖上了。門邊有兩個大按鈕，一個寫著「留下」，一個寫著「離開」。她去按「離開」，先是輕輕地，然後越來越用力，越來越急，最後把一隻指甲都弄斷了。她痛得尖叫一聲，瞇起眼檢視傷口，感覺到一股恐懼流入胃裡，然後開始握緊拳頭大力捶打那扇關著的鋼門。

「傑米？」她對著門喊。

捶門的聲音在空氣中迴盪，直到被另一個嗡嗡聲打斷，比前一回更近。艾咪的拳頭停在半空中，往上一瞧，看到門的上方也有一台攝影機。她低下頭，急促的呼吸在前方的門板上形成一片霧氣。

「傑米，拜託你，」她輕聲說，「這不好玩。」

本能地，她把手伸進褲子後面的口袋想拿出手機，但摸了個空。恐慌之中，她才想起傑米已經把她的手機拿走了。但是為什麼？

艾咪背對著門，用手遮住臉，不想讓上方的偷窺者看到她，然後從指縫間研究周圍的環境。前方的走廊有著潔白的牆壁，粉紅色的塑膠地板，末端是幾階寬大的階梯。左邊是客廳，右邊是餐廳。餐廳旁邊是間白色大理石的開放式廚房，有一座中島跟椅子。檯面上空無一物。她離開鋼門，感覺喉嚨裡逐漸出現一團腫塊。這是她所能想像最差勁的求婚了。

艾咪從轉角望向客廳，然後把雙眼轉向走廊上的攝影機。她盯著鏡頭，快速地衝向左邊，然後又跳向右邊，最後跑進客廳，躲在沙發後。她把頭靠在天鵝絨上，閉上眼睛，深深嘆一口氣。**一定是個驚喜派對**，她心想。我只需要保持鎮靜、有點耐心就好了。

嗡嗡，嗶。

艾咪睜開一隻眼，發現自己的臉映照在幾公分外一台有輪子的攝影機上。這台攝影機裝在一個長長的脖子上，脖子從像個掃地機器人的底座伸出來。

咯……喀啦。

它剛照了一張像嗎？

「傑米！不要再這樣了！」她大喊，一邊用腳把攝影機推開。

她站起來，拍拍身上的灰塵，繞過ㄇ字形的沙發走到前面，邊走邊用指甲去刮那粉紅色的天鵝絨。她癱倒在金色和銀色的靠枕上，瞪著大到遮住半面牆的劇院型電視。她面前有張玻璃咖啡桌，沒有遙控器，也沒有任何指引告訴她接下來該怎麼做。她盯著電視，暗自希望它隨時會亮起，出現親友的臉孔，大喊「驚喜！」也許是技術上出了點問題，或者是有人還沒到。

「如果這是驚喜派對，你可不可以快一點，現在就給我驚喜吧，拜託。」她說，不管到底是誰在看。

五分鐘過去，什麼事都沒有發生。艾咪站起來，走進另外一邊的房間。這是一間臥室，裡面有八張單人床，有一面牆上全是鏡子，一端的天花板上又有一台攝影機。攝影機看到她，亮起紅燈，發出嗶嗶和嗡嗡聲，開始攝影。

「這樣有點孤僻吧，傑米。」她大聲說，「誰想睡單人床啊？而且還被錄下來。」

她在床間走動，找尋任何線索。要不就是傑米的快閃表演出錯了，或者訂旅館時嚴重搞錯了，要不就是他把這地方買下來給她、自己、還有他們未來的六個小孩了。

嗡嗡，嗶。

這聲音開始讓她感到厭煩。

她在一張床邊坐下，往後倒在床墊上，瞪著天花板。忽然，她靈光一閃，坐起身來。她知道這是什麼了！

「我知道了！這是你去年在說的那個健身訓練營！」她大喊。「你根本不需要給我戴眼罩。如果你直接開口問，我也會來的——我沒那麼沒救。」她笑起來，心裡知道自己其實會直接跑去富勒姆百老匯地鐵站的熱門甜甜圈店，就跟他那時送給她健身房會員卡之後一樣。

「艾咪，請妳到交談室。」

機器人的聲音又出現了。

艾咪匆匆穿越客廳，在路上注意到牆上掛著一系列的海報。

換成S碼，永遠不遲！
妳準備好自拍了嗎？
笑得開朗，美得剔透。
用女人的毅力，
找回妳的美麗！

她為什麼沒早點想到是健身訓練營？現在一切都說得通了。這就是為什麼她不需要帶外套。

餐廳旁有兩扇門。一間標示為交談室，另一間標示為治療室。她抓住交談室的手把，推開門。門很重，她推得有些吃力，但是最後還是成功進了房間。房間裡是黑的，從餐廳流瀉進來的光線照出一張巨大的單人扶手椅，看起來簡直像個王座。她伸手去摸索燈的開關，但沒找到，於是她放開門，向前踏一步。門在身後砰地一聲關上，留下她站在一片漆黑之中。她把雙手往前伸，慢慢往前走，找到了扶手椅，立刻坐下來，一手拍著右腿，緊張地等著她的訓練營大驚喜。現在知道是怎麼一回事了，她開始覺得這整段經驗還算令人期待，甚至有點好玩。沒錯，她是有些失望不會在一座天堂海灘上喝著鳳梨可樂達接受傑米的求婚。沒錯，她是有些困窘得跟莎拉承認自己又一次猜錯了。但是無論如何，傑米可是花了一番心思。這一點她無法否認。一旦傑米下定決心，什麼都無法阻止他。

嗡嗡，嗶。

一個小綠點開始在她面前閃爍，她往前靠想看清楚時，房間裡突然燈光大亮。她被光線刺得睜不開眼，把頭彎到膝上遮住眼睛。幾秒鐘後，她才慢慢坐起來，看到前方有一個螢幕。她的心砰砰直跳，揉揉眼睛，又眨了眨。

她鬆口氣。螢幕上是她跟傑米的合照，去年去義大利參加一場婚禮時拍的。這是她最喜愛的一張照片──不只因為往下的角度遮住了她的雙下巴，也因為他們兩人看起來很幸福。接著幻燈片秀開始了，柔和的小提琴聲緩緩響起。下一張照片是他們在德文郡的合照，那是他們第一次一起出遊。然後是一張在愛丁堡國際藝穗節的合照。再來是在諾福克的合照。艾咪喉嚨中的腫塊再次出現，但是接著看到她在威尼斯的貢多拉小船上拍的照片，傑米在她後方搞笑時，她又笑出來了。

嘎！

一個猶如指甲刮在黑板上的聲音從電視裡冒出來，嚇得艾咪從椅子上跳起來，舉起雙手摀住耳朵。螢幕上的照片被撕成兩半，巨大的字體開始充滿整片螢幕。艾咪邊眨眼邊閱讀，手指仍塞在耳中。

艾咪．郝！

歡迎來到……

《分手生存戰》

「有人在嗎？」她輕聲問。

電視螢幕閃動了一下，接著艾咪看到傑米在螢幕上。他坐在一張一模一樣的扶手椅上，穿著跟之前一樣的衣服。

「好了嗎？」他問某個站在攝影機後面的人。「我可以開始講話了嗎？她看得到我嗎？」

「傑米？」艾咪開始對螢幕揮手，納悶傑米是否能看到她。

傑米望向鏡頭。他的額頭上有汗珠，而且開始又揉鼻子又咳嗽的，像是在準備開始演講。

「**傑米？**」艾咪大喊。

「艾咪，我看不到妳，也聽不到妳的聲音。但是這樣會讓事情對我們兩人來說都更容易。嗯，其實主要是對我來說更容易吧。」他尷尬地笑了笑，看著攝影機後面的人。

「使什麼更容易？傑米？」艾咪站起來，靠向螢幕。

傑米在椅子上不安地挪動，低頭看地板，把頭髮往後梳，最後抬起頭看著鏡頭。

「艾咪，小豬，妳一定在想這到底是怎麼一回事。」

「你說呢？傑米。」艾咪輕聲說。

「艾咪，上個月我突然想通了。」

「好，我會嫁給你，傑米！不要支支吾吾的這麼緊張！拜託讓我離開這裡吧。」

「我一直在掩飾我對妳真正的感覺，但是我沒辦法再假裝下去了。」

「我也愛你！」艾咪大喊，把雙手甩到空中。

「我不想再跟妳在一起了。」傑米漠然地瞪著攝影機，透過鏡頭盯著她。

這可不是她所預期的。這跟她所預期的根本就差了十萬八千里。艾咪的雙手仍舉在空中，但是下巴已經掉在地上。

「什麼？」艾咪輕聲問，突然覺得頭暈目眩。

「我不想要小孩。」

「噢，我的天啊。」她的氣息在顫抖。

「我們的關係結束了。」

艾咪跌回椅子上，把手指又塞回耳中，試著大口吸氣。然後她跳起來，去抓門把，但是門鎖上了。

「讓我出去！我得離開這裡。傑米，我們得談一談！」

「我想使這個過程盡量短暫，盡量減少妳的痛苦，所以我現在是快刀斬亂麻。」他繼續冷冷地說。

「你怎麼能對我做出這種事？」艾咪大叫，轉身想找到逃離的路線。

「妳大概也想知道妳現在在哪裡。」

艾咪氣喘吁吁地癱回扶手椅上，然後抬頭看螢幕。他怎麼能夠就這樣在短短幾秒鐘內毀掉她的未來？

「妳現在在一個電視節目的拍攝現場，這個新節目叫做《分手生存戰》。西倫敦一間攝影棚裡的觀眾現在就在看我們。」

螢幕上顯示出一大群觀眾站在一間攝影棚裡，看到自己在鏡頭上，他們又歡呼又揮手的。

「他，媽，的。」艾咪輕聲咒罵。

「我在《時尚男人》上看到這個節目的廣告，就覺得我們會是完美的候選人。我們站在感情的交叉路口上，妳以為我們會走上這條路，但是我知道我們要走另外一條路。」

「什麼交叉路口？你怎麼能在上百人面前對我做出這種事？你這爛人！」她知道傑米有時候是很過分，但是她萬萬沒想到他會過分到這種地步。她蜷縮起來，不想讓攝影機看到她的臉。她得離開這裡。

「艾咪，在妳拒絕之前——我確定妳現在一定想拒絕——請想一下這對我們有什麼好處。呃，對我們各自有什麼好處。妳可以為妳的寫作事業做廣告，我可以為我的人頭總部做廣告。而且，如果妳在節目上表現得好，最後可以贏得一百萬英鎊。一百萬英鎊耶，小豬，這可以改變妳的一生耶！」

艾咪靠向電視螢幕，直直盯著他的眼睛。這是真的嗎？

「艾咪，如果妳仔細想想，其實我還幫了妳一個大忙。妳以後可能還會感謝我咧。首先，我們不必拖泥帶水地分手，我們兩人都不想這樣。再來，我們可以為各自的事業做宣傳。最後，妳一夜之間就可以成為百萬富翁耶！如果妳贏了，艾咪，請記得我們共同度過的快樂時光。妳知道我一直都想要一輛荒原路華。」

接著他笑了起來。

「去你的，傑米！」

他竟然無恥地笑出來了。

「再見了，小豬。祝妳好運，加油！」

傑米對她眨眨眼，露出一抹微笑，豎起大拇指，然後螢幕就關掉了，留下艾咪一人在黑暗中。她大聲地吸鼻子，用袖子去抹眼睛與鼻子。然後突然想起有觀眾在看她，又把臉埋進手裡。

她無法相信自己沒預料到事情會如此發展。至少沒預料到會發展到這個境地。誰又能預料到自己會在電視上被甩啊？她爸媽知道她在哪裡嗎？電視節目的人現在會讓她走嗎？還是她已經被綁架了？無論是什麼，這種做法不可能合法。

隱藏在電視邊的一扇門突然掀開，光線立刻湧入交談室。艾咪瞇起眼，看到門框裡有個男人的影子。

「傑米？」她輕聲問，絕望地希望這一切只是個殘酷的玩笑。

那人影走向她，伸出一隻手。

四

燈被打開了，艾咪與她的神祕救星面對面站著。他個子高大、一頭金髮，蓄著濃密的鬍子，有一頭蓬亂的長髮，戴著一副粗框眼鏡，眼鏡下流露出溫柔的眼神。

他不是傑米。

「哈囉，艾咪，我是山姆，《分手生存戰》的監製。」

「傑米在哪裡？」

一個瘦巴巴綁著馬尾的年輕男子從山姆身後溜進來，經過兩人走進交談室。艾咪轉身，看到電視螢幕的背後垂著好幾條電線，房間角落裡有一台攝影機，中央是那張扶手椅。綁馬尾的男子開始去調整那些電線。艾咪覺得自己彷彿是隱形人。

「傑米走了，艾咪，我很抱歉。」山姆把一隻手搭在她手臂上，看到艾咪皺起眉瞪他，立刻又收回去。

「我的手機在哪裡？」艾咪忍住滿腔怒火低聲問。

「我知道妳現在一定覺得一頭霧水，所以我就是來澄清狀況的。事情真的沒有表面上那麼糟。等到妳了解整個狀況，妳可能還會覺得很興奮喔。這可是大好機會，妳會成為巨星呢！跟我來，我們一起喝杯茶。但是我們動作要快，下一個參賽者已經在路上了，我們的傑克要趕快把這裡準備好。」

艾咪轉身去看傑克。傑克正跪在地上盯著她。

她痛恨這兩個人。

山姆領著艾咪走出交談室，踏進一間龐大的倉庫，只見倉庫裡滿是掛著對講機跑來跑去的人。攝影機被推來推去，在倉庫的另一端她看到一個寫著「攝影棚觀眾」的牌子。緊跟在山姆後面穿越攝影棚時，她得一直閃避嗶嗶作響的攝影器材與嘎嘎滾動的推車。

「山姆，攝影棚的觀眾三十分鐘後想看到一點進展，你要動作快一點。」一個女人快速經過時粗魯地說，連正眼都不瞧艾咪一眼。

他們走到倉庫的另一端，進入一個小房間。房間裡有張沙發與咖啡桌，桌上擺著文件，一個穿著細條紋西裝的男人站在房間的最遠端，背對著他們。

「這是哈利，他負責法律事務。」

「妳好。」他邊說邊僵硬地轉過身來，然後伸出手。艾咪不領情，於是他把手轉過來，示意她坐到沙發上。

「如果妳現在對這個節目有任何法律相關的問題，我都可以解答。」

艾咪瞥了一眼桌上的文件，看到兩份文件上都印著她的名字。這一切是怎麼開始的？什麼時候？她當然沒有任何法律相關的問題，因為她根本不知道自己在哪裡，也不知道自己在幹嘛。她想問的是普通的問題，畢竟她仍舊搞不清楚現在是什麼狀況。

山姆往對講機裡嘟噥了幾句，要一個叫波莉的人端茶來。艾咪坐了下來。

「要糖嗎？」山姆問。有一秒鐘，艾咪吃驚地以為他在叫她「甜心」。

「不用了。」

「不要糖，波莉，謝了。」

山姆癱坐在她身旁的椅子上，張開雙腿。哈利掏出一張手帕擦擦椅子，然後才坐下來，對她露出微笑，彷彿這是世界上最正常的事了。

「艾咪，」山姆說，「妳聽到傑米在他的分手影片上講了，他替妳報名參加這個新的電視實境秀《分手生存戰》，這節目過一陣子就會開始在真實電視台上播放。妳現在正坐在西倫敦一間特別為此設立的攝影棚。」

聽到山姆說到「分手」兩字時，艾咪把頭埋在膝蓋上。她感到反胃。感到非常孤單。

一陣敲門聲打斷了他們。山姆站起來去開門，從一位年輕女子手中接過一個裝著茶的紙杯。那名女子睜大雙眼瞪著艾咪，連山姆在她面前關上門時，仍舊動也不動。山姆開始用光速跟艾咪講話。

「我知道妳此刻被甩了有點情緒低落——真抱歉，這措辭很差勁——但是請聽我們說完。妳是我們第一位參賽者。歷史上第一個！而且《分手生存戰》的觀眾一定會比《大英烤焗大賽》還要多一百萬人。妳不只會在英國出名，艾咪——妳會在全世界出名。我們正在討論要在美國、澳洲跟南非播出這節目。妳會……」

「等一下，」艾咪打斷他，一隻手舉到臉邊，「你的意思是我不只是在上百人面前被甩了，而是**在上百萬人面前被甩了？**」

律師哈利把上半身往前傾。

「艾咪，艾咪，艾咪。」他慢慢笑起來，搖搖頭。「我們什麼都還沒播出。沒有妳的同意，我們什麼都不能播出。分手的過程只有我們的攝影棚觀眾看到，就這樣。觀眾有三百人。這部分是預先錄製的。現在，我們只需要妳待在節目上，在這文件上簽名，正式許可我們播放這部分的內容。」

「我不想。我可以走了嗎？」艾咪站起來，山姆立刻抓住她的手臂，懇求她再度坐下來。

「艾咪，在妳做出決定之前，再給我幾分鐘向妳解釋這節目的概念。這對妳來說會是個很棒的機會。」

「你對我根本一無所知！」艾咪憤怒地低聲說。

山姆的對講機劈啪響起來，一個聲音告訴他二十分鐘後要開始了。

「艾咪，我對妳的了解比妳認為的還多。我們的調查人員已經做了他們的功課。妳是個出色的作家，而且我知道妳正準備開始寫一個部落格。我不知道妳想要寫什麼，但是我知道部落格需要有人追蹤才能賺錢。如果妳參加這節目，就算只待一星期，我們也會給妳五千英鎊的參賽費。沒錯，這一切現在像個噩夢，但是它可以使妳所有的夢想都成真。這是千載難逢的機會。」

一陣漫長的沉默後，艾咪又坐下來，山姆也放開手。

「好，首先，這節目有點像《我是名人》加上《老大哥》，但是更有哏。參賽者全是女性。六個女性，跟妳一樣，以為自己的感情生活很幸福，其實不然。我們下一位參賽者馬上就要被甩了，就跟妳一個小時前一樣！」山姆嘻嘻笑起來。

「你這樣講是想讓我好過一點嗎？」她邊問他們，邊轉頭去看哈利，哈利只是低下頭。

山姆慢慢靠過來。「妳在《分手生存戰》裡學到的東西會帶給妳無限的好處：妳會學會怎麼過得更快樂，怎麼活出最好的自己；遇到男人時，怎麼做出更明智的選擇。而且，一個月後，留到最後的優勝者還可以得到一百萬英鎊的獎金。我覺得妳有很大的機會獲選為完美嬌妻。」

「完美嬌妻？」

「就是男人心目中妻子的理想型啊。要獲選為完美嬌妻，妳要證明妳是理想的結婚對象，做法就是成功完成我們出給妳們的挑戰，贏得觀眾的心。」

艾咪皺起眉：「理想的結婚對象？」

「沒錯，理想的結婚對象。也就是妳的能力跟行為有創造出一份幸福婚姻的條件。跟妳一起生活是平靜而容易的嗎？妳對於照顧小孩有一套嗎？妳有信心把一間屋子變成一個溫馨的家嗎？妳是個迷人的伴侶嗎？」

艾咪伸出手打斷他。「噢，真抱歉，我真傻，我不知道你們的交談室是個時光機器！我們現在是在一九五五年嗎？我應該量一下臀圍，看看我是不是可以生小孩了嗎？」

「抱歉，這些例子舉得不好。我保證這些標準也會應用到男性身上。如果這節目很成功，我們打算今年年底再推出男性版的《分手生存戰》！」山姆興沖沖地說，看看哈利，然後又轉回來看艾咪。

「那他們會有什麼挑戰？建儲物棚、給自己的睪丸搔癢？」艾咪問。

「不會，我想應該會跟女性的挑戰差不多。這些挑戰的目的是證明妳能夠妥協、能夠犧牲、能夠無私。也就是成為更好的另一半，無論是男是女。盡妳所能，擊敗其他的女孩，妳就能贏得觀眾的心。」

「女人。」

「什麼？」

「**我們是女人，不是女孩**。我的天啊，你是住在山洞裡嗎？」

「對，女人，抱歉。全都早已年滿十八歲。」

「那如果我沒有贏呢？」艾咪問。

「好，艾咪，」山姆嘆了一口氣，「反正妳已經被甩了。待在節目裡，最後沒贏，妳還是會得到五千英鎊。待在節目裡，最後贏了，妳除了會得到一百萬英鎊，還會登上《OK！》雜誌的封面。但是如果妳現在就離開，妳就什麼都得不到。說真的，妳有什麼損失？」

艾咪揚起眉毛。「呃，我的尊嚴？」

「現在沒有人在乎尊嚴了啦！」山姆大笑。「我的天啊，妳有沒有看過《全裸吸引力》啊？」

哈利往前傾，一臉憂慮。「艾咪，我們只剩下十分鐘了，下一個參賽者馬上就到了。合約裡有一個條款是我依法一定要提醒妳的。節目當中，妳會接受一系列的治療會談，會談中治療師會要求妳坦承地談論妳的過去、妳的感情世界、妳的人生目標等。我確定妳一定也知道，這種會談通常是高度機密的。但是簽了這份合約，就等於妳同意放棄保密的權利。我們會播放會談中的精彩片段。簽了這份合約，就表示妳理解並接受這條件。」

艾咪瞪著他好幾秒鐘，然後轉向山姆。

「山姆，傑米計畫這事有多久了？」她問，聲音變得柔和些了。她覺得筋疲力盡。

「我們幾個月前在《時尚男人》的封底登了一則廣告。傑米在網路上填了申請表，同時給了我們妳的整個背景，加上幾張照片。最後他進入決選名單，我們便把他找來面談。他來了後告訴我們妳所有的故事，妳的感情世界、妳的家人、妳的個性等。他還給我們看了一段妳的影片，這樣我們就知道妳在鏡頭前大概是什麼樣子。最後我們決定妳是這節目的最佳人選。」

「什麼影片？」艾咪問，心裡立刻擔憂起來。

「妳在客廳裡模仿《魔鬼阿諾》裡逃亡者的影片。」

噢，我的天啊。

那是去年夏天去基爾福參加貝克與亞當的婚禮之後。她跟莎拉一起喝了一整瓶的香檳酒，把大一時每週去跳舞的舊習帶回她和傑米租的民宿公寓。影片中她的雙頰通紅；傑米答應過不會把這影片給任何人看的。

她低下頭。「拜託不要播到電視上。」

「妳很討人喜歡，艾咪。妳很真實，這就是為什麼我們選了妳。我們相信觀眾一定也會這麼想。」

「我想打電話給我媽。」她吸吸鼻子說。「可以把手機還給我了嗎？」

山姆跟哈利面面相覷。

「妳的手機在我們這。」哈利說，「我們現在就可以給妳，但是妳要簽一份保密協定，同意不會在社群媒體上刊登節目的內容。妳有五分鐘的時間打電話給親友說明現在的狀況。但是如果妳決定留下來，手機就不能留著。」

「我只是想問問她的看法。等一下，你說什麼？我不能有手機？」

「當然不能。我們不能讓妳在節目上接電話，親愛的。我們會把妳們跟外界隔絕開來。一個月都不用社群媒體。在我眼中簡直就是天堂。就把這當成一種數位排毒吧。跟妳媽說妳參加了一個心理健康訓練營。現在聽起來是有點可怕，但是一個月後妳離開時，再回頭看這段經歷，妳就會發現這段經歷給妳帶來多大的好處。妳會在尋找真愛時佔據優勢，艾咪，妳會找到命中注定的那個男人。」

「哼，也許這男人根本不存在。」艾咪嘆了一口氣。

「這男人存在！妳只不過老是決定跟錯誤的男人待在一起。而且根據我聽到的說法，妳一心一意只想結婚，結果根本看不到他不是理想的對象。好啦，妳已經浪費了兩年的生命，妳真的還想再浪費兩年嗎？」

「我沒有一心一意只想結婚！」她氣惱地說。山姆在她腳邊蹲下來。

「艾咪，妳有兩個選擇。妳可以抓住這次機會，改變妳的一生。妳也可以掉頭就走，然後一輩子回想當初可能會如何如何。想像一下，如果留下來，妳會成為什麼樣的人。妳還有五分鐘可以做決定。」說完，山姆就站起來。

「妳還要簽這裡其中一份合約。」山姆繼續說。「第一份合約准許我們在電視上播放有妳的內容，並且妳只要還是參賽者，妳就同意待在節目裡。第二份合約說妳不准許我們在電視上播放關於妳的內容，而且妳會從後門離開，我們以後也不會再去煩妳。我們會在門外，讓妳打電話跟考慮要怎麼決定。決定好後，妳就把哈利叫進來，然後簽合約。之後，我會陪妳走回交談室，在交談室裡，妳可以選擇按下『留下』或者『離開』的按鍵。」

山姆站起來，走到角落裡打開一個文件櫃，取出艾咪的手機。哈利則把保密協定遞給艾咪，讓艾咪簽了名，然後兩人走出房間。

房間裡突然好安靜，只聽得到艾咪響亮的呼吸聲。她胸口緊繃，滿臉發燙。她用顫抖的雙手打開手機，感覺到喉嚨裡的腫塊又出現了。

她找到通話紀錄，按下「媽媽」。她知道媽媽的習慣，手機一定又轉到靜音了。

拜託接起來。拜託接起來。

手機響了好幾聲後，轉到語音信箱。她改撥爸爸的號碼，但也是一樣的狀況。於是她留了語音訊息。

「爸、媽，」她的語氣有些猶豫不決。「出了一點事。不用擔心，沒有人受傷。我沒什麼時間解釋，不過傑米跟我分手了。他在一個電視節目中把我甩了。」

她吞下喉嚨裡的腫塊，想讓自己聽起來更樂觀，如果她決定留下來，才不會讓他們擔心。「這個節目叫做《分手生存戰》，有點像《老大哥》。我現在在攝影棚裡，他們希望我待在這裡一個月。如果留下來，最後有可能得到一百萬英鎊！不過我還不太知道該怎麼做，而且還處於有點震驚的狀態。我只是想打個電話給你們，看看你們怎麼想。如果我留下來，就不能用手機，所以打這通電話也算是跟你們暫時道別。不用擔心，我不會有事的！你們要麼是過一會見到我，要麼是……會在電視上看到我！哈，奇怪吧！」她假笑一聲。「好囉，再見。我愛你們。」

她掛斷電話，嘆了一口氣，繼續翻找通話紀錄。看到傑米的名字使她感到反胃憤怒。她停留在莎拉的號碼上幾秒鐘，最後還是決定不按下去。莎拉上班時不會接電話。就算她接了，她恐怕只會在艾咪剩下的兩分鐘內大吼要她立刻離開，而艾咪不確定自己想聽到這樣的建議。她發現她需要獨自權衡自己的選擇，然後自己做出決定。

好的一面是，她有機會贏得一百萬英鎊。還有自由、經驗、飛往亞洲的頭等機票。終於有時間寫她的部落格。而且過去六個月，她的生活就只是吃飯、睡覺、工作，如此循環不已。她明天也不是非得要去哪上班。她渴望從接案的工作好好休息一陣子已經渴望好久了。留在這裡，就可以整整一個月沒有自戀的創意總監跟欠揍的客戶。這可以是個轉捩點，讓她開始更充分利用自己的生命。這難道不令人感到興奮嗎？

以後她就有精彩的故事可以講給孫子、孫女聽，不過她可能永遠都不會有孫子、孫女。

接著她開始感到焦慮。她只剩下自己了。三十二歲的單身女子。她的朋友會怎麼想？莎拉會感到失望。珍妮會覺得她可悲。其他的參賽者又會怎麼看待她？看這個節目的人又會怎麼看待她？

她是很氣傑米。但是她更氣自己在看到警訊時卻把頭埋進沙裡。如果現在離開，接下來呢？她可以搭輛計程車直接衝到傑米家，把她的粉底液全倒到他的床單上，然後被警察拘捕、關進監獄、開始吸毒，最後流落街頭，所有的牙齒都掉光。

冷靜下來。

我有機會贏得一百萬英鎊。

我有機會改變我的一生。

我有機會重頭開始。

我有機會讓大家看到我可以成為有作為的人。

我有機會活出自己。

她閉上眼睛，吐出一口氣，感覺到之前的緊張轉化成興奮。

我有什麼好損失的？

哈利開門，打破寂靜。他悄悄走進來，在艾咪對面坐下。艾咪一言不發的拿起筆，在文件上簽了名，封緘了自己的命運。

「準備好要進去了嗎？」他問。

山姆領著艾咪匆匆穿越攝影棚，回到交談室。走到扶手椅時，艾咪轉過來最後一次面對他。

「我真的希望妳做出了正確的決定，艾咪。」

燈光熄滅，電視螢幕亮起，出現倒數計時的數字。數到一時，螢幕上出現她的臉。她伸手把頭髮往後梳，心裡懊悔之前沒先去洗手間梳整過。她看起來像隻被曬傷的黃金鼠。

「哈囉，艾咪，歡迎回來。妳現在有一個重要的抉擇。」

一個刺耳的警笛聲響起，兩個大符號出現在螢幕上。一個寫著「留下」，一個寫著「離開」。

「告訴我們，艾咪，妳決定留下，還是決定離開？」

艾咪深吸一口氣，閉上眼睛，說出自己的決定。

砰！

隨著留下的符號亮起螢光，螢幕上出現煙火，流行音樂轟然響起，鏡頭轉到攝影棚，棚內的觀眾全站起來歡呼。交談室的燈光亮起，五彩繽紛的紙片從天花板上一個桶子撒到艾咪身上。她伸手遮住頭，從紙屑與亮片之間看著螢幕上的自己，忍不住笑起來。

攝影棚裡，鏡頭轉到亞當．安德魯的臉上。亞當．安德魯曾是肥皂劇《西倫敦自主學校》的童星，後來主演過失敗的實境秀《東山再起》。該節目播出三集後就停播了，因為他每回試鏡都被拒，還包括在那部肥皂劇的重製紀念版中演出他自己的機會。他在電視上從未被注意，頂多就是以D級名人的身分露個臉。不過在網路上他可真的翻紅了。那齣實境秀的片段在網路上爆紅，他甚至有自己的鍵盤架。

保持鎮靜。就算他只是個D級名人，亞當．安德魯知道妳是誰。

「艾咪留下來了，但是她會成為留到最後的完美嬌妻嗎？」他對著麥克風喊。「請繼續看我們下一位參賽者：潔姬！」

房間裡突然陷入一片漆黑，艾咪身旁的門自動打開了。

「艾咪，請回到屋子裡，讓自己自在一點，把這裡當成自己家。」

她深吸一口氣，站起來。

五

艾咪的行李裡只有一星期的度假衣物，加上一頂大到像張野餐墊的草帽。回到屋裡時，她的旅行箱已神奇地站在走廊上。她開始撥弄箱子的鎖。

「不需要帶外套。」她還記得傑米笑嘻嘻地說。

簡直像個笨蛋。

她在想誰是更笨的笨蛋，是她還是傑米？她一邊癱坐到沙發上，在靠墊旁蜷縮起來，同時抱起一個銀色的枕頭，技巧性地遮住圓滾滾的小腹。她突然想到接下來一個月有可能要在上百萬的觀眾面前穿著比基尼，不禁皺起臉來。當然啦，如果她已如當初計畫地瘦到穿得下S碼，情況就不一樣了。其實她從十六歲起就每年都計畫要瘦到S碼。不過至少她現在穿著可靠的飛機裝，也就是黑色緊身牛仔褲加上寬鬆套頭衫。謝天謝地這季流行寬版風。誰在乎傑米喜不喜歡？

沒有社群媒體來打發這漫長的幾分鐘跟活動她的大拇指，艾咪開始緊張地去咬那根斷掉的指甲。她突然停下來，低下頭，因為她想起傑米曾說她這樣很髒。他現在一定在看她。她一邊拉扯靠枕上脫落的縫線，一邊納悶傑米是否感到內疚。也許他隨時都會從前門衝進來，慌亂地從嘴裡吐出上千個對不起。

噢，別做夢了，艾咪。她心裡的聲音在責備她。傑米從不道歉。他是個混蛋，一個她本來準備與之共度餘生的混蛋，一個把她的劇本一手撕成碎片的混蛋，留下三十二歲的她孤單一人，沒指望結婚，也沒指望生小孩。

她真希望能夠跟莎拉談一談，至少莎拉會使她理性一點。等到她發現發生了什麼事情時，她一定會怒不可遏。也許她會更氣艾咪本來還決定要跟傑米共度餘生，而非在這個年紀選擇單身。因為這一切證實了她一直以來的猜想。

「妳有沒有從不同的角度思考過這個年紀的問題？」莎拉曾對艾咪說。「妳難道都不會擔心這些……噢，糟了，我快沒時間去環遊世界、去看我愛看的事物了？快沒時間享受自己吃掉午餐不用分給別人、享受獨處時簡單寧靜的快樂？**妳有沒有好好想過妳可能要放棄什麼？**」

兩人大學畢業後，莎拉一個男友接一個男友地換，堅持「絕不定下來」，即使這表示就得犧牲擁有家庭的願望。

艾咪曾有一次提出「寂寞」這個問題。單身的莎拉從不覺得寂寞嗎？當時莎拉聽了從鼻子裡噴出半杯的琴酒沙瓦。「我怎麼會覺得寂寞呢，艾咪？我的生命裡充滿了人。朋友、家人，而且最重要的，我自己。如果哪個男人想跟我在一起，就得願意配合我的生活。**我不是自私，而是自重**。我每任男朋友都要求我去配合他們的生活，但是我提出同樣的要求時，他們就不高興了。不過不是所有的男人都這樣。傑米不是這樣的人，是嗎？」

「當然不是，他人很好。」當時艾咪撒了謊，心裡想起傑米說她會使他分心。為什麼她當時不能勇敢一點？

艾咪閉上眼睛，想像莎拉就坐在這張粉紅色的沙發上，坐在她身邊。

「艾咪，我是很氣那笨蛋，也氣妳沒跟我說實話。但是妳現在在這裡，也已經做出決定。而這可能會是妳遇過最棒的事了！傑米是個爛人——妳應該高興他從妳的生命中消失了！我還想寄給他一張感謝函，謝謝他讓妳自由了。我在哪可以找來炭疽桿菌？現在聽好，妳才三十二歲，什麼都不用急。拜託，就算妳已經七十二歲，也不用急著定下來！就為妳自己生活一陣子。如果妳認識了哪個男人跟妳有一樣的目標，那很好。如果沒認識到這樣的男人，那妳得到的牌就是這樣。如果妳還是想生小孩，就去精子銀行。我聽說現在丹麥人正夯。妳不需要男人才能有小孩。如果妳突然要加班，沒人幫妳去幼兒園接小貝蒂，那我也可以幫忙。我會派我的司機去。」

她想像珍妮坐在另一邊，一臉那「好可憐」的表情，頭歪向一側。她大概會使艾咪覺得一切都是自己的錯。她想像珍妮揚起一道眉毛猛搖頭，沒說出口的是**妳是哪裡做錯了？為什麼一個男人都留不住？**她彷彿看到珍妮跟所有的老同學們都在談論：「艾咪到底哪裡不對勁？」

艾咪無法想像任何其他的朋友會在這裡支持她。她們全都太忙了，忙著計畫產前派對或一歲生日，都是現在她唯一會被邀去的派對。這些派對最可怕了。最近一次參加這類派對時，艾咪被迫隨著《粉紅豬小妹》的音樂跳一段「媽媽與寶寶」舞，但是懷裡沒有寶寶。為了掩飾她的悲慘，她抱起一個酒桶在腰間搖擺，讓在場的媽媽開懷大笑。

她們可能會用一邊的耳朵聽她訴苦，但是另一邊的耳朵貼在嬰兒監視器上，說幾句標準的安慰的話，像是「海裡的魚多的是」。她們不會聽到她辯駁：「但是海裡充滿了垃圾還有各種有害的東西。」她們不會真的想傾聽最後一個單身朋友的心碎史。她知道這一點，因為過去兩年來，她就是那個撞得滿頭包的人。過了三十還是單身，就猶如得了一種太尷尬、太沮喪而說不出口的疾病。

當她在納悶誰會看這節目的時候，她從眼角瞥到地上有個東西衝過來。她嚇得尖叫一聲，從沙發上蹦起來一公尺，跌在沙發椅背上並從後方摔下去，最後縮成一團躺在地上，嘴裡一邊低聲咒罵。

如果節目製作人為了喜劇效果把一隻老鼠放進屋裡，她鐵定會以腳踝扭傷跟情緒創傷的理由控告他們。她戰戰兢兢地從沙發上望過去，然後如釋重負地吐出一口氣。

咯，喀啦！

又是那台自動攝影機。

「喔，滾開！」她對著那張玻璃小臉大吼。「不要從我的下巴下面拍照！大家都知道這是最糟的角度了。」她低聲嘟噥出那最後一句，又爬回沙發上的一角。

她把背轉向自動攝影機——它正沉默地瞪著她，猶如一隻可憐的獨眼狗——低頭看身上那件黑色的套頭衫，發現上面多了一個全新的圖案。一個上下顛倒的臉孔，是她臉上的妝混著淚水抹上去的。她得在下一個人來到前弄乾淨。在這和醫院一樣的冰冷燈光下，有人陪伴應該會使她覺得更有人性。設計這種裝潢的一定是男人，她心想。

艾咪把雙腳滑下沙發，站起來。她一跛一跛地走向臥室，身後拉著旅行箱。旅行箱每一轉彎就發出細小的吱呀聲，為這個悲劇的情境提供了完美的配樂。孤單一人、被拋棄，一拐一拐走向一張小小的單人床——她只需要再撞上門框或撞傷腳趾，這齣在大眾面前被羞辱的劇本就達到極致了。

浴室裡，艾咪仔細查看牆上有沒有裝攝影機或麥克風。一個都沒看到，但並不表示沒有，說不定就藏在貴重裝潢之下的某個地方。這裝潢可貴重到足以使人心臟病發作。從地板到天花板，每一寸都鋪著金黑相間的大理石。三個淋浴間，三個浴缸，三個洗手台。她暗中祈求她們不需要同時洗澡。這世界上有兩種女人：一種會在健身房的更衣室脫光衣物，另一種則是在健身房更衣室的洗手間脫光衣物。艾咪絕對是後者。

如果要上電視，她的臉就得用磨砂膏好好處理一番，然後再做點表面修飾，不過至少最辛苦的部分她都在傑米家完成了。熱水流入洗手台，蒸氣模糊了鏡面，她彎身用水潑臉，立刻感覺到今早遇到的不堪都被洗去。她把臉拍乾，看著散發細微閃光的水渦穿過排水孔，在這短暫的片刻中變得快樂一些。

十分鐘後，艾咪仍渾然忘我地為睫毛上刷上第三層睫毛膏，作為完妝的最後一個步驟。她刻意放慢速度，有些尷尬察覺她例行的化妝程序有些笨拙，唇膏還是《熱門》雜誌送的免費贈品，以沒有蓋子的狀態待在化妝包裡至少兩年了。

如果我不在這裡，我會看這個節目嗎？她自問。《分手生存戰》會成為我的下一個《愛之島》嗎？

她很希望自己會痛恨看到女人為了娛樂效果在電視上被拋棄。但是真相是，她就是抗拒不了火熱的電視節目。如果她不在節目上，她會成為上百萬名的觀眾之一，然後因此痛恨自己。

艾咪選了離門最遠、靠牆的那張床。她寧願面對牆壁，也不想看著陌生人，這是她的邏輯。

她彎腰打開旅行箱，準備把衣物放進安排給她的衣櫃裡。

乒！

乒！

乒！乒！乒！

她把頭探進客廳，看到電視螢幕亮起來了，文字由上而下滾動著出現。是觀眾的評論。

噢，我的天啊。

她不確定自己能否面對觀眾的評論。她深吸一口氣，開始閱讀。

@超級曼紐迷：微笑一下吧，妳可以贏得一百萬英鎊耶！　#分手生存戰

@小鳥有些愛他：要是我就會。　#分手生存戰

@我是幸運南：嘿，艾咪，小心　#下身激凸　#分手生存戰

艾咪立刻望向胯下，伸手遮住。

@我是幸運南：哈哈，騙到妳了！　#騙到她了　#分手生存戰

@跟莎拉玩：傑米是個混蛋！為什麼要那樣吻她？真殘酷　#分手生存戰

最後一條訊息使她感覺好一點，直到她突然想起那一吻。他的微笑，他的頭髮。他身上那熟悉的迪奧曠野之心淡香水。他就在那裡，在她的生命中。

別再想了。

她離開電視，走進廚房，想泡杯茶，但是找了一分鐘還是沒找到冰箱後，乾脆放棄，同時心

裡很清楚自己看起來就像個笨蛋。她覺得自己大概永遠也不會習慣整個世界盯著她的一舉一動。她從屋子另一邊巨大的摺疊門走出去。

門外是一片螢光綠的塑膠草坪，草坪上有三個大型的花園地精。艾咪走過去時，三個地精的頭一致隨著她轉動，彷彿地精本身還不夠恐怖。她靠近一看，發現地精的眼睛裡裝了攝影機，嚇得立刻往後一跳，擔憂自己的臉在鏡頭上看起來會有多大。

花園兩邊各有一個可坐著交流的區域，一個看起來像夏威夷度假酒吧，一個看起來像滑雪小屋。沿著花園的另一邊還有一座狹長的游泳池，一想到觀眾可能會看到她穿著比基尼，她就感到難堪。大家的評論又會怎麼說？

在夏威夷酒吧前，她不知不覺把手滑向褲子後面的口袋，然後才想起來裡面是空的。而且會空上好一陣子。她在櫃檯上把頭埋進交叉的雙臂中，納悶要過多久她才不會老是想去拿手機。手機是她的安全保障。是她通往世界的窗口。通往傑米的窗口。如果手機在，她現在會看著什麼？她會把他最近的照片放大，試圖找出任何透漏這一切會發生的線索。也許他的眼神裡會藏著什麼。

我怎麼能夠再信任男人？我這輩子還有機會再遇到一個男人之後對他失去信任嗎？

她跟傑米一起建立了一個世界，現在他把這世界一手碾碎，她得重頭開始再建起來。而且是獨自一人。筋疲力竭的她從鼻子深吸一口氣，然後花五秒鐘慢慢吐出來。

砰！

一個響亮的關門聲劃破寂靜，接著是高跟鞋在地板上喀拉喀拉作響的聲音。艾咪坐直身子，試圖從玻璃門往裡瞧，然後一陣吼叫聲從客廳裡傳出來。

艾咪站起來，慢慢穿越花園，回到廚房，停在餐廳的門口，然後緩緩走向沙發。

一個個子高大、外表強悍的女人雙臂緊緊交叉在胸前，正對著電視螢幕大吼。她穿著一件緊身紅洋裝、金色高跟鞋，一個巨大的蜂巢型髮髻盤踞在頭上，把她的身高又加上了半公尺。她的脖子、耳朵跟手腕上都閃爍著珠寶的光芒，全身上下光鮮亮麗。

「噢，去你的！」

「滾蛋吧！」

「你懂個屁＠艾賽克斯男孩兩千？全都去死吧！」

她轉過身來，個子高出艾咪一截。她優雅地攤開雙臂，用修長纖細的手指握住艾咪的手，微笑起來，從亮麗的紅色唇膏之間露出閃亮白皙的牙齒。

「妳還好吧，親愛的？我是潔姬。我們到底造了什麼孽？」

六

六名參賽者全都尷尬地坐在沙發上或周圍，掙扎著從嗚嗚的啜泣或憤恨的咒罵中開口說點什麼。她們才剛有一口沒一口地吃完節目工作人員稍早悄悄放進冰箱裡的沙拉。

妳該對整個未來突然天翻地覆的陌生人說什麼？

對潔姫，艾咪選擇了一句不太恰當的「很高興認識妳。」對海蒂，一個來自南漢普頓的主廚，她在對方背上不太有說服力地拍了拍，然後說：「嗯，世界上還有比這更慘的事。」對凱西，一位來自布里斯托、沉默寡言的五十二歲母親，她尷尬地問：「如果妳贏了，妳會怎麼用妳的一百萬英鎊？」

「給我自己用囉！」凱西答道，然後咯咯笑起來，在座位上挪動了一下，靠向咖啡桌。「我的小孩現在都在倫敦忙著過自己的生活。如果我把錢分給他們，大概一整年都不會看到這些小混蛋。哎呀，但是我真的很愛他們。」她露出微笑，然後瞄向攝影機，雙眼在燈光下閃閃發光。

至於第五跟第六個參賽者，艾咪決定對她們心有靈犀地點個頭，簡單而默默地表示「我懂妳的痛苦」。

「妳們覺得有多少人正在看我們？」海蒂悄聲問。海蒂對於上電視螢幕顯然很不自在，因為她不斷去找攝影機照不到的地方坐下來，而且總交叉雙臂想遮住小腹。

潔姬接口說：「不會有人想看這節目啦，做這節目的人全是歧視女性的爛男人。我打賭頂多一星期這節目就會被取消，然後我們就可以回家了。」

嗡嗡，嗶。

攝影機轉向潔姬。

「一點都沒錯。誰會想看我們這群可憐兮兮被男友甩掉的女人啊？」蘿倫說。蘿倫來自曼徹斯特，是個DJ，一頭金白色的精靈短髮，穿了一個鼻環。「播放葬禮的實境秀還更喜氣咧。」

「我不知道，蘿倫。」凱西開始說，一邊木然地望向遠方。「人們就是喜歡幸災樂禍。這樣他們就會對自己的生活感覺更好。」

一群人約定好不要去看在她們面前不斷出現的評論，但是沒幾個人做得到。過去幾個小時，節目觀眾顯然很樂於演出殘酷的角色，而且那持續不斷的情緒爆發令人筋疲力竭。但是對幾個參賽者來說，誘惑實在太大了。就在幾分鐘前，艾咪問吉瑪做什麼工作時，她的回答使艾咪的心差一點跳出來。

「干你屁事，老兄。」

「噢，對不起，我只是想聊一聊。」艾咪滿臉通紅地說。

「抱歉，寶貝，我不是在跟妳說話，是螢幕上有個變態問我多久健身一次。該死，我真希望我的手機在這裡，這樣我就可以好好痛罵他一番。」

這評語是有道理。吉瑪看起來全身都是肌肉，而且似乎很享受在聚光燈下，因為從一個小時前抵達後，她已經在玻璃門前至少補過十次唇膏了。

電視螢幕突然轉變成倒數計時，從五開始。

4……3……

艾咪感到噁心反胃。

2……1。

「開始啦。」蘿倫說。

電視先是一片空白，接著就出現亞當．安德魯龐大的臉龐，眼睛就跟個小盤子一樣大。

「都好嗎？我的女孩們？」

「噁，我最討厭男人叫我們女孩了。」艾咪嘟噥說。「真噁心。」

「至少好過我前男友狄倫給我的綽號。」海蒂一臉嚴肅地輕聲說，「河馬海蒂。」

「不用難過，我過去兩年還是小豬咧。」

「跟以前學校男生怎麼叫我比起來，河馬還算好的。我給妳一點提示——兩個字，第一個字開頭是ㄈ，第二個字跟ㄨ押韻。」

艾咪靠過去，從側邊輕摟海蒂。

一段重低音舞曲響起，鏡頭立刻轉向攝影棚觀眾，只見攝影棚觀眾全在瘋狂地跳動喊叫，把雙手甩到空中，彷彿加入了某種邪教。接著鏡頭把焦點放到四個年輕男人身上，四人全戴著一樣的寬沿紳士帽，穿著一樣的晚禮服外套，一身曬過頭的橘紅色皮膚。看到自己上鏡頭時，他們開始一一解開外套扣子，露出油兮兮的六塊肌上印的字。

吉——瑪——真——壯！

四人鼓起手臂上的肌肉，跟著節奏擺動臀部。

「他們從哪找到這些人的啊？」潔姬喃喃道。

「噢，我的天啊！」吉瑪大叫，從座位上跳起來。「這幾個是我健身房裡的人！」

吉瑪立刻以同樣的舞步跳起來，剛剛填補過的閃亮桃紅色嘴唇嘶了起來。

「真變態！」

她跳回沙發上，看了一圈大家，露出一個甜美的笑容，口香糖就黏在她完美的牙冠上。

「好了，大家都安靜一下吧。」亞當邊笑邊對著舞台前的觀眾說，觀眾開始慢慢靜下來。

「哇，你們覺得很精彩，是吧？好的，現在馬上有更精彩的，因為我們要見到節目的名人了。**你們準備好了嗎？**」

觀眾齊聲大喊「準備好了！」然後又是一陣歡呼。

「我覺得我快吐了。」海蒂說，雙手開始不停地顫抖。「我到底做了什麼？」

蘿倫抓起海蒂一隻手，用自己的膝蓋夾住。

「所以大家都準備好囉？」亞當往前望，喜形於色地沉浸在恭維的掌聲中。

「很好，那就開始吧！」

亞當跑向攝影棚的沙發，鏡頭也跟著放遠。

亞當並非獨自一人。

「我的天啊！」潔姬坐起來。

「杰森，你這混帳東西！妳們看看他，坐在那裡一副自命得意的樣子！」吉瑪大喊，對電視螢幕比出中指。

「他可能可以看到妳，吉瑪。」凱西說。

「妳覺得我會在乎嗎？我還希望他能看到我咧。」吉瑪用另一隻手也比出中指。蘿倫也用空著的那隻手比出中指，另一隻手仍緊緊握著海蒂的手。

吉瑪的臉孔放鬆下來，露出一個微笑。

「自鳴得意。」艾咪說完就後悔了，因為吉瑪聽了立刻瞪她一眼。

傑米坐在中間。身上已換成她去年聖誕節買給他的上衣。嚴格來說，其實不是她買的。她給傑米買了一件，然後傑米拿去換成現在這件。她從來沒為他買對過禮物。現在，她看著他靠在沙發椅背上，雙手交叉在腦後，享受在聚光燈下的每分每秒。這可能是他遇過最棒的事了。但是他遇過最棒的事，卻是艾咪遇過最爛的事。過去兩年，她到底是跟什麼樣的男人在一起啊？她真希望可以跳進螢幕裡，把他身上那件上衣扯爛。但是她也希望他會站起來，承認自己犯了一個天大的錯，然後把她從這個真實的惡夢中救出來。「這是個千載難逢的機會」，傑米露出微笑對觀眾揮手時，這句話在艾咪的腦海中浮現。他眼角的魚尾紋皺了起來，讓她感到噁心。

「好啦，我們開始吧。所以囉，那一端，」他指向鏡頭，「是我們甜美的參賽者，剛剛下了愛的列車，準備好要做出翻轉一生的改變！」

螢幕切換到客廳。沒有人動，沒有人笑。螢幕又切回到亞當，亞當正裝出一副可憐兮兮的表情。

「噢！開心一點吧，我的女孩們，妳們上電視了呢！好，現在我們就來認識一下使這些參賽者尊嚴掃地、顏面盡失的男人。為我們的前男友們熱烈鼓掌！」他開始跟觀眾一起鼓掌。

「我們來看看我們的第一位參賽者……」

拜託不是我拜託不是我拜託不是我。

「潔姬．阿杜。」

一張潔姬對著鏡頭笑的巨大照片充滿整個螢幕，旁邊加上了文字。照片上的她跟她現在的形象簡直差了十萬八千里。艾咪可以看到她的胸膛開始隨著深呼吸上下起伏。

姓名：潔姬．阿杜

年齡：38

地點：倫敦

職業：事務律師

狀態：已婚，沒有小孩

特點：自私

螢幕切回到攝影棚的沙發，鏡頭移近到一個比亞當高出一大截的男人，儘管是坐在沙發上。他看起來沒像傑米那麼自鳴得意，反而還有些謙虛。但是艾咪又怎麼能確定呢？她以為傑米是她的真愛，結果看看她最後落到什麼地步。

「艾倫！跟我們聊聊你為什麼把潔姬留在《分手生存戰》裡？」

「大家好！哈囉，潔姬。」他興趣缺缺地揮揮手，直直地看著鏡頭。「我是艾倫．阿杜，潔姬的老公。不過我猜現在是分居的老公了吧。我之所以把潔姬留在《分手生存戰》裡，是因為她不懂得婚姻的真諦。」

「你這話是什麼意思？」亞當插嘴問，一臉認真的表情，看起來反而很滑稽。

「嗯，比如說會影響到我們生活的重大決定，她都不事先跟我商量。她總是對我隱瞞。她把她爸爸的需求擺在我前面。而且她不想要小孩，儘管我們結婚時，我跟她說過我想要小孩。」

潔姬在座位上左右挪動，一副怒不可遏的樣子。「我們結婚時，我也跟你說過我**不想**要小孩。」她咬牙切齒地說。

「破碎的承諾。」亞當搖搖頭說。

「我把她留在那裡，並不感到自豪。但是我覺得《分手生存戰》可以讓她學會珍惜婚姻生活中最重要的事物。這節目的目的不就是這個嗎？」

潔姬翻了個白眼，對著螢幕大吼。

「我總是對你隱瞞？**我**？今天早上你還跟我說我們要帶我爸出去吃午餐。現在看看我在哪裡？嘿，你聽得到我說話嗎？」

「我們的聲音他們大概聽不到，親愛的。」蘿倫說。「他們根本不想聽我們的意見。」

「是很棘手的狀況，艾倫，不過聽起來你做出了正確的決定。接下來呢，就輪到杰森！」亞當大喊，企圖蓋過觀眾的掌聲。

螢幕上出現一張吉瑪站在無邊際游泳池旁的照片。觀眾開始又驚嘆又吹口哨的。

姓名：吉瑪・本斯
年齡：30
地點：切爾騰漢
職業：私人教練
狀態：長期男女關係
特點：疏遠

「唉呀，杰森，你一定是有充分的理由才會把**這貨色**留在《分手生存戰》裡吧！解釋一下，為什麼你說吉瑪很『疏遠』？」

杰森簡直像全身都是肌肉做的。他的脖子就跟頭一樣粗，手臂猶如樹幹，但是聲音異常地尖銳，令人有些吃驚。

「別那麼極端，老兄。吉瑪・本斯不是『這貨色』，她是我女朋友。其實算前女友吧，是吧？沒錯，她是很漂亮，裡外都是。但是我不得不把她留在《分手生存戰》裡，因為她需要暫停一下。她整天就只盯著她的手機，擺姿勢拍自拍或是回應別人的評論。我們已經有好幾個月沒有好好交談了。每次我想跟她講話，她連把頭從手機上抬起來一下都懶。她的粉絲好像比她的朋友跟家人還重要。我想念她，我們都想念她。她需要醒過來，意識到自己有一個嚴重的問題。我當初並沒打算跟一個手機的背面在一起。」

亞當搖搖頭。「聽起來像是典型的被視為理所當然的案例。」

「沒錯，但是她——」杰森突然改變態度。他看起來一點都不自命不凡，儘管之前吉瑪這麼說。「她是個好人。她只是有一點迷失了，迷失在這所謂網路紅人的世界，這才是我無法忍受的部分。」

「上個月我們得到免費的機票飛去馬約卡島度假，你好像並沒有無法忍受啊，杰森？想清楚好不好？」吉瑪邊大喊邊往前傾，雙臂緊緊交叉在胸前。

艾咪暗暗決定以後不要惹毛吉瑪。

「接下來……請來點鼓聲……是杰瑞米！」

螢幕上出現一張黑白的結婚照，凱西見了不禁哀鳴一聲。照片起碼有三十年了。

凱西嘆了一口氣。「看看我，多天真啊。真的太傻了。」

姓名：凱西．赫嘉提

年齡：52

地點：濱海韋斯頓

職業：無

狀態：已婚，兩個小孩，已成年

特點：怨恨

螢幕切換到一個矮小、緊張的中年男子，蓄著寬大的鬢角，左耳戴著一只耳環，看起來像隻脾氣不好的雪貂。

「哇，杰瑞米，怨恨？這可大條了。」

「沒錯，亞當。」那雪貂聳聳肩。「我之所以把凱西留在《分手生存戰》裡，是因為她不肯離開。我好幾星期前就請她收拾她的東西了，但是她只是當耳邊風。如果她無處可去，是她的問題，不是我的。她該接受事實了：我們的小孩都搬出去了，而我已經繼續前進，蘇珊也搬進來了。」

「誰是蘇珊？」

「我的真愛，亞當，蘇珊是我的真愛。總之，凱西已經打擾我們本來該有的幸福日子太久了。蘇珊真的很沮喪。我跟凱西的關係已經結束了，等她搬出去，我就會申請離婚。我希望《分手生存戰》能夠幫助她接受事實。」

艾咪挪向凱西。「凱西，我真為妳難過。」

凱西看著艾咪，臉上表情異常地冷靜。「不用為我難過，我很早以前就知道他有外遇了。太老套了，為了年輕性感的秘書拋棄家裡的黃臉婆。真可悲。」她輕聲說。

「妳還真冷靜。」蘿倫說，遞給凱西一張面紙。「要是我早就暴跳如雷了。」

等等，噢，天啊。

姓名：艾咪．郝

年齡：32

地點：倫敦

職業：文案作家

狀態：長期男女關係

特點：壓迫

螢幕上是傑米跟艾咪今年年初在坎城海邊的照片。這是他們最後一次一起出遊。傑米一身曬成古銅色的肌膚，上身赤裸，露出結實的六塊肌。艾咪則是全身裹滿許多條完全不搭的沙龍與防曬係數一百的防曬霜，因為前一天她把自己曬傷了。看起來真可笑。她不敢相信傑米居然會選這張照片。真不愧是他最後的一擊。

出招吧，傑米。

「現在輪到傑米！透露一下，你在哪認識麥可傑克遜的？」亞當狂笑起來。觀眾跟著哄堂大笑，傑米則假笑一番。艾咪一眼就看出來了。「開玩笑的。跟我說說你跟艾咪的感情問題。」

「哈囉，大家好。」傑米坐直，張開雙腿，把手肘靠在膝上，雙手握在一起，這是他典型的「讓我為你說明一下」姿勢。「我是傑米．歐，新創獵頭公司『人頭總部』的創辦人。」

觀眾裡有人吹口哨。艾咪覺得胃裡泛起一陣刺痛。

「哈，謝了。總之，我是艾咪的前男友。不要誤會，艾咪其實是個很好的女孩，只不過……更適合別人。」

適合誰？傑米，你為什麼現在才想到這一點？

「我之所以把艾咪留在《分手生存戰》裡，是因為她總是給我施加壓力，要我們繼續前進，結婚生小孩。我已經很清楚跟她說過，這些我全都不想要。但是她就是一直逼、一直逼、一直逼。說實話，我覺得想結婚生小孩是大多數女人的天性。所以這不是女人的錯——只不過是天性罷了。」

他以前對她說過這種話。她當時以為他在調侃她。

「我希望艾咪在《分手生存戰》裡能夠學會傾聽。我祝她好運。如果你們還需要更多資訊，有需要獵人頭，可以上Headplace.co.uk，或是寫郵件到jamieo@headplace.com。」

艾咪動也不動地瞪著螢幕。

「妳還好嗎，親愛的？」蘿倫靠過來揉她的膝蓋。

「壓迫？」艾咪說，然後清清喉嚨。「他好像在講一個完全不同的人，好像在講一段完全不同的感情。根本就是謊話連天。壓力？我們從來沒有一次談過這個話題，我發誓。」艾咪說，「我沒發瘋，真的。」

「我們知道妳沒發瘋。」潔姬說，「這全是男人的典型藉口。」

「我為大家泡杯茶吧？」凱西站起來，望向大家。

「凱西，請不要離開客廳。」

「好啦，我猜他們還是可以聽到我們。」凱西說完又坐下來。

海蒂突然把頭埋在膝上。大家抬頭，看到螢幕上出現一張她的照片。太可怕了。照片是狄倫的自拍，看起來像個傻蛋一樣，嘲笑在後面沙發上睡著的海蒂。海蒂的嘴巴張著，看起來一點都不討喜。

姓名：海蒂．傑克森

年齡：33

地點：伊斯特本

職業：主廚

狀態：長期男女關係

特點：無聊

「主廚的工作時間很長！」海蒂從膝間嘶喊，小聲得幾乎讓人聽不到。

狄倫看起來像個不修邊幅的大小孩，一身印著堡壘之夜圖案的連帽運動服與垮褲，油膩膩的黑髮用髮膠往前梳到額頭上。

「海蒂，狄倫幾歲？」潔姬替大家開口問了這問題。

海蒂坐起來，滿臉通紅。

「三十四，為什麼？」

「沒為什麼。」潔姬說。

「狄倫，小狄，小酷哥狄倫……怎麼搞的？你為什麼把海蒂留在《分手生存戰》裡？」

「好啦，老兄，你可以叫我狄大哥。」

嗯。

「海蒂是個心地很好的人，這一點不可否認。我有背痛的問題，沒辦法做什麼家務，所以都是她在打掃啊、買菜啊、泡茶啊，就這類鬼東西——對不起，就這類事情。我在電視上要注意用詞，是吧？」

「沒錯。」

「好，抱歉。但是咧，隨著時間，她就變得超級無聊。老是在靠……發牢騷，然後對各種小事要求太多。我們已經很少一起開懷大笑了。她老在說把你的杯子放進洗碗機，或是把電視關掉吧，已經凌晨三點了。就好像她六十三歲了，不是三十三歲。如果我想要個阿嬤，那我搬去跟我阿嬤住就夠了。我阿嬤至少還會烤餅乾給我吃——你懂我的意思吧！」他笑起來，像隻海豚一樣。

「我跟他說過了，」海蒂平靜地說，「我整天都在烹飪，所以在家已經沒心情為你烤餅乾了。但是我會幫他泡茶，這樣還不夠嗎？」她問，望向大家。

「我連茶都不泡咧，寶貝！」吉瑪忽然說。「這蠢蛋有茶喝就應該心存感激了。」

「啊，該死。」蘿倫喃喃道。

姓名：蘿倫．霍克
年齡：36
地點：曼徹斯特
職業：DJ
狀態：短期男女關係
特點：隨便

蘿倫的照片看起來像張廣告宣傳照，照片上的她站在一間夜店的混音台後。

「哇，寶貝，妳看起很酷耶！」吉瑪推推蘿倫。蘿倫露出微笑，聳聳肩，低下頭，幾乎有些不好意思。

「好啦，現在壞消息要來了。」亞當對著鏡頭說，「蘿倫的男朋友——或者應該說前男友——想維持匿名。」

觀眾開始喝倒彩。

「不過不用擔心，他寫了一封信給我們。現在就來聽聽匿名先生的想法。」

他揮揮手中的一張卡片。

我之所以把蘿倫留在《分手生存戰》上，是因為她是個騙子。她不是我認為的那種人。我想成為她特別的伴侶，而不是她眾多性伴侶中的其中一個。她根本不知道什麼才是結婚的理想對象。她一星期去混音台後面幾次，就以為自己還有本錢。但是她已經三十六歲了，不是二十六歲，老早就不是了。她得了解，沒有人會買鑽戒給一個過氣的、而且已經跟曼徹斯特所有男性人口都上過床的夜店DJ。

「老兄，你忘了還有曼徹斯特的女性人口。」蘿倫笑起來。「我的天啊，我什麼時候說過我想當結婚的理想對象啊？你太可悲了。」

「看來匿名先生比妳更想讓妳成為結婚的理想對象。」潔姬說。

「沒錯，我知道。但是**大衛・迪克森**也得學會接受拒絕！」蘿倫對著鏡頭喊。

電視上響起一聲鑼鳴。

「各位觀眾，」亞當邊說邊站起來走到舞台上，「請鼓掌歡送我們的前男友們！」

在亞當身後，艾咪可以看到傑米轉向其他人，跟他們握手，還分發他的名片。**混帳**。

「當然了，也為我們六位勇敢的參賽者大力鼓掌！自私的潔姬，疏遠的吉瑪，妒恨的凱西，壓迫的艾咪，無聊的海蒂，最後還有隨便的蘿倫。歡迎來到這趟能夠改變一生的旅程，成為更好的人！廣告之後，我們就來參觀一下參賽者的住所，還有我們的女孩們接下來四星期會遇到哪些挑戰。」

觀眾一片歡呼，亞當的聲音幾乎都聽不到了。他向攝影機走近幾步，臉塞滿了整張螢幕，像是只在對著她們講話。

「妳們這些女孩很幸運吧？」他輕聲說，然後眨眨眼。

七

@傑登　潔姬4。艾咪7。海蒂3。吉瑪10。蘿倫6。凱西2。#分手生存戰

@黑貝克十二號　四星期後見。#分手生存戰就是真實生活！　#最棒的新節目

@大班諾　一群愛哭鬼。不，謝了　#我不會看　#分手生存戰

@好友麥可　請給我一份吉瑪加艾咪的三明治帶走　#分手生存戰

不斷湧入的粉絲留言被中斷，亞當的臉又回到螢幕上，他站在一個屋子的模型前。

「歡迎回到《分手生存戰》！現在呢，在我前面是《分手生存戰》的模型屋。裡面有交談室，在交談室裡我們的參賽者可以揭露她們所有的祕密跟感受，還有祕密的感受……」

他在觀眾歡呼時稍作停頓。

「……還有漂亮的餐廳，有足夠的椅子讓我們的參賽者可以坐著吃飯、喝茶，站在上面跳舞跳到凌晨。」

亞當開始跳起在網路上紅翻天的「Vossi Bop」舞步。至少艾咪覺得他在嘗試跳出那種舞步。觀眾為之瘋狂，有幾個還站起來跟著他一起跳。真是令人尷尬的幾秒鐘，艾咪暗自希望這輩子不用再看到這畫面。然後亞當忽然停下來，又伸手指向模型屋。

「在這一角是治療室。在這裡，我們的特約治療師會引導我們的女孩走上一段探索身心靈的旅程，能讓她們在男女關係方面得到啟發。接下來是廚房，這是我最喜歡的部分。巨大的冰

箱裡會隨時補充各種基本飲食，還有，這是我覺得最棒的功能，有一個可以裝普羅賽克氣泡酒的水龍頭！」他呆呆地瞪著鏡頭，指向廚房一角的一個小裝置，艾咪本來以為那只是個裝飾。

「冰箱裡會擺滿各種健康的食物，確保我們的女孩們飲食均衡。我們可不想要她們待在這裡的時候變胖變重，是吧？」他對著鏡頭搖搖手指。「為了確保不會發生這種狀況，請看看我們最先進的健身房！請注意，這健身房就在廚房隔壁，這樣我們的參賽者打開冰箱前，就會三思而後行！」

「討厭鬼。」潔姬說。

「大多時候咧，我們的女孩們會自己做飯。但是偶爾也可以放個假，也就是如果贏了某些特別的挑戰，就可以叫外送，在這裡特別感謝我們的外送夥伴『快優美食』。但是要表現真的非常好，才有這樣特別的獎賞哦！」他笑起來，又用手指指向鏡頭。「還有女士們，海蒂，如果妳們真的有任何飲食上的特殊需求，我確定我們一定可以配合。」

海蒂看看大家，聳聳肩。

「我他媽的到底為什麼同意留下來？」蘿倫壓低聲音說。

不給大家時間回答，亞當就大喊：「現在我們來看花園！」

「好好一飽眼福，看看我們涼爽寧靜的滑雪小屋，還有熱情如火的夏威夷度假酒吧，接下來的比賽可能會變得十分火熱喔。如果太熱了，正適合跳進我們的長型游泳池消消火。不過，女孩們，容我再次提醒，在這裡妳們也時時刻刻受到監視，多虧了我們無所不見的地精巡邏隊！」

鏡頭先是拉近到桌上的地精模型，然後又拉遠，接著亞當抓起其中一個，丟向觀眾。一群人爭先恐後地伸手去接。

吉瑪抖抖肩膀。「這群地精真恐怖，妳們看，它們的眼睛一直跟著妳。」

「它們的眼睛是攝影機。」艾咪說。

「該死，」吉瑪悄聲說，「根本就無處可逃，是吧？」

「現在我們來看客廳！」亞當大喊，一邊繞到桌子另一邊。「好啦，這間客廳呢，有幾個特點。首先，它有一台超大的電視。哇，我們的參賽者日子可享受了。不過我們不是來看她們翹著腿看網飛的。這台電視是讓我們的參賽者來看我在我們現場直播的節目上跟來賓聊天講八卦的，當然還有說明我們的挑戰。除此之外呢，它還有另外一個非常特別的功能。」

他走向鏡頭，呼出的氣使鏡頭都起霧了。

「噁，」艾咪說，「他在《名人拇指大戰》上好像都沒這麼噁心。」

「螢幕上還會連續不停地播放粉絲的評論，我們把它叫做『粉絲留言板』。粉絲留言板可以讓我們的女孩們看到外界對她們的看法，每天二十四小時連續不斷。所以囉，女士們，妳們在那裡面可要乖乖的呦！」

螢幕下方出現文字，說明如何留言，如何加上標籤。

艾咪開始擔心觀眾會攻擊她哪一點。她的鼻孔？她的眉毛？如果她懶惰下來，恐怕就是眉毛。說她有多平凡、多無聊？還是這些全部都來一遍？她暗暗發誓，除非有必要，絕不會去看留言，儘管要做到這點恐怕不太容易。

亞當揮手示意攝影機去照臥室跟浴室，一邊說明裡面有八張單人床跟一間浴室，浴室裡沒裝攝影機，也沒裝麥克風。觀眾開始喝倒彩。

「難不成你們想看我們坐在馬桶上拉屎？變態。」吉瑪說。

「為什麼有八張床？我們不是才……」海蒂點頭數了一圈，「六個人嗎？」

「他們可能以為會找到八個參賽者吧？」潔姬聳聳肩說。

「什麼？妳的意思是有人拒絕留下來了？」蘿倫說，「不可思議。」

「現在來到最重要的部分了。」亞當繼續說，「也就是我們的參賽者要怎麼做才能獲勝，成為史上第一位完美嬌妻！」

觀眾歡呼起來。亞當走到一座螢幕邊，螢幕上列出了一條條對於接下來四星期的說明。

「好啦，請大家安靜下來，注意聽好。首先，我們的參賽者會定期跟我們的特約治療師會談，治療師會幫助她們找出自己的問題，做出正面的改變，引導她們回到正軌。然後呢，我們的參賽者每週都有一個特殊的挑戰要完成，觀眾可以依據她們的表現為她們評分。得分最高的參賽者就算贏得該項挑戰，可以為自己或為大家贏得一個獎賞。最後呢，她們還會有幾次祕密約會。觀眾可以依據她們的衣著、舉止、魅力進行評分。」亞當嘻嘻笑起來。「不要轉台——廣告之後我們馬上回來！」

電視螢幕上放大顯現出之前的說明。

如何在《分手生存戰》勝出！

✓擁抱妳的療程，改變妳的人生！

✓勇敢接受挑戰，學會如何去愛！

✓歡迎妳的祕密約會，妳會很驚訝它們可以教會妳什麼！

✓為觀眾露出微笑，觀眾能夠決定妳的去留！

「女士們，」潔姬悄悄地說，一邊站起來，站在電視螢幕前。「我們是自己決定留下來的，所以現在也沒什麼好抱怨的。但是我們可以稍稍改變規則，不一定非得按照他們的玩法。我們可以挑戰每個挑戰，指出這是明目張膽的性別歧視，讓觀眾知道這整個節目有多不對勁。他們根本沒辦法阻止我們。他們不能把我們趕出去，否則節目也做不成了。但是我們必須同心協力。」

「他們頂多只能不投票給我們，是吧？」海蒂問。

「而且能投票的只有觀眾，製作人不能投票。只要我們沒違反規則，我們就可以留在節目上。然後我們就只需要把觀眾拉到我們這一邊。我的意思是，每個人都看得出來這節目有多變態吧？所以把觀眾拉到我們這一邊，應該沒那麼難吧？」

她們沒時間回答。

「在那一切都好嗎？女士們？」亞當對著鏡頭喊。一群人一致點頭，對鏡頭揮手。

「太好啦。現在呢，我們就來看看這節目最重要的一部分：觀眾票選！每星期，觀眾都可以用票選的方式留住他們最喜歡的參賽者。選票最少的參賽者就直接出局。所以咧，我們在屋子裡還有一個很特別的裝置——人氣排行榜！女孩們，請全部移動到餐廳。」

觀眾開始竊竊私語起來。

一群人走進餐廳，電視螢幕亮了起來。人氣排行榜看起來像個足球聯賽的排名表。看到自己排在中間時，艾咪稍微鬆了一口氣。吉瑪排在第一位，這並不令人吃驚。蘿倫排在最後，這就有點令人意外了。艾咪本來以為蘿倫會很受歡迎。

「人氣排行榜可以讓參賽者看到觀眾此刻給他們評分的結果。這個排行榜會持續不斷即時更新，這樣參賽者就可以馬上知道觀眾怎麼評斷她們此刻的行為。它還可以感測到正面跟負面的情緒，非常聰明。」

「不像你這個笨蛋。」潔姬喃喃道。

「比如說，如果觀眾覺得哪個女孩有點霸道，在這裡我們就不指名道姓了——」亞當故意藉著咳嗽咳出一聲清楚的潔姬，觀眾立刻歡騰起來——「人氣排行榜會在線上感測到這個負面的情緒，然後把這名參賽者往下拉一位。」

潔姬搖搖頭。

「如果參賽者表現得乖巧可愛，觀眾也許會讓妳上升一位。所以囉，人氣排行榜可以讓每個參賽者了解到自己的行為是好是壞，而且可以隨時提醒她們注意自己的行為態度。所以，女士們，不要說我們沒在保護妳們喲！」

「然後四星期之後，」亞當繼續說，「兩名參賽者會進入歷史性的總決賽。決賽裡獲得最多觀眾票選的人除了會得到一百萬英鎊，還可以得到一系列的治療會談、健身房會員卡、一次專業的全身改造、一趟免費的假期，還有一整年免費的《愛情市場》交友網站會員資格。」

觀眾歡呼起來。

「那麼我們的亞軍呢？我們的亞軍也不會空手而歸。她收集了一個月自我成長的經驗，對於感情會抱持一個更健康的態度！」

亞當轉向觀眾，舉起雙手。

「好了，就這樣！我們今晚的節目就到此為止。明天請記得準時打開電視，看看我們為參賽者又準備了什麼精彩的內容！」

螢幕關掉了，屋裡一片寂靜。

「八點了，」潔姬說，「是時候來試試那個普羅賽克氣泡酒水龍頭啦！」

艾咪躡手躡腳地溜進臥室，爬進被窩時，才晚上十點多。吉瑪這時稍微抽動了一下，她在一個小時前就已經睡了。上一次睡這麼窄的床時，艾咪才十歲。她回想起傑米的特大號加州雙人床，昨晚的這個時候她還躺在那張床上，試著不發出一點聲音地睡著。

「是因為妳的鼻孔太大了。」傑米總說，「怎麼了？這是一種稱讚耶。菲妮・柯頓的鼻孔也很大啊，而且人可紅了。」

這時艾咪通常會假裝覺得好笑，然後隔天盯著每個人的鼻孔看，納悶自己的鼻孔是否真的比一般人都大。傑米會繼續拿這個話題開玩笑，此外還有她鬆軟的上臂、晃蕩的大腿跟雙下巴。

艾咪首次展現出她的鼻孔情節時，她跟傑米才交往了三個月。當時她真的很擔心傑米會因為怕一輩子都沒辦法再睡著而甩了她。她花了上百英鎊試過每一種昂貴的裝置，其中有一種咬在嘴上的裝置使她看起來像《沉默的羔羊》裡的萊克特。最後兩人決定使用一種會播放雨聲的應用程式，好蓋過她的呼吸聲。蓋過她**只是待在房間裡的聲音**。

她真希望自己此刻坐在「精典小菜」裡。在正常的分手狀況下，她會邊哭邊喝酒，嘗試從莎拉手中搶回自己的手機。然後她會回家，狼吞虎嚥地吃下豬肉水餃，一邊看電視上《卡戴珊一家》的重播，一邊在手機上滑《愛情市場》，讓自己暫時好過一點。**這才是妳度過分手的方式**。正常人不會在電視上度過分手，還是在五個陌生人的陪伴下，而且這五個陌生人跟妳毫無共通點，除了她們全是在電視上被甩了。

當然，節目製作人並沒有綁架她。如果她想走，現在就可以走，而且還是會拿到參賽費，這筆錢拿去泰國度假一趟綽綽有餘。但是她心底深處有些什麼使她想繼續留下來。也許她並不是真的想回到過去喝酒－吞水餃－追電視實境秀的循環。也許她想做點什麼完全不同的事，好打破這個惡性循環。也許她想跟這個世界證明，她可以在這個節目上獲勝。而且說實話，有了一百萬英鎊，一切的羞辱都值得了。

她開始擔憂起來。

我到底在做什麼？這是我這輩子做過最差勁的決定嗎？我會孤單一人地死去嗎？

吉瑪可以聽到我呼吸嗎？

八

哇……哇……

好吵，吵得不得了。簡直令人無法忍受。艾咪從床上跳起來，一臉困惑地環顧四周。到底是什麼聲音？火災警報器？她看到其他人在房間裡跑來跑去，想找到噪音的來源。有人打開燈，瞬間亮得大家睜不開眼。

噪音再度響起。哇……哇……

「聽起來像……小寶寶在哭？」凱西說，但是沒有人聽得到她講話。

聲音突然停下來，一群人慢慢靠近臥室門口，瞥向客廳。

「噢，我的天啊！」潔姬悄聲說。

哇……哇……

「現在才早上六點耶，他們到底想幹嘛？」吉瑪大吼，一邊跟著人群憂心忡忡地走向客廳。

大家目瞪口呆地站在門口，瞪著那排神奇地出現在沙發旁的嬰兒床。總共有六個在哭的小寶寶，每個小寶寶的圍兜上都印著一位參賽者的名字。當然，不是真的寶寶，而是逼真到有點恐怖的塑膠娃娃，被設定成大哭的模式，但是沒有一個人找得到停止的按鈕。她們就像在《愛之島》上醒來，但是根本距離天堂十萬八千里。

哇……哇……

艾咪掃視那排小床，找到自己的娃娃。班尼·郝。她小心地把娃娃拿起來，尋找娃娃背後是否有可把音量調小的旋鈕。沒有。她不確定自己還能做什麼，於是把它遠遠地抓在面前。

這一定是我們的第一個挑戰，她邊想邊環顧四周，看看別人都怎麼做，也許她應該模仿她們的做法。潔姬抓著娃娃的一隻腳，把娃娃頭下腳上的倒吊著。吉瑪用一隻手臂圈住娃娃的頭，走去廚房想為大家泡茶。海蒂用手摀住娃娃的嘴巴，踉踉蹌蹌地想回床上，結果撞到臥室的門。

「等一下，吉瑪，我的小床裡有張紙條。」蘿倫邊說邊打開紙條。「女士們，恭喜！歡迎來到母親的世界。今天已進入節目的第三天，是妳們接受第一個挑戰的時候了。這個挑戰就叫做《噢，寶寶！》，在這裡我們會測驗妳們的母性本能。」

「如果我們一點母性的本能都沒有呢？」潔姬故意問。蘿倫聳聳肩，繼續唸。

「接下來幾天，妳們每個人要負責讓自己小寶寶過得的健康幸福。小床裡已經準備好所有妳們需要的東西：尿布、奶粉、毛巾跟毯子。規則很簡單：找出一個生活規律，以滿足寶寶的生理與情緒需求，也就是睡眠、餵奶、吐奶、排便和感覺被愛。」

「但是……這些娃娃是塑膠做的。」海蒂焦慮地看著大家。「我們怎麼知道自己做得對不對？」

「我們會觀察與評判妳們對這個重大的人生責任如何反應，」蘿倫繼續唸，「然後決定妳們是否勝任。該死，我一定是最後一名。」她放下紙條，抓起娃娃的後腦勺。「我的媽呀！我的娃娃為什麼看起來像《東區人》裡面的菲爾·米歇爾啊？」

她開始上下搖晃娃娃。「好啦，寶貝，我要一品脫的啤酒，還有一包香菸。」她模仿倫敦東區的腔調說。

艾咪心不在焉地嚼著一片沒烤熟的果醬吐司，看著班尼在小床裡打鼾。

「小寶寶什麼時候開始學會打鼾了？」她問大家。

一坨果醬從吐司上掉下來，滴在班尼的額頭上。她趕緊舔了一下大拇指，把果醬抹掉，一邊瞄向攝影機，然後被頭上擴音器的聲音嚇得跳起來。

「各位參賽者，請到客廳沙發坐下來。節目即將開始。」

一個熟悉的旋律響起，一群人睜大眼睛面面相覷。艾咪瞥向時鐘，倒吸一口氣。

「我想的沒錯嗎？」吉瑪問，「我們是不是要上……？」

「親愛的觀眾，歡迎繼續收看我們的節目。至於剛打開電視收看的觀眾們，早安。」珍妮．麥肯錫歡快地說，她是真實電台週六早晨現場直播節目《燒水泡茶》的主持人。「我們今天早上有一個非常特別的片段喲！讓我們鼓掌歡迎最火熱的新節目《分手生存戰》的主持人亞當．安德魯。」

亞當坐在沙發上，膚色看起來比昨天還要橘兩倍，得意地沉浸在觀眾的掌聲中。

鏡頭轉到客廳，海蒂興趣缺缺地揮揮手，是唯一有反應的人。

「還有，當然也請為我們的參賽者熱情鼓掌！噢，亞當，我們的參賽者看起來有點受到驚嚇，是吧？她們還好嗎？」珍妮咯咯笑起來，一邊用手遮住嘴。

「說得好，珍妮，如果我早上醒來發現客廳裡有個小寶寶，也會受到驚嚇！」亞當忘我的大笑，一掌打在珍妮的膝上。

「才播出第三天，《分手生存戰》就已經登上了頭條，你一定很高興吧。現在跟我們談一談第一個挑戰吧？這個挑戰叫什麼——噢，寶寶？」

亞當突然一臉嚴肅。「沒錯，珍妮。《分手生存戰》其實就是要給感情不順的女孩們一個機會，去證明她們是可以長期相處的對象，證明她們具備成為終生伴侶的資質。而其中一個基本的條件就是願意犧牲自我，也就是把別人的生理與心理需求擺在自己的需求之前。沒有什麼比媽媽的角色更能測試她們是否有這個特質，對吧？」

「也許吧。那麼我們的參賽者要怎麼做才能贏得這個挑戰呢？」

「說實話，珍妮，我們只希望她們能做自己。你看，她們大多數都沒有帶小孩的經驗。所以囉，透過看她們怎麼照顧自己的寶寶，可以讓我們稍微了解她們的人格。有些人天生就知道該怎麼當媽媽，有些人並不是。瞭解這一點，就可以協助她們在未來找到合適的對象——與合適的關係。」

「而能夠評估我們參賽者特質的專家，現在就在攝影機後，是吧？」珍妮邊說邊伸長脖子。

「沒錯！」亞當瘋狂地揮手。「讓我跟各位介紹一下這個你們以後會常常見到的人。他是我們的特約治療師，不久後就會是我們這些參賽者的精神支柱。他最近才出了一本風靡全國的暢銷書《你真的在戀愛嗎？》，霍爾．希克醫師！」

「誰？」凱西問。

「從來沒聽過。」艾咪回答，而且看起來其他人也沒聽過。觀眾的掌聲稀稀落落，只見一位個子矮小、有點禿頭、戴著細框圓形眼鏡的中年男子有些膽怯地走到台上，在沙發上小心翼翼地坐下來，靦腆地對觀眾揮手。

「希克醫師，歡迎來到我們的節目。」珍妮微笑說，「非常高興今天能邀請到你。嗯，跟我們講講你寫的這本書在說什麼吧？」

希克醫師把眼鏡往上推了一下，然後慢慢開口回答。他在聚光燈下看起來很不自在。

「嗯，珍妮，首先謝謝妳邀請我上妳的節目。《你真的在戀愛嗎？》這本書的目的是讓戀愛中的男女去思考他們的感情有多**真實**。你們對彼此坦誠嗎？你們的關係是愛還是習慣？這本書最好是兩個人一起讀，最後的結果要不就是終止兩人的關係，要不就是使兩人的關係更穩固。但是兩種結果都是好的。這本書是想要鼓勵大家坦誠相見，但是同時避免彼此仇恨或互相責怪。」

希克醫師微笑著盯著觀眾，此時只聽到觀眾席裡傳來一聲咳嗽。

艾咪看看大家，納悶是否也有人覺得這本書聽起來還不錯。潔姬在編辮子，凱西無精打采地瞪著前方，吉瑪正在用頭髮清理牙縫。

好吧，看來只有她自己。

「哇，聽起來絕對是一本暢銷書，對吧？」珍妮睜大眼睛瞪著觀眾，觀眾立刻歡呼起來。

希克醫師立刻滿臉通紅，揮揮手要觀眾別歡呼了。

「好，希克醫師，跟我們說說看，」珍妮要觀眾安靜下來後繼續說，「你在《分手生存戰》裡會扮演什麼角色？」

「好的，珍妮，」他在沙發上稍微往前挪，「我覺得《分手生存戰》這個節目的基本概念非常有趣，我也很好奇我們的參賽者待在節目上的這段時間會有什麼變化。我覺得我們會看到一些非常驚人的結果。」

「了不起！」亞當插嘴道，聽起來虛情假意，像條張著嘴巴的魚。

「我會定期跟參賽者進行治療會談，試著去了解她們當初為什麼會選擇留在節目上，然後希望能引導她們走出此刻的困境，幫助她們成為更優秀的對象，在未來更有機會建立長期的感情關係。」

「那麼你會挖出來的各種八卦誹聞呢？」亞當笑起來，看看觀眾，眨眨眼。觀眾全竊笑起來。

「呃，這個部分不在我的考慮範圍之內。」希克醫師答道，同時第三次把眼鏡往上推。「不過我很確定我們會聽到一些很有趣的故事，也許還會有幾個我們都會深有同感的故事。」

「再跟我們說說，希克醫師，你能預測我們的參賽者會怎麼面對這個扮演媽媽的挑戰嗎？你覺得我們這些新手媽媽會有什麼表現？」珍妮擠出一個誇張的微笑，眼睛幾乎瞇成一條線。

希克醫師搖搖頭。「噢，此刻我無法下任何評論，珍妮，我根本還沒見過我們的參賽者。」

「就猜一下吧，希克醫師！」亞當尖聲說，珍妮也一股勁地猛點頭。

「我真的沒辦法——這樣太不專業了，也不公平。」

「真掃興！好啦，珍妮，我跟妳說，我猜凱西會表現最好，畢竟她已經有經驗了，而且妳看她那下垂的」——亞當故意停頓一下，斜眼看看睜大雙眼的珍妮——「T恤。」

珍妮翻了個白眼，揮手示意他滾蛋。觀眾竊竊私語起來，希克醫師則皺起眉頭瞪著亞當。

艾咪轉向凱西，看到凱西已把雙臂交叉在胸前。

「不要理他，凱西。」艾咪靠過去。「他講話根本不用大腦。他講這種話只是為了娛樂觀眾，不是因為有道理。」

「他是個欠扁的混蛋，根本不要多想。」蘿倫說。

一群人又轉向電視螢幕。

「……如果她的娃娃最後沒燒成焦炭、缺手缺腳或是臉朝下被丟進垃圾桶，我就會穿緊身游泳褲主持下一集的節目。」

珍妮緊繃的微笑像個鬼臉。希克醫師搖搖頭，嘴裡嘟囔著什麼。

「他在講誰？」

「我。」潔姬微笑著轉向大家。「不用擔心。」她舉起手要吉瑪別安慰她。「謝謝妳們的關心，不過他講的沒錯。不過他還忘了一個可能，也就是『漂在游泳池底部，腳上還綁了塊石頭』。」

「『切菜時離奇地不小心把頭砍下來』。」蘿倫說完就笑了，潔姬聽了也跟著笑起來。

珍妮繼續說：「但是我覺得潔姬會表現不錯。她是我們所有年輕女性觀眾的傑出榜樣。個性坦率、充滿抱負……」

「自私。」亞當打斷她，「她是自私的潔姬，記得嗎？」

「這是受傷那一方的看法，立場不中肯。」希克醫師說。

亞當想反駁，但是珍妮打斷他。「總之，三天之後我們就會知道結果啦！」

鏡頭拉近到她臉上。

「好的，各位觀眾，節目時間已接近尾聲，謝謝大家的收看。不要忘了每天晚上九點轉到真實電台，看看我們的參賽者在做什麼！」她對著鏡頭叫，最後揮揮手。鏡頭拉遠時，只見到希克醫師跟亞當兩人坐在沙發上正激動地爭論，珍妮則假裝什麼都沒發生，繼續像個娃娃一樣對著觀眾微笑。

螢幕關掉了，屋裡又一片安靜。

但是安靜的時刻當然沒有持續太久。

一陣不祥的鑼鳴突然響起。

「艾咪，明天早上九點請到治療室跟希克醫師會談。」

九

艾咪焦慮地等著跟希克醫師進行第一次的治療會談。她的鼻子在稀哩呼嚕地作響，而她無法決定是該把鼻涕往上吸，還是擤到面紙裡，她不確定哪一種方式更讓觀眾覺得噁心。最後，她從咖啡桌上的面紙盒裡抽出一張面紙，假裝咳嗽一聲，迅速把鼻涕擤到面紙裡。一切都很完美，她放鬆下來。接下來一個小時，潔姬會替她看著班尼，艾咪很高興能擁有片刻的和平、寧靜與自由，儘管還是有些緊張。她不確定自己會在希克醫師還有觀眾面前揭露出什麼祕密。

她往後靠在椅背上，觀察四周的環境。這是她這輩子第一次進行治療會談。世界上每一間治療室看起來都是這麼冰冷而慘白的嗎？牆上的三張海報讓她感到厭惡。

今天是全新的一天
不會吧。
選擇快樂
如果根本無法選擇呢？
當妳自己的陽光
我寧願當閃電。

面前的咖啡桌上擺著三株仙人掌，整整齊齊排成一列。她伸手去碰其中一株，結果不出所料地扎到手指。她皺起臉。真想知道等一下他會怎麼闡釋這個行為？自我摧毀傾向的具體表現？她不需要治療，她知道自己有什麼問題。她只需要跟莎拉出去一晚，喝掉三瓶酒。

門打開了，希克醫師走進來，輕輕把門關上，然後邊對艾咪微笑邊走向咖啡桌。

「早安，艾咪。我是希克醫師。妳好嗎？」

艾咪站起來，握了握他瘦小又濕黏的手，然後看著他小心翼翼、嘎吱作響地在對面的經典款皮製扶手椅上坐下來。

「很好，謝謝。」艾咪回答，但是心中感覺一點都不好。

希克醫師的圓形銀框眼鏡之後，是一雙緊張的小眼睛。

「嗯，說實話，我還是有一點點震驚。」希克醫師沒回話，於是艾咪又說。

「當然，這情有可原，畢竟這是一個很不尋常的狀況。」他從面前拿起一台平板電腦，輕觸螢幕。

嗡嗡，嗶。

艾咪在椅子上左右挪動。椅子在她的腿下嘎吱作響，使屋裡的氣氛更加尷尬。她的牛仔海灘短褲並不適合坐在巨大的皮沙發上，大腿看起來就像兩大坨生麵團，她立刻拿一塊靠枕遮住。

「試著忘了攝影機的存在。」希克醫師說，仍低頭看著螢幕，但是察覺到她的不安。「今天的會談是最簡單的一次，我們只會聊聊妳的背景——像妳是誰，妳為什麼在這裡。可以嗎？」

艾咪點點頭，但是不確定他是否有看到。

「我建議妳盡可能坦率直接，這樣我們就可以從這些會談中得到最好的結果。**不要去想誰正在看妳。**」

她的爸媽，她的朋友。更別說她的——如果希克醫師從她的心靈深處挖出什麼祕密，使他們受傷或是感到難堪，怎麼辦？

還有工作呢？如果在這之後她找不到工作，怎麼辦？

「噢，我的天啊！這是《分手生存戰》上那個蠢蛋！」她想像一位人力資源主管指著螢幕對一群聚集在他辦公桌邊的同事說。一群人瞬間哄堂大笑，裝模作樣地用手肘互捅對方。

艾咪，如果妳贏了，妳就再也不需要工作了。

再說，她現在不能退出這場會談。她已經簽了合約，所以她知道她得毫無保留地實話實說。她會告訴全世界她的感情狀況，儘管她過去兩年來一直在逃避這話題，逃避與跟她在一起的人討論這話題。曾經跟她在一起的人。

「艾咪．郝，三十二歲，獨生女，文案作家。」希克醫師打斷她的思路。

「沒錯，就是我。」艾咪說，一邊去捏手背上的皮膚。

「艾咪，跟我聊聊妳覺得為什麼妳今天會在這裡？」

他把手上的平板電腦放到桌上，手指交握成祈禱狀，撐住下巴。

「因為我……太笨了？」她聳聳肩，假笑一聲。如果不假笑，她恐怕真的會哭出來。

希克醫師揚起一道眉毛。「妳為什麼這麼想？」

「嗯，因為我浪費了兩年的生命跟不合適的人在一起，然後現在得重頭開始。」她感覺到兩頰熱了起來。

「重頭開始什麼？」

「我不知道，找到一個可以一起過日子的人？」她察覺到這句話聽起來有多絕望，胃不禁縮成一團。

妳真可悲。

「那麼，妳說這個過日子是什麼意思？」他問。

「同居、結婚、小孩、度假、各處看看、經歷什麼——我不知道，反正就是我這個年紀的正常人會做的正常事。」她吸吸鼻子，捏捏鼻樑。

拜託不要。

她的眼中開始泛起淚光，她咬緊下唇，不想讓嘴唇一股勁地顫抖。

不要不要不要不要不要不要。

一個大口吸氣的聲音劃破寂靜。

希克醫師盯著她，一點也沒有想幫助她的意思。他知道她快哭出來了。說不定他還希望她哭出來。這樣收視率會更高。

眼淚要來了。

她抓起一張面紙，迅速抹去一滴滑下臉頰的眼淚。但是她再也忍不住了。放開下唇，抓起滿手的面紙，大哭了起來。

「妳為什麼哭呢？」希克醫師一動也不動地問。只是坐在那盯著她。毫無反應，漠不關心。

「我痛恨我自己，太可悲了。」陣陣的抽泣之間，她大口吸氣，抓起更多面紙隱藏她醜陋的哭臉，不想讓攝影機拍到。當她把雙手放下來時，一張面紙還黏在眼睛上，她立刻伸手把它扯下來。

就是這個。就是這一幕，這一幕會在網路上爆紅。

「抱歉，我沒想到自己會這麼激動。」她說，然後擤擤鼻子，移開手時，在內心暗暗祈禱鼻涕沒擤得到處都是。「我以為自己已經釋懷了。傑米甩掉我的時候，我甚至根本不覺得我有那麼難過——我只感到生氣。我流的淚是生氣的眼淚。」

「哭泣是非常自然的反應，生氣也是非常自然的反應。但是妳在生誰的氣呢？」

「生他的氣……生我自己的氣。」

「為什麼？」他問。

她透過顫抖的雙唇深吸一口氣，吐出來。然後低下頭，開始撕扯手中的面紙。

「我以為自己把人生都計畫好了。我以為我會結婚，我以為我會生小孩。我以為我會跟我所有的朋友一樣走上這條路。但是現在，我想我沒有希望了。我又單身了。我浪費了兩年的生命，再也不會找到合適的對象了。我最後一定會變成孤獨老人，沒小孩、沒家人、沒朋友。我會孤孤單單地死去，根本沒有人愛我。而且這可能還是我自找的。我知道傑米並不適合我。我也早就看到警訊了，就好像一個巨大的霓虹燈廣告招牌就掛在我面前，告訴我**他不適合妳！他不會讓妳幸福**！我氣我自己辜負了自己的期望，氣我自己毀了這個擁有一個快樂正常生活的機會。我到底哪裡不對勁？我對男人的品味為什麼這麼差？」

「艾咪，妳覺得妳有什麼不對勁嗎？」

「我不知道！」她的聲音又顫抖起來，但是現在手中的面紙都撕碎了，沒東西可以拿來遮住臉了。她幾乎把手指戳進眼睛。「我太醜、太胖、太老、太無聊？我有鬆軟的上臂、超大的鼻孔，而且呼吸聲太大？」她連珠炮般地說。

「妳的朋友會這樣描述妳嗎？」

「不會，不過她們大概太忙，已經忘記我長什麼樣子了。」她抽噎著說。「我看就算我跟著馬戲團跑了、嫁給一個四處旅行的人、生了三個小寶寶，她們都不會在意。不過，如果我真的生了三個小寶寶，她們就又會開始有興趣跟我見面。小孩是進入她們俱樂部的門票。」

「她們為什麼太忙？」

「因為她們都三十好幾啦，而且都在忙著準備產前派對啊、一歲生日啊、整修地下室啊、計畫全家出遊度假啊。我知道這不是她們的錯，畢竟這就是她們應該過的生活。這也是我應該過的生活。但是我在生命中老是做出錯誤的決定，結果我就離這樣的生活越來越遠。」

「妳常常這樣把自己跟朋友做比較嗎？」

「沒有啊。」她說謊。

「那麼社群媒體呢？妳常常使用嗎？」他拿起平板電腦，打了幾個字。「我覺得很多妳這個年紀的女性，會基於在IG跟臉書上看到的內容，認為朋友過的生活比自己的生活還精彩豐富。」

「其實沒有。」

沒錯！時時刻刻都是！這才是她應該說的話。她應該說：「每次要等什麼的時候，我就會連上社群媒體。等水燒開還要三十秒鐘？這時間足以去讀幾篇貼文。斑馬線的紅綠燈是紅的？我得查看一下大家過去這三十分鐘都幹嘛了。爬樓梯時看好階梯？太無聊了！我得知道莎拉跟誰在酒吧裡，如果摔了一跤扭斷脖子也無所謂。」

真相就是，她早上醒來時跟她道早安的、晚上就寢前跟她說晚安的，都是她的手機螢幕。而且劇本永遠一樣。

1. 打開IG

快速瀏覽各貼文，然後往下滑。為自己不在@洛蒂探索家所在之處而感到沮喪。看到珍妮的新廚房跟自己的公寓一樣大而感到更沮喪。

2. 打開臉書

滑過沒完沒了的減重廣告。點進「世界最時髦寵物」排行榜。然後痛恨自己浪費了幾分鐘的生命。

3. 打開《郵報網站》

把手機螢幕擋住不讓傑米看到。避免任何跟《愛之島》有關的內容。看完一篇D級名人增重的文章。發誓明天要把這個軟體刪掉。

希克醫師的平板電腦突然出現在她眼前，打斷她的白日夢。

「艾咪，我想請妳解釋一下，在這張照片裡妳在做什麼。」

艾咪花了幾秒鐘才了解自己看了什麼。

「這照片是從哪裡找到的？」艾咪一臉困惑地問。

螢幕上是三年前安琪拉結婚時丟新娘捧花的照片。最前面是一群女生雙眼發亮、張嘴大叫、爭先恐後地伸手去搶捧花。艾咪並不在其中。她遠遠站在一邊，百無聊賴的表情，一隻手固執往下垂著，另一隻手端著一杯香檳酒。艾咪還栩栩如生地記得那場婚宴。嗯，其實不是婚宴本身。應該說是隔天，因為隔天大家全忙著傳簡訊給她，提醒她昨天如何跟安琪拉好色的五十歲叔叔在舞池上熱舞。那一瞬間她恨不得去死算了。那是她跟班分手之後，心碎之餘在酒醉狀態所做出一連串可怕而模糊的決定中的最後一個。她是婚禮上唯一的單身女子，那天晚上她想感覺到自己被男人渴望，於是兩瓶酒下肚之後，就連安琪拉的叔叔她也不排斥了。之後整整一個月她都滴酒不沾。

「是我們的調查人員找到的。」希克醫師繼續說。「我想知道妳當時在想什麼。」

「我當時在想，搶新娘捧花這檔事使女人看起來真可悲。好像我們全都急著想結婚一樣。好像我們全都在彼此競爭，想搶先跑到聖壇前。我是基於原則不想成為其中一員。」她說，慢慢平靜下來。

「有趣。」希克醫師把平板電腦從她面前拿走，放在兩人之間的桌上，又開始盯著她。「妳說妳想結婚？」

「我不想去爭捧花是因為我覺得太丟臉了，但是這並不表示我不想結婚。」

他邊點頭邊輕觸螢幕。

「艾咪，我還有最後一個問題。」

「好。」她開始收拾用過的面紙。

「妳愛傑米嗎？」他問。

「當然啦。」她回答，語氣有些過於激動。

「妳愛他哪一點？」他問。

她突然腦筋一片空白。她愛傑米哪一點？

光滑的皮膚，友善的微笑，乾淨的牙齒。沒有疾病。會把碗盤收進洗碗機，會做晚餐。有份工作，不是住在紙箱裡。聰明。

「他以前很聰明。」她說，「對不起，我的意思是他**這個人**很聰明。」

「對妳來說，智慧是挑選終生伴侶中一個很重要的特質嗎？」

「是啊，當然。」

「為什麼？」

「嗯，這樣兩人交談起來更容易吧。」她說。

「妳跟傑米都談什麼？」

「很多。生活、他的工作、當前的大事。」

其實真相是，她跟傑米的對話幾個月前就進入乾旱期了。他們的談話內容只剩下：冰箱裡還有沒有牛奶、晚餐想吃什麼，還有傑米是不是要去健身房。偶爾，他們也會談到人頭總部。傑米會詢問艾咪對幾個公司標誌的意見；艾咪會選出自己最喜歡的一個，然後他就絕對不會去選她選出來的那一個。她很久以前就學會，不要聊起她自己的工作。因為他的反應總是：「我不確定耶，小豬。該怎麼做，妳就怎麼做吧。」而且大半時候這回答根本沒道理。傑米並非一直都是這樣。一開始時，他還挺關心的，還對這一切很有興趣的。他會協助她完成履歷，會為某個合約工作稍作試探，他甚至還會閱讀她的文案，然後對她稱讚個不停。但是投資了一年的努力後，他決定可以放鬆休息了，因為他已經把她牢牢逮住了。她在這個年紀不可能再跑走，他深深知道這一點。

「艾咪？」希克醫師往前傾。

「嗯，什麼？」她眨眨眼，又回到現實。

「我剛剛問，你們有沒有談論過你們的關係？」

「有時候。」她答。其實**從來都沒有**。

「那在談論你們的關係時，你們會談論到什麼內容？能給我一個例子嗎？」

「他前一陣子送我一把他家的鑰匙，說我隨時想過去就可以過去，想走就可以走。」她說，「呃，只要我事先通知一聲。」

希克醫師瞪著她。

沒錯，謝謝。我現在也知道這話聽起來有多蠢。但是給我鑰匙表示我們的關係是認真的吧？如果你準備跟對方分手，也不會送對方自己家的鑰匙吧？

「那你們有沒有談過這鑰匙對你們的關係有什麼意義？」

「沒有，我覺得也不需要。這件事本身就有象徵性意義。」

「你們有沒有談過你們的未來？」他問，「像是結婚、生小孩這類的事？」

有一陣子她總為兩人準備午餐的便當，那時他的確說到她很「賢慧」。不過她做便當不是為了「賢慧」，而是為了省錢。他的稱讚使她既有些惱怒，又有些愉悅。惱怒是因為這話使她覺得自己像個黃臉婆，愉悅是因為他會有這樣的想法。然後她又對自己感到愉悅而惱怒起來。

妳在攝影機前面不能把這段故事說出來，否則就會看起來像白癡。

「他有一次說我很『賢慧』。」她說。

噢，艾咪。

希克醫師瞪著她。

她嘆口氣，揉揉眼睛下方，想必睫毛膏已經都被抹到臉頰上了。

「呃，其實也不是啦。抱歉，有攝影機在旁邊，實在很難立刻想到什麼例子。我需要更多時間，我需要休息一下。」

「好，艾咪。我想今天這樣就夠了。」

「我也是這樣想。」

希克醫師拿起平板電腦開始打字。艾咪坐在那，不知道自己是否該跟任何人道歉。她覺得自己沒說什麼冒犯別人的話，但是也許她應該為自己剛剛那樣哭個沒完而道個歉。

「我有一樣功課要給妳，我希望妳在一週後的會談之前能做完。」希克醫師站起來，走向房間另一端的印表機。

艾咪從背後觀察他的穿著。棕色的開襟毛衣、棕色的燈芯絨褲、棕色的樂福鞋。全身的衣服都有些舊了，頭上僅存的幾撮頭髮凌亂不堪。他一定快接近六十歲了。沒戴結婚戒指，但話說回來，也不是所有的已婚男人都會戴結婚戒指。

「我真不敢相信彼得會戴結婚戒指！」傑米有一次笑著說。那是去年的事了，他們在珍妮家一起吃過晚餐後，正要鑽進計程車——那也是他們最後一次一起去朋友家吃晚餐。「也太怕老婆了吧？」

艾咪痛恨這種說法，而且還曾經請求過傑米不要這樣說。

「你為什麼覺得他不應該戴？」艾咪當時覺得非常氣惱。

「只有女人才戴戒指。真正的男人只戴勞力士。」他當時揚起眉毛，壓低下巴，做出那種「妳真傻」的表情。艾咪對這表情又愛又恨。明明很傲慢，為什麼她覺得這麼性感？

「真正的男人不會在意自己是不是看起來像真正的男人。」她反駁，望著計程車窗戶上往後飛奔的雨滴。「他們想戴什麼就戴什麼。我只是覺得如果女人要戴結婚戒指，男人就沒什麼道理不戴它。」

「妳什麼時候變成這麼女性主義了？」傑米說，「我們嬌小性感的小豬矢志要粉碎父權制度了嗎？」

「不是。」她開始全身起雞皮疙瘩。她不知道是因為他的話使她渾身不舒服，還是因為他在吻她的頸子。「小豬矢志要證明你是隻歧視女性的豬。」

然後他開始在她耳邊學豬哼哼叫，惹得她笑出來，結束那場對話。

她怎麼能夠讓那樣的評語就這樣蒙混過去？她什麼時候對自己的原則變得這麼容易退讓？她為什麼會變成這樣？二十幾歲的艾咪鐵定會叫司機停下來，然後跳下車頭也不回就走掉，邊走邊自信地丟下一句話，要他不要再打電話給她。她之所以會變成這樣，是因為她過了三十，發現了那種「恐懼」。再也找不到真愛的恐懼。如果她不想孤孤單單地死去，最後被貓吃掉，她就得接受這種她過去無法忍受的行為。

印表機嗡嗡響起來，打斷她的思緒。希克醫師回到椅子邊，手裡拿著一張A4大小的紙，上面印了三個問題。

艾咪．郝，第四天

第一次會談：回家功課

和傑米在一起的時候，他什麼時候讓妳感到快樂？

和傑米在一起的時候，他什麼時候讓妳感到不快樂？

在男女關係裡，妳需要什麼才會感到快樂？

在艾咪閱讀那三道問題時，希克醫師遞給她一枝筆。

「我們下星期會一起討論妳的答案。」他坐下來，又開始在平板電腦上打字。「就這樣吧，艾咪，再見。祝妳照顧小寶寶一切順利。」

「謝謝。」艾咪說，一邊站起來，腿上的面紙碎片灑了滿地。

十

「妳給我快點把他抱回去！」潔姬從塑膠娃娃班尼的月亮臉後大喊。班尼的雙眼閃閃發亮，嘴巴上滿是乾掉的奶漬。

「妳的寶寶呢？」艾咪會心一笑，抓起班尼，雙手伸直舉在面前。

天啊，他好臭。

「藏在毯子下面，這樣我就看不到、聽不到也聞不到她！」潔姬嘖了一聲，向後退開。「我實在無法理解你怎麼會要個寶寶，你聽到了嗎，艾倫？你為什麼想要過這種噩夢般的生活？」

潔姬癱坐在沙發上，大嘆一口氣。

「別告訴我妳想要一個像這樣的寶寶？」她問艾咪。

「我是真的想要啊，未來的某一天。我是獨生女，所以我一直覺得有個家庭應該會很好玩吧。」

「啊，」潔姬舉手跟她擊掌。「我也是獨生女耶。傑米有沒有用這一點批評過妳？艾倫總說我有『獨生子女症狀』，意思就是說我自私自利、嬌生慣養。根據他的看法，除了我自己跟我爸，我誰都不關心。」

「傑米也老說我有獨生子女症狀，因為我總需要有人陪，其實根本就不是這樣。我覺得他只是想找個理由批評我。妳的父母有寵壞妳嗎？我覺得我爸媽就有一點。」

「我沒有爸媽，我只有我爸。我還是小嬰兒的時候我媽就離開了。他也沒什麼財力寵壞我，不過我想我們是真的很互相依賴吧，我們之間也沒有太多其他人可以加入的空間。艾倫就是不滿這一點。」潔姬低頭看自己的大腿，艾咪看到她嚥了口口水。「我希望我在這裡的時候，我爸還是可以過得不錯。他現在年紀大了，所以我每天都會去看他。我好像真的不該決定留下來，天啊，也許我真的是『自私的潔姬』。」

她深吸一口氣，然後重重吐出來。「我只希望留下來對我們來說是正確的決定。對我跟我爸來說，不是艾倫。那冷血的混蛋根本不知道家庭的意義——他給我滾得越遠越好！」

「妳為什麼決定留下來呢？」艾咪溫柔地問。

「我覺得我需要離開現實一段時間。而且說實話，我們需要這筆錢。這節目是想要幫助我未來找到穩定的關係，但是我此刻根本沒心思再讓別的男人進入我的生命。也許應該說我們的生命吧，我必須考慮到我爸。我們真的一直在掙扎。我去年失業了，也就是說我不能再像以前那樣資助我爸了。我想為他贏得這筆錢，讓他過更好一點的日子，償還他為我做出的犧牲。我只是實在不知道怎麼假裝成『完美嬌妻』，因為我根本就不是。所以我在想，如果我最後輸了，至少還可以得到一點知名度。抱歉，我可能透露太多了。艾倫還覺得我很會保守祕密咧。這混蛋根本一點都不了解我。」

「如果妳爸有電視，至少還可以每天看到妳。我相信他一定會很興奮。」艾咪露出微笑，從側邊輕輕摟住她。

「他在電話上聽起來是很興奮。呃，其實應該說困惑的成分多過興奮。我在決定留下來之前打過電話給他，確定他自己一個人沒問題。當時我完全沒搞懂自己上了什麼賊船，但是我告訴他每天幾點要看哪一台。我跟我爸，我們是團結的團隊。我永遠也不會讓任何人或任何事破壞我們的關係。」

隔天晚上，班尼又不肯睡覺了。這可恨的小傢伙已經連續三個晚上沒讓她好好睡過一覺。現在的時間是凌晨一點鐘，艾咪已經抱著他走來走去兩個多小時，其他人早就已進入夢鄉，她覺得自己累得快抓狂了。

真正的寶寶不會哭這麼久又這麼吵吧？她甚至考慮去交談室通知工作人員說班尼故障了。真正的爸媽又怎麼帶真正的寶寶啊？她想起珍妮跟她的雙胞胎，突然內疚起來，因為她總是認為珍妮說「當媽媽真辛苦」這類的話是在誇大其辭，而且珍妮的折磨還是雙倍的。艾咪做不到這一點。她永遠也做不到。她現在就已經瀕臨極限了，而且班尼甚至還不是真的寶寶。

「妳還好嗎？」一個壓低的聲音從臥室門口傳過來，艾咪嚇得跳了起來。

凱西躡手躡腳走進客廳，看一看她那天使般的寶寶茹絲，然後走過來，伸出雙臂，表示可以接手抱班尼。

「呃，謝謝——我的手臂快斷了。」艾咪邊說邊揉揉手臂，坐下來。她喝了一口茶，馬上又吐回杯子裡，因為茶早已冷掉了了。她現在連杯熱茶都喝不了。「妳以前怎麼辦到的，凱西？」她問。

「如果有人跟妳說當爸媽之後生活總是充滿歡笑跟陽光，她就是在睜眼說瞎話。當媽媽是我經歷過最辛苦的工作了。不過我想這句話不客觀，因為這是我唯一做過的工作。」

班尼的哭號已經逐漸轉變成輕柔的嗚咽，聽起來像是慢慢平靜下來了。

「我顯然對寶寶沒轍。」艾咪嘆口氣，覺得自己好沒用。

「不用擔心，他們只是在測試妳。」凱西瞄向天花板上的攝影機。「他們不用測試我了，這段路我已經走過了。這挑戰用在我這年紀的女人身上有點太浪費了。」

「也許妳在這裡正好可以教我們啊。不過我實在不知道妳是怎麼讓他安靜下來的。」

班尼的哭聲完全停止了，只見他在深深地呼吸，已沉沉地睡著了。

「我是很熱愛當媽媽，但是當媽媽絕對不是我的夢想。我本來想當護士的。後來我認識了杰瑞米，然後我們生了第一個孩子。沒多久又生了第二個孩子。」凱西嘆口氣，小心翼翼地把班尼放進小床裡。「最讓我生氣的是，我心中隱隱知道我們最後會離婚，我就是有這個奇怪的預感。開車的時候，他從來不會謝謝讓路給他的人。他總是覺得自己高人一等，可以為所欲為。妳知道這類型的人吧？」

艾咪太了解這類型的人了。她最討厭傑米的一點，就是他從來不會讓路給別人。走在路上的時候，他總是會直直往前走，逼得其他行人都得讓路給他。不道歉，也不說「借過一下」。艾咪會左閃右躲，讓別人過去，而他就只是繼續那樣直直走。最後他們往往就沒走在一起，只有傑米一人昂首闊步走在前面。有一次，艾咪停下腳步，想看看他要花多久時間才會發現她沒在身邊。結果他一路走到根本看不到她的地方，然後傳簡訊給她，要她自己趕上來。

這段對話給了艾咪一個部落格的好靈感。**《99個警訊》：女性讀者可以寄來她們個人覺得在**

男人身上要注意的警訊。

「總之，」凱西繼續說，「我剛成為合格護士，就認識杰瑞米了。一切發生得好快。六個月後訂婚，一年之後結婚，一年半後懷孕。他的汽車經銷公司生意很好，所以我們決定我不需要去工作。如果我待在家裡帶小孩、做家務，對這個家來說更好。」

「嗯，對有些家庭來說是很好。」艾咪說，一邊心想這樣的生活多無聊。

「我當時不知道自己在做什麼，我當時還太年輕，不知道這個決定意味著什麼。我爸媽也覺得這樣不錯，但是他們畢竟是上一代的人了。我們有很長一段時間過得很幸福，我也忘記了想當護士的夢想。我們過得很舒適。我覺得生活有保障，而且也很享受能夠花這麼多時間跟孩子相處。被他們需要的感覺很好。當然啦，進入青春期之後，他們就不再那麼需要我了。杰瑞米也是。他在全國各地開了分行，多數時間都在出差。這種感覺就像我提早退休了。要重新開始工作，似乎也太晚了。結果我就在家閒晃、無所事事，也沒有人需要我照顧。有一次我因為他一直出差跟他大吵一架。他說我變得無聊需要人陪，說我對所有人來說都已經沒有任何用處了，還不如把我丟到一座冰山上，漂到海裡自生自滅。」

艾咪吃驚得差點笑出來，畢竟這段話太誇張了。她老公說了這樣的話後，凱西怎麼還能夠留在他身邊？

但是話說回來，在傑米批評過她很無聊之後，她又怎麼能夠還留在他身邊？她也遇到這樣的狀況，而她也留下來了。

「除此之外，還有成千上百個其他的警訊，但是我就是裝作沒看到。我沒有錢，沒有真正的工作經驗。而且他也不總是那麼壞。他隔天回家時，帶了鮮花跟巧克力給我。我們一起出去吃晚餐，他說我看起來很漂亮，那是多年來他第一次稱讚我。他是真的很後悔自己說出那樣的話。於是我就繼續撐下去，暗中希望等他退休時，我們可以重新回到二十幾歲時所離開的那條路。然後大概一年半前，他繼續辱罵我，但是不再跟我道歉。接著我開始在他身上聞到一股香水味，但不是我的香水。然後我在我們的車子裡發現一條髮圈，但不是我的，也不是我們女兒的。然後三個月前，他跟我說我們的婚姻結束了，說他認識了一個更適合他的女人。說他很快樂，說我應該開始計畫搬出去。我們在一起三十年了。我知道這段婚姻沒救了，我只是不知道該從什麼地方開始。」

艾咪納悶自己如果遇到同樣的狀況會怎麼做。她很希望自己會臨危不亂，把傑米趕出家，花一大筆錢做個全身改造，然後認識某個英俊的億萬富翁。但是真實人生與電影不同。她其實大概會搬回爸媽家，然後在接下來三個月裡在臉書上偷偷追蹤他的新女友。

「那妳有沒有拿棒球棒去砸他的車？就跟碧昂絲一樣？」

「意外的是，我的反應還很平靜。我早就知道他有外遇，所以我只是在等他向我和盤托出的那一天。光是看著他我就覺得噁心，但是我也不想搬出去，因為我無處可去。我拒絕跟他離婚，他也不能把我趕出去，因為我們的房子是用我們兩個人的名字買的。我知道我這樣有點過分，但是我就是喜歡看他一臉怒火中燒的樣子，我則繼續過我的日子，好像一切都很正常，好像他從沒說過要離婚。好像沒有另外一個女人突然住進我家，睡在車庫上面那間房間，杰瑞米過去一年多就睡在裡面。然後呢，我就突然被騙到這節目上。妳能相信嗎？他當時跟我說他想跟我們的小孩一起吃頓午餐。那天是我的生日耶，那個王八蛋。總之，我其實很高興能來到這裡。這是我這輩子遇過最興奮的事了，而且是我得到一百萬英鎊唯一的機會。但是也不只是因為如此。我想證明我可以自己做到，想證明我不需要我的家人，也可以獨立生活。」

「嗯，我覺得妳對這一切這麼冷靜，就已經很了不起了。傑米在這裡甩掉我時，我簡直快崩潰了。」

艾咪回想起自己在交談室裡在眾人面前又哭又叫的，不禁皺起臉來。

「我就不會擔心這一點，因為其他人的反應也差不多。艾咪，妳還有一輩子的時間。至少妳還沒在你前男友身上浪費更多時間，否則最後就會跟我一樣了。」

「其實也沒那麼糟。」艾咪說。

「事實上我還生了兩個自私的寶貝。他們似乎根本不在乎我的婚姻結束了，因為他們忙著在酒吧裡花掉薪水。」凱西慢慢走向臥室。「但是我真的愛他們。」

凱西離開後，班尼開始嗚咽起來，艾咪把頭埋在枕頭下，祈禱他會安靜下來。凱西說的沒錯。至少她只浪費了兩年的生命——不多不少。如果傑米十年後換了一個更年輕的模特兒，她也不會意外。他總是想讓人們以為他擁有的東西都是最好的。也許這就是真正的原因，也許他認識了別的女人。如果現在有手機，她就可以去尋找線索。她痛恨他，但是一想到他跟別的女人擁吻，仍舊使她反胃。

十一

艾咪已經是這一個早上第三次把廚房地板上的嘔吐物擦掉了。那些黃色的黏稠物體還濺到她的人字拖上，從趾縫間流下去。如果那是真正的嘔吐物，她恐怕也會跟著吐出來。她實在很困惑節目製作人是怎麼創造出這些身體功能就跟真人一樣的塑膠娃娃。大家餵給寶寶的假奶粉會以兩種不同的方式排泄出來，而艾咪很快就被迫成為排泄物清理專家。

對於扮演媽媽的角色，有些人適應得很快，其他人則不然。那天稍早，艾咪看到潔姬抓著愛麗絲的頭頂，用花園裡的水管沖洗她的屁股。吉瑪則把她的寶寶鈴兒當成啞鈴用。「她是個啞鈴兒，懂了嗎？」她當時嘎嘎大笑，然後繼續練二頭肌，每舉一次就親一下寶寶的額頭。「這在IG上鐵定會很紅，是吧？」她又說，然後把假嬰兒放在沙發上，大嘆一口氣癱坐在旁邊。「天啊，我真不敢相信我們在這裡已經整整一星期了。我現在每分每秒都在錯過這麼多故事，而且恐怕永遠也看不到了。哇，想想看我有多少留言要補寫。」

其他人適應得稍微好一點。對凱西來說，這一切早已習慣成自然。她輕輕鬆鬆就把哭鬧的茹絲哄安靜，餵她喝奶、帶她睡覺也輕而易舉，根本不需要嘆氣、尖叫或是一整瓶的蘇維濃白酒。海蒂是個典型的直升機媽媽，無論何時都把寶寶蘇菲綁在腰上。這種行為在粉絲留言板上引起軒然大波，觀眾紛紛指責她這樣半夜會把寶寶悶死。淚水與道歉接踵而來。

令艾咪吃驚的是，蘿倫似乎天生就對寶寶有一套，儘管她從外表上看起來是最不像有母性的一個。到目前為止，賽巴是屋裡最乖的寶寶。

艾咪問起她是不是在奶粉裡摻了威士忌時，她只聳聳肩，說：「我猜如果妳是DJ，妳就會習慣整天疲憊不堪。而且我記得我姊跟我說過，生了小孩後最重要的就是要有固定的作息。所以囉，我就是一遍又一遍地重複同樣的做法。無聊到極點，但是似乎真的有效。」

班尼如果沒在哭，就是在嘔吐。如果沒在嘔吐，就是在哭。在艾咪忍不住大聲抱怨時，觀眾給了她一些非常有用的建議。

@歐亞一九八四　四個字，艾咪：強力膠帶：)))　#分手生存戰　#差勁的父母

@愛之男孩二四七　妳有沒有試過餵母乳？掏出妳的巨乳吧　#分手生存戰　#巨乳

「天啊，男人真噁心。」吉瑪踏著弓步經過電視螢幕時說，鈴兒正被她舉在胸前。

「但是紅髮艾德似乎人還不錯。」艾咪邊說邊把班尼放下來，去上廁所。

「還有斑尼頓．康柏克斯！」海蒂在走廊上大喊。艾咪本來想糾正她，但還是決定不開口。反正已經很接近了。

艾咪回到沙發邊時，發現班尼躺在地上在哭。她把班尼撿起來，緊張地望向粉絲留言板。她的失誤當然都被觀眾看到了。

@沙米慕雨百　艾咪也太白癡了吧。絕不會讓她看顧我的金魚　#分手生存戰

@艾琳娜　每個人都知道不能讓寶寶自己一個人！無時無刻！我本來以為她會表現不錯的……　#分手生存戰

「我只離開一下下而已！天啊，那當媽媽的要怎麼上廁所啊？我不想上廁所的時候還抱著

他，這樣太奇怪了。」

她把班尼抱進臥室，準備讓他在白天小睡。在這個人類動物園裡待了七天以後，這已經成為她一天當中最喜愛的一段時間，此外還有他睡午覺跟晚上睡覺的時候。她開始理解到她永遠也不可能像海蒂那樣，兩個小時不間斷地跟蘇菲玩躲貓貓。或是像蘿倫那樣，每天一遍又一遍重複同樣的事情。或是像凱西那樣，把一輩子奉獻給兩個最終會離開她的小孩。

也許當媽媽並沒像大家說的那麼好。

也許大家都在假裝。

至少艾咪丟下寶寶去上廁所的失誤很快就被遺忘了，而潔姬對待愛麗絲的方式卻飽受攻擊。

@瘋狂法蘭芝二號　妳這白癡，她不是球鞋！　#潔姬　#分手生存戰

@糖果康九十　虐待兒童！把那娃娃帶去社會服務部門！　#潔姬　#分手生存戰

「誰在審核這些留言？」艾咪回到客廳時大聲說，好假裝沒聽到班尼在臥室裡哭。「這樣的留言有可能會把人逼瘋。」

「真實電台才懶得管咧，艾咪。」潔姬說，一邊把愛麗絲像顆球往上丟再接起來。「他們只在乎收視率。如果真有人被逼瘋了，還更好呢。」

「變態。」蘿倫邊說邊在膝上輕晃賽巴。

「艾咪！班尼需要你！」海蒂從臥室喊。

「我的天……」艾咪把頭埋在膝上哀號。

「還好嗎？」吉瑪問，「要不要我去看看？」

「不用了，謝謝。我只是好累。」她揉揉紅腫發癢的雙眼。「我是這裡唯一痛恨自己寶寶

的人嗎？」

「鈴兒其實應該叫做龜頭，想想看它們的形狀。」吉瑪笑著說，顯然被自己取悅了。「我剛剛才想到的。想一想最後的獎金吧，艾咪。」

艾咪回到班尼身邊時，班尼又躺在一團嘔吐物裡了。她真的很期待看到這個挑戰結束時，這個渾身發臭的塑膠小娃娃從她身邊離開。

抱著班尼穿越客廳時，粉絲留言板上一則留言引起了她的注意。

@東尼在講話　艾咪得像個男人一點，最好長出一對寶貝！　#笑死　#分手生存戰

「噁，杰森就有可能會寫出這種白癡留言。」吉瑪邊說邊做弓步蹲。「如果是我在這裡把他甩掉了，他早就逃之夭夭了，就算有一千萬英鎊的獎金也一樣。要留下來啊，得有膽量。」

@粉碎甜言蜜語　她已經有一對了　@東尼在講話。那一對就叫做胸部。這一點都不好笑　#性別歧視永遠都不好笑　#分手生存戰

@東尼在講話　噢，又來了。為什麼女人就不能自我解嘲一下？笑一個吧　@粉碎甜言蜜語　#女性主義者開不起玩笑　#分手生存戰

@粉碎甜言蜜語　如果你說了真的好笑的話，我們就會笑。警告：要好笑但是又有腦，對你來說大概有點難　@東尼在講話　#分手生存戰

@東尼在講話　@粉碎甜言蜜語，怎麼了？正在經歷經前症候群嗎？還是只是狂牛病？　#好笑　#哈哈　#分手生存戰

「閉嘴吧，白癡。」吉瑪喃喃道。

十二

「花園裡擺了一圈瑜珈墊耶。」那天稍晚海蒂說，一邊從玻璃門望出去，一邊啜了一口茶。其他人也過來加入她，站在通往花園的門前，一手抱著寶寶，一手捧著茶杯。

「我做瑜珈會放屁。」蘿倫說，「先跟妳們道歉了。」

吉瑪笑起來，從側邊摟住蘿倫。「我真是太喜歡妳了。」

叮咚……。

潔姬被嚇得從窗邊往後一跳，懷裡的愛麗絲掉到地上。

「該死！」她彎腰撿起愛麗絲，結果把熱咖啡都灑到愛麗絲的頭上了。「該死該死該死該死！」她結結巴巴地咒罵，用袖子去擦拭娃娃的頭。愛麗絲哭起來。

「那是前門的門鈴嗎？」凱西問。

叮咚……。

「來了啦！」海蒂大叫，往前門走去。

「我可以幫你抱她，海蒂。」潔姬說完就把茶杯放到桌上，去抓蘇菲的手臂，結果把蘇菲的手臂一把扯下來。海蒂尖叫一聲，滿臉驚恐。

「噢，我的天啊，對不起，小寶貝。」潔姬邊笑邊說，把愛麗絲丟到身後的沙發上，不理會她飛在空中時發出的尖叫。「我在這方面真的是一竅不通，是吧？母性的本能，見鬼！」她吐了吐舌頭，嘗試把蘇菲的手臂塞回去，但是塞得不對，結果製造出一個殭屍蘇菲：一隻手脫臼，頭快要從脖子上脫落，嘴裡在輕聲嗚咽。

叮咚……。

「有人在嗎？」一個模糊的聲音從門後傳來。

叮咚……叮咚……叮咚……。

海蒂有些不情願地把殭屍蘇菲留給潔姬，匆匆趕到前門，其他人則一臉期待地聚集在客廳。她們聽到前門打開，然後一個熟悉的聲音大聲打招呼。

「那是……雨果．瓊斯嗎？」艾咪低聲問。

「聽起來是。」吉瑪說，翻了個白眼，抱著鈴兒癱坐到沙發上。「這個人很討厭，」她嘆口氣，「我去年在一個網路紅人研討會上遇到他，他那時想跟我解釋怎麼用目標選擇的做法增加粉絲，好像我還不知道這做法一樣。要是我不知道，我怎麼會有兩萬名粉絲啊？欠扁的白癡。」

「他是那個發明『就地冥想』的人嗎？」蘿倫問。

知名正念教練雨果．瓊斯——或暱稱為雨瓊——因去年燃起#就地冥想風而出名。他的想法就是無論你在何處、無論你在做什麼，就地立刻停下來，冥想個一分鐘，然後傳到IG上。雨瓊吸引了廣大的粉絲群，只見這些人在全國各地盤腿坐在報刊店、火車月台，還有——最令人傻眼的——尖峰時段的地鐵裡。有個女粉絲甚至還因為一張在葬禮上就地冥想起來的照片而上了新聞，照片中還能看到她的家人在一旁哭泣。從此以後，他得到每週播出一次的晨間冥想節目，並在《都市日報》上開了一個每日專欄。如果他不是正在自家俯瞰櫻草丘的屋頂陽台上裸著上身自拍，就是跟知名藝人一起在洛杉磯的海灘上被拍到。

艾咪實在不好意思承認自己有追蹤他，儘管她只是消極地在追蹤。每一次她滑過一篇要她「找一分鐘來冥想」的貼文時，她總會想著：我現在沒時間，雨瓊。

海蒂氣喘吁吁地跑回客廳。

「是……是……」她彎腰，雙手撐在膝上，上氣不接下氣。

雨瓊在她身後優雅地走進客廳，腋下夾著一張瑜珈墊。

「雨瓊！」他替海蒂說完。「Namaste，女士們。」他的聲音柔和起來。「大家都好嗎？覺得幸福嗎？」他雙手合十，鞠一個躬，頭頂上的髮髻往前碰到他的額頭。艾咪不禁聯想到睪丸。

大家此起彼落、興致缺缺地跟他打招呼。

「哎呀，女孩們，我們不應該為今天心存感激嗎？」他看看大家，「為什麼每個人都愁眉苦臉的呢？」

「我心存感激！」海蒂眉開眼笑地說。她站在雨瓊旁邊，一臉崇拜。

「就該這樣，海蒂。好啦，大家跟我來吧。我來這裡是要散播快樂的！」

一秒鐘後，所有的寶寶都安靜下來，像被瞬間關掉了開關。

「天啊，你就像個恐怖份子。」蘿倫邊說邊把賽巴放進小床裡。

一行人在花園裡的瑜珈墊上坐下來，雨瓊開始脫掉上衣。為了一節正念課打赤膊，似乎沒必要吧？

「首先呢，各位女士，」雨瓊拉直上身，伸起雙臂，繃緊他的六塊腹肌，「謝謝妳們今天來跟我一起上課。」他閉上眼睛，從鼻子吸氣。

「我們有別的選擇嗎？」吉瑪喃喃道。

雨瓊睜開眼睛。

「說到選擇，這就是為什麼我今天在這裡。妳想知道人生最大的真相之一嗎？**我們無法選擇會遇到什麼事，但是我們永遠都可以選擇怎麼反應**。今天，我就來教妳們如何避免反應過度。我把它叫做保持冷靜。」

他環顧一圈看看每人，期盼大家有所反應。結果令他大失所望。

「好，當我說保持冷靜，妳們覺得我是什麼意思？」他繼續說。

「噢，我知道！『保持冷靜、繼續前進！』」海蒂興奮地喊。「我媽聖誕節時送給我的馬克杯上就這樣寫！」

「我的馬克杯上寫著『繼續生氣、大力扣球。』」蘿倫說。

雨瓊不理會眾人的竊笑。

「開玩笑的。其實不是我的馬克杯，其實是掛在我床頭的旗子。」

雨瓊還是沒反應。

「我說保持冷靜，意思就是CALM。」他把冷靜的英文拼出來。「C就是考慮妳的反應。A就是面帶微笑。L就是放手釋懷。M就是讓自己好過一點。在每種情況下都做到CALM，就可以在任何情況下以適當程度的情緒做出反應。尤其是在感情關係裡。關鍵就是要訓練妳的頭腦，女士們，還有調整妳的情緒，控制發火的衝動。」

「每一種情況？」潔姬問，一臉不滿。

「每一種情況。」他回答，然後站起來走一圈，像是在繞著他的獵物轉圈。走到潔姬身後時，他彎腰，開始按摩她的肩膀。潔姬立刻扭開身子，轉過來，雙眼像要射出簡直可以殺死人的雷射光束。

「對不起，潔姬，不過妳看起來很煩躁。也許扮演媽媽的角色使妳太緊繃。我只是想讓妳放鬆一下。抱歉，我應該先跟妳說的。」他在她身邊蹲下來，距離近到令人不自在。

「關鍵不是先跟我說，老兄——關鍵是你應該先問過我。而且我的回答永遠都會是『不用了』。」她把自己挪開，雙眼仍狠狠地瞪著他。

雨瓊點個頭，站直，回到自己的墊子上。

「好，這個反應是個好機會，讓我繼續說明下面這一點。我是特別為女性創造了CALM的做法。女性的反應機制和男性不一樣。女性是用心反應，不是用頭腦反應，所以妳們往往會反應過度。妳們比較情緒化，妳們很容易就會感覺到受傷、壓力、憤怒、悲傷和忌妒。妳們就是很容易……反應過度。」

「所以你的意思是，我們應該逆來順受囉？」潔姬插嘴問。

雨瓊閉上眼睛，吸氣幾秒鐘，然後從鼻子大聲呼氣。

「已經有很多女性感謝我挽救了她們的感情世界。妳能不能也給我一個機會挽救妳的呢，潔姬？」

海蒂舉起手。「你現在是不是就是在做 CALM？」她靠向前問。

「沒錯，海蒂，我就是在做 CALM。妳看到了嗎？如果我反應過度，對潔姬吼回去，只會把情況弄得更糟糕。」

潔姬不滿地嘖一聲，交叉起雙臂。

「現在，女孩們，我想請妳們回想一個伴侶惹妳們生氣、然後妳們直接以情緒反應的狀況。然後，我們會來討論這樣的反應是反應過度、反應不足，還是反應恰當。閉上眼睛，清空思緒，呼吸，回想。」

艾咪閉上眼睛，回想每一件傑米做了會惹她生氣的事。比如說他會盯著其他的女人，然後非但不掩飾，還對此大開玩笑。比如說他會撥出時間去健身房，卻不願意撥出時間跟她的家人在一起。比如說他後來不再邀請她一起跟他的朋友去酒吧。比如說如果她伸手去拿餅乾，他的眼光會追隨她的手指，然後如果她因此難過起來，他就會生氣，說他只是在調侃她。他會問掃興的艾咪把愛笑的艾咪藏到哪去了。簡直就像網飛的目錄——選擇太多，無從下手。

「要不要從妳開始呢，海蒂？跟我們講講哪一次男朋友惹妳生氣了。」

海蒂滿臉通紅地環顧大家。

「嗯，幾個月前，狄倫開始批評我所有貼身的衣服。他說我太胖，不能穿那麼緊的衣服，他不希望別人老是盯著我。他說這樣是為我好，但是那些衣服有好幾件是我最喜歡的啊。它們是我的回憶。他甚至把我穿去高中畢業舞會的禮服都丟掉了。」

眾人驚嘆一聲。

「真是個控制狂，海蒂。」吉瑪喃喃道。「如果是我，我就會把他的小鳥剪掉。」

「所以，吉瑪，這樣顯然就是反應過度。那麼妳當時怎麼反應呢，海蒂？」雨瓊問。

「我把自己鎖在浴室裡，在浴缸裡鋪了毯子當成床，躺在裡面哭到睡著，因為我們只有一間臥室。隔天早上我溜出門，在我爸媽家待了三天，他傳簡訊來求我回家，我一封都沒回。等我後來回家了，我們就假裝什麼事都沒發生過。」

「所以這樣也是反應過度。狄倫做的是不對，但是妳的反應也不對。妳先是鬧彆扭，然後生悶氣，這樣有點幼稚。」雨瓊把手掌攤在墊子上。「如果妳真的有個寶寶，就沒辦法這樣做了，是吧？」

「但是每次我想跟他理論，他就會大發雷霆。」海蒂答道，「非常恐怖。有一次他大吼大叫，大聲到鄰居都跑過來問是怎麼回事。他根本不讓我開口，他永遠都不會聽我講話。我的聲音不夠大，也不夠強悍，所以我就放棄了。」

「好，那麼我的建議是不要馬上反應，先等他冷靜下來。妳可以去廚房給自己泡杯茶，等風暴過去。這樣做就是CALM，而不是一肚子氣跑出家門。」

「我沒有一肚子氣跑出家門，我只是安安靜靜地躲到浴室裡。在樓下大吼大叫整整一個小時的人是他。」

雨瓊假裝沒聽到，轉向蘿倫。蘿倫正在扯地上的草，低聲嘆氣，一臉無聊的樣子。

「蘿倫，接下來我們聽聽妳的經驗吧？」

「噢，我的天啊。」她往後靠，用雙手撐在地上。「我的前男友發現我跟多少人上過床後，整個人大發飆。他說他沒辦法跟一個性伴侶人數比他還多的女人在一起。他說真正的淑女不會隨便就為人張開雙腿，還說我不是當老婆也不是當媽媽的料。」

眾人又驚嘆一聲。

「妳們現在大概都在想我跟多少人上過床，是不是啊？」蘿倫笑著說。

大家竊笑起來。艾咪真希望自己能更像蘿倫：忠於自己，根本不在意別人怎麼想。

「那妳當時怎麼反應呢？」雨瓊問。

「我跟他說他的雞雞太小了，這大概就是為什麼他只跟兩個女人上過床。我說他不是當老公的料，因為他在床上太無聊了。為了提醒妳們大家——還有警告妳們大家——他的名字是**大衛．迪克森**，在資工界工作！」她對著攝影機喊，開玩笑地眨眨眼。「我是為了保護妳們喔，女士們。」

「妳對自己的反應很自豪嗎，蘿倫？」雨瓊問，咳嗽一聲，一臉不安的樣子。

「沒錯，我是很自豪。」

「嗯，這樣不成熟地攻擊對方陰莖的大小，就跟海蒂一肚子氣跑出家門一樣不恰當。為什麼要上鉤呢？要就當君子。妳應該露出微笑，說很抱歉妳的過去使你們合不來，然後抬頭挺胸、問心無愧地離開。」

「等一下，所以她應該為自己道歉，心甘情願地被人家說個性淫蕩，然後繼續前進？」潔姬皺著眉問。「根本就是胡說八道。蘿倫，如果我是妳，我的反應會跟妳一模一樣。那是非常正常的反應。容我指出，」她舉起手繼續說，「你只是教我們遇到這種情況該怎麼反應，卻不正視男人根本不應該那麼欠揍，故意引起這種情況。這樣似乎本末倒置了，不是嗎？」

大家全都低聲咕噥表示同意，然後轉向雨瓊，等著看他怎麼反應。

他不理會大家。「成年人講道理，小孩子發脾氣。我們不都是成年人嗎，女孩們？」

「我們又不是機器人！遇到這兩種情況還保持冷靜，根本不可能！」吉瑪大喊。「如果有人說我們是肥胖的蕩婦，我們怎麼可能還報以微笑？我們不可能轉個身，然後說：『噢，真抱歉讓你這麼想，我就不跟你計較了，我們各走各的路吧！』」

「好，吉瑪，接下來換妳。」雨瓊說，臉上的微笑已經不像一開始時那麼開朗了。「說說妳的情況吧？」

吉瑪往前傾，手肘歇在膝蓋上。「好啦，有天晚上我坐在沙發上看電視，想我自己的事。我準備在IG上傳一張自拍，是我塗了剛送來的新口紅的照片，然後正在為照片想標題。結果杰森突然就轉過來，不明就裡地大發雷霆，說：『妳沒聽到我剛剛說什麼嗎？』我說：『你剛說了什麼？』然後他說：『我想要一個跟電視上一樣的香草花園。』我就說：『好啊，那我們就弄一個吧。』我以為他就是想聽到我這樣說，但是後來他整個晚上都不跟我說話。然後上床睡覺時，他開始說我關心我的粉絲勝過關心我的家庭，說我已經上癮了，說這樣對我不好，對我們兩人都不好。他說我媽也講過類似的話，還說我連個兩秒鐘都離不開我的手機螢幕。我就說這也不是我的錯，因為每次我一看手機，就有成千上百個通知，我不能置之不理啊。我必須回覆我的粉絲，因為他們就是想要得到我的回覆，如果我不回覆，他們就不會繼續追蹤我了。他說他厭倦了老是被冷落，說我的朋友也厭倦了老看著我在貼文章貼照片，卻不跟他們交談。然後我就說，說不定他們只是嫉妒啊，因為我有兩萬名粉絲。然後他說，我的朋友根本才懶得管我有多少粉絲，他們只是厭倦了跟個只是老盯著手機螢幕的人講話。然後我就說，好啦，那你也厭倦了別人免費送給我們的贈品嗎？像是我們的派樂騰飛輪車？然後他翻個身，咕噥說如果我把塗了新口紅的自拍傳上去，那很顯然我就是不關心他的感覺，也不關心我們的關係。我是有些內疚，但這是我的工作啊。我還能怎麼辦？」

眾人嘗試消化那段「我說，他說」的故事。

凱西打破寂靜。「那妳最後上傳了那張照片嗎？」

「上傳了呀，因為別人付錢請我刊的啊。我在照片下寫說，這個顏色的口紅讓我想享受一點火熱的愛。然後到了半夜我們就又和好了。」她笑著說，眨眨眼。

「所以妳一點都不準備做出妥協，儘管妳的做法使他不快樂？」雨瓊說。「以後小鈴兒長大了，妳也要這樣教她嗎？」

「我知道我花很多時間在我的手機上，」吉瑪繼續說，「但是我不得不如此，因為這是我的收入來源。我也不會叫他不要每天去工作啊。而且我的工作不是朝九晚五的工作，是吧？IG不是這樣。等到他不想穿他的免費運動鞋了，可以再來跟我哭訴。」

艾咪可以看得出來兩方都有道理。傑米最近也花更多時間在他的手機上，而且不只是吃晚餐時把手機面朝上擺在餐桌上，甚至是兩人在做愛時也去接電話。他以前從來不會這樣。他會說，有可能是誰誰打電話來，我必須讓大家看到我隨時隨地都可以聯絡到。但是這個誰誰誰為什麼要星期天晚上九點鐘打電話來？

雨瓊點到艾咪時，艾咪講起有一次傑米接受了去珍妮家吃晚餐的邀請，然後快要出發之前改變主意，說他還有工作要做。最後艾咪只好自己去，坐在雙雙對對的夫妻檔之間，然後還要替他辯護，就跟前幾次一樣。回家的路上，她打電話給傑米，他卻沒接。艾咪又試一次，還是沒接。然後凌晨一點時，他醉醺醺地從一間酒吧打電話給她，說他在建立人脈。艾咪一句話也沒說，只是事後寄給他一則簡訊，說他很自私。傑米整晚沒回覆。到了隔天傍晚，手機上顯示他已經讀過那則簡訊了，但是依舊沒回覆，艾咪開始擔心他可能掉進水溝或是被人捅了一刀。於是她打電話給他，這時他接電話了，而且一副什麼事都沒發生過的樣子。只是不停地咕噥說他頭有多痛。

「然後不知為何，我被他哄到最後，還為他送去一份有機晚餐、一杯蔬果汁，還有幾顆止痛藥。我真沒用。然後我們從來沒談起我傳給他的簡訊。」

「好，所以這應該算是嚴重的反應不足，是吧？」吉瑪說。「如果是我，我隔天一大早就會衝去他家，讓他的頭痛更難受。」吉瑪轉向雨瓊，但是雨瓊只是沉默不語。

「嗯，我當時想這樣只會讓我看起來不夠獨立，」艾咪說，「我不想讓他以為我有那麼在意。」

「而這就是 CALM 的真諦。我覺得妳的反應在這個情況下很妥當。妳用簡訊表達了自己的感受，然後就釋懷了。妳隔天甚至還很體貼地為他做了點什麼，使妳成為心胸更寬敞的一方。」

「或是逆來順受的傻瓜！」潔姬說。「我不是在批評妳，親愛的，但是我覺得妳的反應反而會讓他膽子越來越大，讓他繼續這樣對待妳。」

「傑米真該感謝上天讓他有一個妳這樣的女朋友，而不是我這樣的女朋友。」吉瑪說。

「艾咪，經過這個事件之後，妳們在一起有多久？」雨瓊問。

「一年半。」

「很好。」

潔姬對著其他人用嘴型比出真的假的?

課程快結束時，大家似乎依舊沒達成共識，但是雨瓊還是發給大家印著CALM的手環。

「記住了，女孩們，如果妳們遇到一個使妳們情緒激動的狀況，就低頭看看手上的手環，然後記住不要過度反應。」他看看大家。「還有別忘了，我們全在觀察妳們。妳們越冷靜，在節目上得到的評分應該就會越高喔。」

沒有任何反應，也沒有人把手環戴起來。當天晚上，大家喝了幾杯普羅賽克氣泡酒慶祝回到一間沒有娃娃的屋子後，潔姬打著飽嗝重新定義了CALM的意義。

C：考慮你的渴望。

A：誰都不答理。

L：愛你自己。

M：優先考慮自己的需求。

這天大家提早吃晚餐。餐點有雞肉、沒有醬汁的沙拉，配上花椰菜米。

「這是生酮飲食。」吉瑪在餐桌邊為大家介紹她的特別料理。

「是我有問題，」潔姬輕聲問艾咪，不讓別人聽到，「還是這花椰菜米吃起來像鞋子的內襯?」兩人笑起來，但是當吉瑪回來時又立刻靜下來。只見吉瑪一臉沾沾自喜的模樣。

「有人想念我們的寶寶嗎?」海蒂問。

「沒有。」大家異口同聲地說。

叮咚……。

大家面面相覷，皺起眉頭。

「祈禱是外送披薩吧！」潔姬邊喊邊站起來，走向前門。

「喂！」吉瑪不滿地叫道。

潔姬邊笑邊打開前門，其他人則從餐桌那望過去。

一個身材嬌小、光滑亮麗的金色捲髮垂在肩上的女人走進來，伸出一隻手。

「妳好，潔姬，我是芙莉，第七位參賽者。」

第二週

Second Week

十三

芙莉絲堤．賓波，暱稱芙莉，她的皮膚光滑、雙眼明亮、一頭金髮閃亮有型，腰圍大概跟艾咪的大腿一樣粗。時間才早上八點半，她就看起來像個已經做過指甲的完美小模特兒，一身黑色的長袖小洋裝配裸色高跟鞋，臉上隱約可見淡淡的腮紅、睫毛膏與唇蜜。

芙莉昨晚到來時異常地平靜，她似乎很高興能加入這裡。沒有咒罵，沒有淚水。她稍微自我介紹了一下，把行李裡摺得完美無瑕的衣物拿出來放進衣櫃，洗了個澡，然後就敷著面膜上床睡覺了。大家雖然一致覺得這樣很詭異，但同時也鬆了一口氣。屋子裡終於沒有寶寶了，大家都期盼能早點上床，不受打擾地好好睡一覺。

隔天早上，芙莉走進客廳，側著一個角度坐到沙發上，兩隻腿緊緊交疊叉在一起。艾咪注意到她沒有半點橘皮組織，於是偷偷拿了一個靠枕放在大腿上。

「我真不敢相信我錯過了一整個星期！」芙莉說，一頭金髮在肩膀上咻咻地晃動，微笑時露出一口名人才有的潔白牙齒。

「好啦，」潔姬邊笑邊彎過沙發椅背。「妳知道妳在《分手生存戰》裡對吧？全世界最差勁的電視節目？妳錯過第一個星期實在很幸運。」

「什麼？我超愛這節目的！」芙莉微笑說。「我每天都在看妳們呢，從播出第一天起每天都準時收看。」

「我真不敢相信妳三十四歲。」凱西說。「妳看起來頂多二十一歲！」芙莉的雙頰泛起一陣淡淡的紅暈。「天啊，不會吧，凱西，不過還是謝謝妳。」

「妳的妝是自己畫的嗎，寶貝？」吉瑪問，然後靠向芙莉的臉。「妳怎麼能把妳的眉毛修得這麼細膩？有什麼祕訣嗎？」

「長時間的練習，美女。我有點過於追求完美。」芙莉低聲答，像是想假裝這是一種缺陷。

艾咪覺得自己很難將目光從芙莉身上移開。她是有點仰慕芙莉，但是也有些猜疑。芙莉不到十二小時之前才被甩了，而且是在大眾面前被甩了。為什麼她沒有滿臉通紅、哭哭啼啼的呢？到目前為止，芙莉唯一一次展現出強烈的情緒，是蘿倫在廚房裡大聲打了個飽嗝時，她雙眼中的驚愕。

「妳整星期都休假了還是怎樣？」艾咪問。

「沒有，我在家工作，所以妳們有點算是在陪伴我。對了，艾咪，妳真的不應該再咬指甲了。」她笑起來，晃晃手指。

艾咪吃吃笑著回應，免得芙莉感到尷尬。

「那麼，芙莉，妳在家做什麼工作？」凱西問。

「我想想，」她邊說邊擺弄頭髮。「我是廚師、清潔工、園丁、私人助理、室內設計師、會計師、治療師、護士、司機。」她看看大家。「有點像是全職媽媽吧。」

「有這麼多工作，妳一定賺了不少錢。」潔姬一邊大聲說，一邊走向廚房。

「我以前是兩個孩子的全職媽媽。」凱西笑著說。「算是我這輩子的懲罰吧！」

「妳這輩子的懲罰？」芙莉一臉憂慮地轉向她。

凱西大吃一驚。「不是啦，抱歉，我是開玩笑的。」

「妳的小孩現在多大了？」艾咪問芙莉，轉移話題想緩和緊張的氣氛。

「嗯，」芙莉看著地板，「其實我沒有小孩，所以我剛剛說我有點像是全職媽媽。但是我還在努力！」芙莉露出微笑。

「誰想來一杯含羞草雞尾酒啊？」潔姬問，端著一個托盤走回來。托盤上擺著好幾杯氣泡酒跟一瓶柳橙汁。

「我喝果汁就夠了，謝謝。」芙莉說。

大家吃驚地面面相覷。

「妳得喝點酒，親愛的。」潔姬搖搖頭說。「只有這樣妳才能撐過去。」她把其中一只香檳酒杯往後一甩，然後倒入柳橙汁。

「沒關係，」芙莉說，「我不怎麼愛喝酒。」

「好啦，芙莉，」蘿倫邊說邊伸手拿起一只香檳酒杯，「跟我們講講是哪個混蛋把妳留在這裡的吧？」

「噢，妳們誤會了，我跟我男朋友還在一起。他叫做西蒙，我們在一起已經四年左右了。我們是在我以前的診所認識的。我是小兒科醫師。以前是啦，現在我已經不執業了。我在《時尚男人》上看到節目的廣告，就決定為我自己報名。我想把不足的地方再改進一點。」

凱西看了大家一圈，跟其他人一樣一臉困惑。「這節目當初的構想不是要我們在這裡被甩掉嗎？」

「我當初報名的時候，他們也是這樣跟我說的。」芙莉說。「但是前幾天他們突然打電話給我，說他們改變主意了，在節目播出一星期後加入一個意外的參賽者會很有趣。所以我就來啦！我是意外的參賽者。」

「妳為什麼會看《時尚男人》？」吉瑪皺起鼻子問。

「我一直都有看《時尚男人》，因為我想知道男人想要什麼。我那天才在上面讀到男人不喜歡女人妝化得太濃。」說完她的目光停留在吉瑪桃紅色的嘴唇與補過色的眉毛上。

「我想我還是繼續看《柯夢波丹》就好了。」吉瑪說。

「芙莉，」潔姬一臉憂慮地靠過來，「妳知道這節目有多邪惡吧？妳知道這節目的製作人是一群想給我們洗腦、讓我們以為需要改善自己的男人吧？」

芙莉盯著她幾秒鐘，然後露出微笑，說：「小心，潔姬，男人不喜歡女人說他們歧視女性。再說，我覺得精益求精對我們來說有益無害。如果我單身，我會覺得很幸運能夠來這裡。《分手生存戰》會讓妳們所有人更多的機會找到——而且留住——一個好男人，就像是我的西蒙。」

「我沒有很想這麼做，謝了，親愛的。」潔姬說。

「那妳為什麼留下來呢？」芙莉問。

「哈，因為好玩啊。」

「那麼，芙莉，」凱西轉向她，「如果你們只有兩個人，妳在家都在忙什麼？」

「我待在家是為了挽救我們的關係。我跟西蒙以前雖然一起在診所工作，但是我們的工作時間都很長，而且週末還要值班，連要一起吃一餐都很難。我們只有早上起床後跟晚上睡覺前會短暫碰個面，不然就只是在診所的走廊上像同事一樣咕噥打個招呼。等我們真的有時間在一起時，就只是在聊診所的事或是做家事。總之，如果不能好好花時間在一起，兩個人當男女朋友又有什麼意義？」

「對我來說似乎是完美的男女關係。」艾咪開玩笑說，暗暗希望傑米可以聽到她這句話。

「但是我痛恨這樣的狀況。如果我待在家，我們在一起的時間，就是真正屬於我們兩人的時間，而不是在討論家裡又有哪裡需要修理，因為我已經有時間先修好了。所以囉，我們現在很幸福。」

「看妳這樣子，你們應該很幸福。」蘿倫說。

「為什麼是妳待在家，不是西蒙待在家？」潔姬刻意問。

「診所一直是我全部的生活，整天、每天，五年多來都是如此。所以我一直期待能休息一陣子，做點別的事情。」

「當個全職媽媽、老婆或女友，其實沒什麼不好，只要妳自己也想要，」凱西說，「只要妳不要把所有的雞蛋都放在同一個籃子裡，相信我。而且只要西蒙不要把妳當成全天候服務的女傭。」她一口喝下酒杯裡剩下的含羞草雞尾酒，對著潔姬晃晃酒杯，表示想再來點。

「西蒙工作真的很辛苦，他要養活我們兩個人。」芙莉辯護說。「我至少能做到的，就是讓他可以在一個潔淨舒適的家裡吃我自己做的飯。如果這樣他快樂，那麼我也快樂。」

「好啦，重點就在這，芙莉，」凱西說，「妳在家也真的很辛苦工作支持他，對吧？唯一的不同是，沒人付薪水給妳。」

艾咪覺得自己的脈搏加快。「芙莉，妳剛剛問潔姬『為什麼要留下來』，那麼妳自己又為什麼要來呢？妳先是說妳想要改善自己，然後又說你們兩人非常幸福。到底哪一點才是真的？如果你們的關係如此完美，妳又怎麼會跟我們在一起在這裡？」

「這對我們其他人來說似乎有點不公平喔。」海蒂說。

「我說我們很幸福，但是沒說我們很完美。男女關係需要持續的經營。」芙莉聳聳肩說。「那妳們又為什麼在這裡？如果只是為了金錢跟名氣，那也不公平啊。就我到目前為止看來，妳們沒有一個人把心思擺在這件事上。妳們只是坐在那裡痛恨男人，批評節目安排的挑戰，拒絕承認自己也有缺陷。」

「我們之所以會留下來，全都有各自的理由，但是我們也想讓大家看到，我們受到多大的苛求跟壓力。」艾咪說，嘗試聽起來跟芙莉一樣冷靜。「很抱歉，芙莉，不過這樣並沒有解決我們的問題。但是如果妳的人生目標是當個完美的五〇年代家庭主婦，也是妳自己的選擇。」

艾咪嘆口氣，望向大家，期盼得到一點支持。

「嗯，重點就在這，**這的確是我的選擇**。」芙莉低下頭。「而且我很幸福。」

「沒錯，妳一直在講妳很幸福。」

「所以如果妳贏了，」潔姬問，「西蒙就可以得到一百萬英鎊囉？」

「不對，是**我們**會一起得到一百萬英鎊。」

「好啦，」潔姬說，對芙莉露出微笑。「聽起來他把一切都穩穩掌控在手中了。」

十四

艾咪不是世界上最棒的假媽媽，但是也不最差的。在某一次潔姬想做飯時，因為受不了愛麗絲的哭鬧而大步走進花園、然後把愛麗絲丟進游泳池裡時，她大概就取得了極惡媽媽的頭銜。當時芙莉跟著她衝出去，但是還是太遲了。從此以後，愛麗絲再也沒哭過。海蒂想辦場喪禮，但是潔姬說她決定來試試低溫物理學，然後把愛麗絲塞進冷凍庫裡，就放在低脂冷凍優格旁邊。

再也不用抹去嘔吐物，再也不用餵奶、換尿布、朗讀、唱歌、擔心自己會把班尼害死，或是每次做錯什麼了被觀眾批評時，覺得自己像個白癡。

在《噢！寶寶！》這個挑戰裡，最嚴厲的批評總來自於真正的父母，這些父母似乎無時無刻都在觀察她們、評斷她們。無論她們這群人怎麼做，總是會有哪個父母感到「極度不滿」，並非常樂於告訴她們做錯了。比如說今天早上的留言。

@冠軍的媽媽　哪個白癡會在泡茶時把寶寶放在廚房流理台上？　#艾咪　#分手生存戰

「真是為妳的孩子做出絕佳的榜樣耶！希望妳以後會很高興去監獄探訪他們。」當時艾咪看了吼回去。

先是跟芙莉有點意見不和，然後現在又對@冠軍的媽媽嗆回去——艾咪通常從不這麼愛跟人正面衝突，尤其是現在她還沒有辦法透過網路保持匿名的身分。也許是因為受到吉瑪、潔姬跟蘿倫的影響吧，無論如何，她現在有點越罵越爽快了。

被捲入父母的競爭世界，是艾咪對寶寶所懷有的少數幾個但是真實無比的恐懼之一。在某一次珍妮的早餐聚會上，她就親身體會過那恐怖的情況。當時她天真地以為只會有她們兩人。珍妮把雙胞胎也帶去就已經很令她沮喪了，當珍妮在產前班上認識的所有媽媽也加入她們時，她簡直要發瘋了。她們一個接一個地到來，最後聚集成哄哄鬧鬧的一大群，逼得其他客人都受不了離開餐廳。整整兩個小時，她們爭相高聲描述儒依、戴蕾拉跟西庇帝在六個月身為哇哇叫的小胖娃期間又學會了什麼。她記得自己就坐在那裡，沒人搭理她，因為她不是她們之中的一分子，同時心裡納悶她們為什麼不多互相支持一點。她可以輕易從她們眼中的疲憊與用來藏住眼淚的虛假微笑看得出來她們全在掙扎。沒有人願意承認帶小孩很辛苦。但是好的父母不會這樣，是吧？

上個月，有個同事把自己的小寶寶帶到辦公室，艾咪立刻忍不住走過去，然後開始輕聲哄寶寶。她的同事不是珍妮；她的同事誠實多了。她告訴艾咪，她已經有兩星期沒好好睡覺了，還說她覺得日子很單調，很害怕自己犯了一個大錯。她說當媽媽只會令妳大失所望，所以越晚生小孩越好。然後她不知怎麼地說服艾咪幫她抱寶寶，自己則跑去跟別的同事大聊特聊。當時小寶寶在她兩個肩膀上都吐奶了，哭聲差點把她的耳膜震聾。

艾咪望向芙莉。過去幾分鐘，芙莉一直一臉沮喪地看著窗外。

「妳還好嗎？」艾咪問。

「還好，我只是有點難過錯過了帶寶寶的挑戰。我真的很想練習帶寶寶。妳們好幸運，可以擁有這樣的機會。」

「不用擔心。在這節目上，誰知道會發生什麼事？他們可能還會回來，就像恐怖片裡一樣。」

「希望如此。我真想看到西蒙臉上的表情，看到我跟我自己的寶寶。」

其他的室友也坐到沙發上加入她們。每個人看起來都一副解脫了的樣子，就連從一開始對於扮演媽媽就如魚得水的人也不例外。

電視螢幕亮起來，播出節目的開頭片段。

哇……哇……！

「晚安，各位漂亮的媽咪！我猜妳們一點也不想念這個聲音吧？」亞當大喊。他從一位觀眾身後跳出來，穿著一件超大的尿布跑下走道，身後的觀眾全笑得人仰馬翻。

「真是有夠白癡。」蘿倫說，此時亞當跳上椅子，椅子後是六張小床。

「各位觀眾朋友，我們的第一個挑戰真令人難忘啊！我們把六位參賽者丟進殘酷又真實的媽媽生活四天，有些媽媽如魚得水……」

螢幕上出現凱西唱著搖籃曲搖著茹絲入睡的影片，觀眾全都「啊」地表示讚賞。

「……但是也有些媽媽慘不忍睹！」

螢幕上出現潔姬把愛麗絲放進冷凍庫的影片，伴隨著電影《驚魂記》的配樂。

「今天我們特別邀請到知名小兒科醫師麥可．邁佛森，還有《母性本能：傳統教養的現代指南》一書的作者克莉莎．芬騰布朗來跟我們分析各位參賽者的表現！」

觀眾歡呼起來，兩位來賓走到台上，望著每張小床，臉上的表情混和著讚賞與反感，最後在台上的沙發上坐下來。

「好啦，麥可醫師還有克莉莎，趕快告訴我們吧，你們覺得這星期最棒跟最糟的媽媽分別是誰？」

「嗯，最糟的媽媽嘛，潔姬跟吉瑪幾乎不分上下。」麥可的聲音從又濃又白的八字鬍底下傳出來。「女性天生就有母性的本能跟慾望。不管她們怎麼想，這本能就刻在她們的天性裡。」

「我的天性裡可沒有那東西，該死的鬍鬚男！」潔姬對著電視螢幕吼。

「但是我嚴重懷疑某些女人的能力，」他繼續說，「所以我覺得潔姬是我這星期見到最差勁的媽媽。事實上，可能還是我這輩子見過最差勁的媽媽。她不只溺死愛麗絲、把她的屍體塞到冷凍庫裡，而且還折斷可憐小蘇菲的手臂。這種媽媽非常令人擔憂。」

「我同意麥可的說法，亞當，」克莉莎插嘴道，「太可怕了，而且還因此拖累了海蒂，可惜，因為海蒂之前的表現一直都很好。她培養出一個固定的作息，而且充分展現出母性的本能。」

海蒂聽了眉開眼笑。

「做得好，海蒂！」吉瑪大喊，往海蒂背上一拍。

潔姬笑起來。「他們為什麼就搞不清那只是個塑膠娃娃，我的天啊！」

「好了啦，潔姬，重點從來就不是它們是假娃娃。」芙莉對著一臉困惑的潔姬眨眨她那雙大眼睛，然後又轉向電視螢幕，慢慢啜飲手中的溫檸檬水。「這個挑戰其實有更深的用意。」

「那麼你們覺得參賽者當中唯一真的有經驗的媽媽凱西怎麼樣呢，麥可醫師？」

「我們可以看到茹絲健健康康的。」麥可輕輕笑起來。「完美的脈搏、紅潤的臉頰，身上也沒有抓痕。是個漂亮活潑的小寶寶。做得好，凱西！」

「凱西真的非常有耐心，把寶寶照顧得無微不至。但是我無法給她滿分。你看看這個畫面，亞當。」克莉莎指向大螢幕。

電視螢幕上出現凱西搖著茹絲入睡的模糊畫面。鏡頭拉近，只見凱西從臉頰上抹去淚水。

大家全把頭轉向凱西，凱西只是搖搖頭，說：「沒什麼，我那時只是累了。我們大家不是都很累嗎？」

「所以妳的意思是？」亞當說，把麥克風舉到克莉莎嘴邊。

「寶寶就跟海綿一樣，亞當。他們會吸收負面的情緒、心理的負擔、還有壓力。凱西不應該在寶寶旁邊哭。所以，電視前的媽媽們，如果妳覺得快哭出來了，請躲到一邊哭。沒錯，當媽媽是很辛苦的工作，但也是妳的工作。妳接受了這個角色。這會是妳這輩子擔負過最重要的責任。我們英國人不是最沉著冷靜的嗎？」

「那麼艾咪的表現又如何呢，克莉莎？」

「艾咪是個典型的新手媽媽。毫無頭緒，但是寬容體貼。餵寶寶喝太多奶，哄寶寶睡覺太多次，一點固定的作息也沒有，也難怪她會抱怨說好累。艾咪有潛力當個好媽媽，但是真的要當媽媽之前，她還需要花很多時間學會怎麼當媽媽。」克莉莎嚴厲地望向攝影機。

「我當然毫無頭緒啊！」艾咪抗議道，「我這輩子從來沒帶過寶寶啊！」

「別理他們，親愛的。」吉瑪拍拍她的大腿。「妳做得真的很好了。」

「所以我現在只剩下最後一個問題。」亞當繼續說，「誰是我們本週的冠軍媽媽？」

麥可醫師走到沙發後，從小床裡抱起賽巴，只見賽巴笑容滿面。「我在小賽巴身上什麼缺點都找不到，是個健康完美的寶寶。蘿倫說她從來沒帶過寶寶，所以她顯然非常有天分。這女孩該找個男人，為世界生幾個小孩！」

「我又不是家禽家畜，你這變態！」蘿倫對著電視螢幕喊。

「很有趣的見解，麥可醫師。」亞當說，「小克妳覺得呢？」

「我也同意麥可醫師的看法。從頭到尾沒有一點做錯。蘿倫有一套固定的作息，餵賽巴喝奶的量也總是恰到好處。賽巴需要她時，她就在旁邊，但是也沒有過分嬌寵。她以後一定會是個很棒的媽媽！」

「隨便妳怎麼想，克拉拉，但是我寧可把一根金屬湯匙插進帶電的插座裡。」蘿倫邊說邊往後靠在椅背上。「一個月做一次夜間保母對我來說就已經夠啦。」

這時亞當把賽巴往上一丟，觀眾見了全歡呼起來，麥可醫師立刻跑到後面去接住賽巴。

「各位觀眾朋友，」亞當對著麥克風喊，「現在呢，我很高興能夠宣布本週媽媽挑戰的冠軍。冠軍就是我們凶狠的、傳奇的蘿倫！」

「做得好，親愛的！妳覺得妳會贏得什麼獎品？」吉瑪問。

「一瓶灰雁伏特加聽起來不錯。」蘿倫抬頭看電視螢幕。「也許再派個歌手去給大衛唱一首歌，讓他知道我有多出色的媽媽技能。」

「或者是在他的辦公室外面豎起一個會發亮的巨大廣告牌。」艾咪說。

「不要忘了說他的雞雞很小喔。」凱西使個眼色說。

「如果不說，就太對不起世界上的女性人口了。」

等到獎品真的送到她們面前時，大家要不笑都很難。

「他們在開玩笑嗎？」蘿倫故作正經地舉起一張母嬰品牌 Mothercare 一千英鎊的優惠券。

「送給我吧！」芙莉大喊。

粉絲留言板上全都在討論芙莉。

一方面，有觀眾不滿她支持過時的性別角色。

@艾蜜莉二三八　男性前進了一小步，女性往後跳了一大步。真是多謝妳了，芙莉，妳這白癡　#分手生存戰

@愛莉絲戴克九四　我是女人，廚房是我的地盤。我正坐在餐桌邊，等著男朋友幫我做三明治　#分手生存戰

另一方面，也有觀眾支持她。

@老貝瑞摩根　我媽愛她的廚房！快樂的童年！結婚五十年了還在一起！　#分手生存戰

#我支持芙莉的標籤開始在推特上傳開，還有人建議製作有不同標語的T恤。

芙莉是未來

我支持芙莉

電視螢幕裡和沙發上的你來我往使艾咪渴望擁有一點獨處的時間。她沒有跟大家一起吃晚餐，很早就去洗澡，然後幫自己做了一套奢華的全身保養。浴室裡沒有攝影機，只有臥室裡的麥克風可以捕捉到比較大的聲響，這裡似乎是唯一可以暫時逃離節目之處。

她在臉上敷上一層涼爽的面膜，使她看起來像個高山雪人，然後又給自己全身抹上乳液，拿著粉餅盒跟小鑷子把自己鎖在浴室裡。她下巴上的兩根毛又長出來了，她可不想讓這兩根毛成為粉絲留言板上下一個話題。

躺到床上時，艾咪可以聽到其他人在晚餐後繼續討論，並對每一則留言大發雷霆。沒有跟大家一起待在客廳批評，她有些過意不去，但是她好累，而且今天已經歷夠多的的衝突了。

就在她半睡半醒時，臥室的門開了，一個腳步聲慢慢地走進浴室。她睜開眼睛，從半開的浴室門看到芙莉躺在浴室地板上輕聲哭泣。接著芙莉突然從鏡子中看到艾咪。她大吃一驚，但她只是站起來，整理一下裙擺，沉默地關上了門。

十五

「早安，我在想妳也許想喝杯茶？」隔天早上，芙莉站在臥室門口說。

艾咪倏地坐起來，揉揉眼睛。等她眨了眨眼，視線恢復清晰後，她尷尬地發現自己是唯一一個還躺在床上的人。她伸手把頭髮往後撥，觀察芙莉是否想談談昨晚的狀況。她覺得自己沒有資格給芙莉任何忠告，但是也許可以給她一點實用的建議，像是「不要去看粉絲留言板」，或者就只是靜靜地聽她傾訴或謾罵。

「我為大家做了炒蛋配吐司，妳的那一份要不要先保溫？」她握起艾咪的手，輕輕捏一下，彷彿昨晚什麼事都沒發生過。

「謝了，我幾分鐘後就過去。」艾咪勉強站起來，轉身準備摺被子。

「我教妳一個訣竅好不好？」芙莉問。

「好啊。」

芙莉快步走到房間另一端自己那張床，從床底下的箱子掏出一個噴霧瓶。

「妳有沒有聽過阿曼達．傑克森？《主婦家庭》裡那個？這是她最棒的訣竅之一。」芙莉微笑說，「薰衣草浸液，可以去除皺褶，而且薰衣草的香味可以讓妳放鬆下來，還能夠助眠喔。」

「妳為什麼把這東西帶來？」艾咪問。

「因為我喜歡用我自己的清潔用品。像這樣，妳看。」

芙莉在床單上噴了幾下，接著把床單拉平，將邊緣塞到床墊下，用手滑過表面，撫平皺褶。然後她站直，欣賞自己的作品，臉上滿是喜悅。

「謝了。」艾咪勉強露出一個微笑。「想想每天早上都要這樣……」

「看吧，艾咪，跟個五〇年代的家庭主婦成為朋友，其實也沒那麼糟吧？」

沖過澡後，艾咪看到大家全坐在沙發上盯著粉絲留言板，彷彿已經在那坐了一整晚。海蒂站著，臉孔距離螢幕只有五公分，一邊在摳指甲。潔姬跟吉瑪坐在沙發上用大拇指較勁，凱西則忙著躲開她們飛舞的拳頭，保護手上的咖啡。一切看起來像一場怪夢中的一個場景，艾咪揉揉眼睛，提醒自己這不是夢，這是她此刻的真實生活。跟一群隨機選中的陌生人一起吃早餐，面前的裝置隨時提醒著自己有多受人喜愛或不受人喜愛。

她瞇起眼睛。她在人氣排行榜上依舊停留在中間的位置。

餐廳裡，芙莉把艾咪的炒蛋擺到桌上，然後在對面的位子上坐下來。發現芙莉打算看著她吃完，艾咪立刻狼吞虎嚥地吃掉整份炒蛋。真的很好吃，但是一個住在廚房裡的女人煮的菜餚怎麼可能不好吃呢？

「真好吃，謝謝妳。」

「玉米跟西芹，這是西蒙最愛吃的口味。」芙莉微笑說。

「西蒙真幸運。」

艾咪慢慢意識到，芙莉的人生使命就是照顧別人。她以前是醫生，現在是個沒有小孩的全職媽媽。想想是很溫馨，但是也有點壓抑。

叮咚……。

「噢喔！」吉瑪大叫，從盤坐的姿勢跳起來，衝向前門。大家也跟著站起來，移向走廊，準備迎接另一個新成員加入。

吉瑪打開門，只聽到一陣興奮的招呼聲。

「嗨呀！」

「哈囉，寶貝！」

「噢，我的天啊！」

「嗚耶！」

八個熱情活躍的男女衝進房間裡，腰間戴著塞滿化妝品的皮帶，身後拉著化妝箱。艾咪很清楚這些人是誰，她不禁露出多天以來的首次微笑。

「噢，我的天啊，我要瘋了！」吉瑪大叫，轉身跑向大家，像隻興奮的小狗跳上跳下的。然後又跑向來賓，開始一一擁抱他們。「我真不敢相信，我最崇拜你們了！」

「噢，嗨，大家好！」凱蒂・克洛威說。凱蒂・克洛威是電視節目《美妝學校特攻隊》的王牌明星與校長。這節目讓美妝科的學生比賽為「失去光彩」的忙碌媽媽們進行全身改造。她推開狂熱的眾人，讓自己現身在攝影機前：軍綠色的軍外套、緊身皮褲、紅色的踝靴。招牌的銀色短髮在一頂相配的紅色貝雷帽下閃閃發光。

「好，現在我們來看看這裡有什麼工作。」凱蒂宣布，然後繞著參賽者們走一圈，仔細端詳每一人。她在海蒂面前停下來，雙手舉向額角，然後梳過頭髮，不可置信地搖搖頭。

「唉，這樣不行，完全不行，女士們。妳們全都需要花上一番功夫。但是妳們不需要再苦惱了，因為這就是為什麼妳們在這裡。妳們會成為《分手生存戰》的美女部隊！」

她的學生全開始歡呼。這時她走上樓梯，準備跟大家講話。

「女士們、女士們、女士們！」她看看大家一圈，對著屋裡每個方向晃動手指。「還是我應該說懶惰鬼、懶惰鬼、懶惰鬼！妳們就是一群懶惰鬼。我厭倦了女人過了三十就放棄自己。美麗是對自己的長期投資。對自信的長期投資。對愛情生活的長期投資。但它也是一種承諾。我現在看到妳們這樣，只想哭。」

艾咪看到吉瑪目瞪口呆、一副被侮辱的表情，實在很想笑出來。

「妳們知道我看到什麼嗎？」凱蒂繼續說，「我看到的是一群已經放棄競爭的女人。為了對妳們仁慈，我現在必須對妳們殘忍。我知道妳們其實全都美麗迷人，只要沒有那橘棕色的皮膚，」她望向吉瑪，「沒有那荒唐的頭髮，」她望向海蒂，「沒有那怪異的眉毛。」她望向艾咪，艾咪不禁皺起眉，去摸自己的眉毛。「現在是很流行粗眉毛，但還是要修出點形狀。」

艾咪伸手去摸眉毛，尋找任何突出的小毛，心情跌到谷底。她想像傑米在螢幕的另一端嘲笑她，突然滿腔怒火。

潔姬雙臂交叉在胸前，大聲咳嗽。「我覺得我可以為大家發言，也就是我們對自己的外表都很滿意。所以謝謝妳，不用了。」

「呃，」吉瑪說，「妳為自己發言吧，潔姬，我可是很想要一個全身改造！」

「我也要。」海蒂喃喃道。「我的頭髮的確很荒唐。」

「我跟妳在同一邊，潔姬。我不需要全身改造。」蘿倫不帶感情地說。「反正我的臉只是用來做廣播節目的。」

「潔姬、蘿倫，」凱蒂說，「我每天都使許多女人感覺更有自信、更有力量。**化妝不是用來掩飾妳們的天生麗質，而是用來強調妳們的天生麗質**。我總想像我能夠把超級模特兒的特質灌輸給每一個女人，但是讓妳同時又保有自己的美麗，而且更有自信，贏得每天會遇到的戰鬥。蘿倫，雖然妳的臉不會上電視，但是我打賭如果妳更有自信，聲音也會更好聽。還有潔姬，妳剛到的時候塗著紅色的口紅，妳不覺得塗著那隻口紅使自己感覺更強悍嗎？」

潔姬聳聳肩。「是有一點啦。」

「當然啦！」凱蒂喊。「女士們，塗一點唇膏、夾一下頭髮，**展現出最好的自己沒麼好丟臉的**。好啦，士兵們，明天晚上之前我們還有好多要教妳們呢。」

大家面面相覷。

「明天晚上怎麼了？」艾咪替大家開口問。

凱蒂揮揮手示意學生們去餐廳開始準備化妝的座位。「糟糕，我說溜嘴了！從現在起我會守口如瓶。」

凱蒂為每一位參賽者分派了一名學生，現在大家全都在餐廳裡坐成一排。每個人面前都有一面有輪子可移動的鏡子，但是用布蓋起來了。艾咪痛恨髮廊裡的鏡子，這也是為什麼她一年只去剪兩次頭髮的主要原因。髮廊的鏡子使她看起來像隻溺水的老鼠，而且除了鏡子也沒有別的地方可以看，坐在那就等於整整兩個小時的折磨。也許下一次她去剪頭髮時，可以建議他們拿塊布遮住鏡子。

「好了，女士們，一開始我們會先指出妳們的問題在哪裡。準備好迎接殘酷的現實。我的學生會非常誠實地說出對妳們此刻的外表的看法，然後我會評斷他們的分析。之後呢，我們就展開改造的過程，用我們能用的工具美化妳們。可以開始了嗎？」

第一個遭到抨擊的是潔姬。負責潔姬的是個一臉膽怯、個子瘦小、一頭紅髮、聲音發顫的學生。

「好，馬修，跟我講講潔姬需要什麼。」凱蒂咆哮。

「呃，她的辮子已經糾結在一起，而且髮梢開始分裂了，所以看起來很黯淡。她需要油性的護髮霜恢復頭髮的光澤，但是我要小心避免它們沾到皮膚上，因為她的皮膚太油了。她的T字部位全是粉刺，所以皮膚看起來很不光滑。我會給她用茶樹爽膚水，還有水性的粉底液。」

「出色的分析！」凱蒂大吼，在一臉如釋重負的馬修背上拍了拍。

凱蒂繼續走向海蒂。

「我的天啊！傑瑞，你這裡是什麼情況？」

傑瑞在凱蒂耳邊低聲說了什麼，凱蒂聽了後彎下腰。

「海蒂，妳的頭髮是自己剪的嗎？」凱蒂溫柔地問。

「對，」海蒂低頭看自己的大腿。「我學YouTube上一段影片剪的。」

凱蒂跟傑瑞面面相覷。

「好，海蒂，我們來讓妳看看專業的剪髮對提升妳的自信會有多驚人的效果。」凱蒂微笑說。「好，傑瑞，還有什麼？」

「我想給海蒂剪個平頭短髮，像蜜雪兒．威廉斯那樣，並幫她染成糖霜巧克力色，這樣可以強調出她橄欖色的皮膚。她的皮膚目前有點偏灰，所以我會用一個米金色飾底乳來修正她的膚色，然後用黃色調的粉底液把她黯淡無光澤的皮膚變得晶瑩剔透。」

「聽起來真夢幻。這樣可以嗎，海蒂？」凱蒂捏捏海蒂的肩膀。

海蒂點點頭，露出一個害羞的微笑。

凱蒂繼續往前走，幾乎要跳過芙莉。

「親愛的，看起來妳幾天前就已經做過造型了。我都不敢確定我能夠把妳的頭髮弄得這麼有彈性！」凱蒂驚叫，用手指撥弄芙莉的頭髮。

「我來這裡之前就請人幫我做好頭髮了。」芙莉邊微笑說邊摸頭髮。「而且我在家每天都會吹。」

「看得出來，沒有一根頭髮亂翹！」凱蒂從背後讚賞芙莉的頭髮。「而且早上還有時間吹頭髮，真羨慕妳！好了，那我們該怎麼對待妳的臉呢？」

「我不喜歡上太多妝，所以請越自然越好。不要塗口紅，也不要太多腮紅。男人不喜歡跟小丑接吻。」芙莉笑著說。

「噢？」凱蒂站直，「所以男人可能喜歡親我的屁股囉？」

芙莉吃驚地睜大雙眼，目光尾隨著凱蒂繼續走向艾咪。

艾咪一直在擔心他們會怎麼挑剔她胖嘟嘟的臉頰跟毛茸茸的眉毛。

「我覺得艾咪這裡沒有什麼大問題，凱蒂。」負責艾咪的學生瑞秋看著凱蒂說，一邊用手指在艾咪的頭皮上繞圈。「但是她的造型有一點……平淡。」

「沒錯，我看的出來她沒有特別突出的特點，但是有很多可以著手的地方。妳怎麼想呢？」

「我在想給她重新剪個髮型，用很多層次來配合她的臉型，還有修飾她紅潤的臉頰……」

翻譯：像黃金鼠一樣的臉頰。

「……還有自然的棕色調淡妝，不用粉紅色也不用橘色，為她創造出那種輕盈優雅的巴黎風，像《第凡內早餐》裡面的奧黛麗赫本。」

「很好，瑞秋，做得好。真等不及看到最後的成果。」

凱蒂走到蘿倫身邊時，還沒開口就被蘿倫搶先一步。

「親愛的，我身上妳什麼都不能碰，尤其是我的頭髮。」蘿倫微笑說，但是凶狠的眼神在說不要惹毛她。「這就是最真實的我，我不需要被重新改造，不管外面那群人怎麼說。」她對攝影機點個頭，把頭髮往後抓。

「就連——」

「不行。」

「眼——」

「不行。」

「那讓我給妳看一下——」

「等一下，把妳的魔杖拿開，離我的眼球遠一點，謝謝。」

「好吧，那麼我們就有更多時間給……凱西！」凱蒂故作輕鬆地說，走向最後的凱西，然後交叉起雙臂，猛搖頭。「老天爺知道我們在這裡需要特別多的時間，大家注意了。」

凱西皺起眉。

為艾咪改造時，瑞秋仔細為艾咪解說每一個步驟。如何修飾臉型，如何修整眉毛，同時又不把眉毛弄得太細，如何把嘴唇中央稍微打亮，更顯立體。儘管她之前覺得有點被侮辱了，瑞秋對艾咪其實很友善，而艾咪也很感謝她提供的小訣竅。她喜歡化妝，但是她的做法往往只是把妝拍上去，然後暗自希望它不會掉下來。

很快就到了揭曉成果的時刻，凱蒂要大家閉上眼睛，同時鏡子上的布被拉了下來。

大家全深吸一口氣，然後是一片寂靜，因為大家都靠向前去看鏡子中全新的自己。

吉瑪倒吸一口氣。「我覺得自己像個公主！」她喊，一頭深色的捲髮如流水般從臉頰旁垂下來。「該死，我真希望手機在這。」她舉起一隻手，開始用大拇指去按手掌，整整十秒鐘假裝為自己拍自拍。

「別謙虛了！妳根本就是個皇后！」凱蒂喊，從後面去擁抱吉瑪。

艾咪根本沒在聽。她完全沉浸在自己的倒影中。雙下巴現在只是單下巴。

「好漂亮！瑞秋，妳創造了一個奇蹟！」她眉開眼笑，唰唰地甩動頭髮。

「這不是第一次有人對我說這種話。」瑞秋笑嘻嘻地答，從後面用手指梳過艾咪的新髮型。然後蹲下來，在艾咪的耳邊低聲說：「妳是我最喜歡的參賽者喔，很多人也都這麼想，真的！」

艾咪如釋重負地嘆了一口氣，往後靠在椅背上。她轉頭去看芙莉。從成果揭曉後，芙莉一直沒說什麼話，而且看起來跟之前也沒什麼不同。負責她的學生奧利只幫她做了個臉，然後依照她的指示為她上了一點妝。

「我的媽呀，海蒂，妳看起來好漂亮啊！」吉瑪突然大叫，大家全扭過身去。

大家轉頭去看。吉瑪說得沒錯，海蒂看起來像脫胎換骨了一樣。雙眼明亮有神，皮膚光滑健康，頭髮剪成了一個俐落又柔順的髮型。

海蒂伸手去摸腦後的頭髮，露出微笑，但是又有點不好意思。

「大家覺得我的造型如何啊？」凱西問。

凱西看起來猶如剛從《浮華世界》的封面走出來。誇張的煙燻眼、深色的眉毛與裸色的嘴唇。一頭金色的頭髮顯得更金了，往後梳成艾瑪．威利斯式的俏麗短髮。她站起來，走到椅子後轉一圈，大家見了全為她歡呼。

「噢，少來了啦，別自欺欺人了。」她笑著說，「我覺得煙燻妝也無法改變我過了五十就沒有存在感的事實。」

「胡說八道！」凱蒂喊。「辛蒂．克勞馥沒有存在感嗎？茱莉安．摩爾沒有存在感嗎？年

齡不是障礙，年齡只是妳自己在腦中想像出來的限制。」

凱西看著鏡中的自己，微笑起來。

「嘿，看看妳，潔姬。」蘿倫說。

潔姬看起來就像個女神。辮子光滑亮麗，皮膚散發著光澤，嘴唇上塗著第一天的那支口紅。

「沒錯，我自己也感覺很好，只要我們不要在這裡選美就好。」

「但是潔姬，我化妝不是為了選美，我化妝是為了更有自信，更忠於自我。」吉瑪說，對著鏡子嘟起嘴。「我真喜歡這造型，親一下。」

大家的辯論突然被打斷。

「參賽者們，現在請到客廳。」

電視螢幕上有一條訊息，標題是**第一場神祕約會**。

吉瑪，明天晚上想在祕密花園裡喝杯啤酒嗎？傍晚六點見，別遲到了。狄倫

大家全開始興奮地嘰嘰喳喳起來，這時蘿倫突然打斷大家。

「等一下，海蒂的前男友不是叫狄倫嗎？」

大家全轉身去看海蒂。只見海蒂邊咬指甲邊瞪著電視螢幕。

十六

「我已經考慮過一晚了，我死都不幹！不可能，抱歉了。不對，抱歉什麼啊！」隔天早上吉瑪對著攝影機大喊。「我一秒鐘也不要把我珍貴的時間花在那混蛋身上。」吉瑪癱到沙發上，靠在海蒂身旁。「我這人就是重友輕色，親愛的。」她跟海蒂擊拳說。

「他也不是那麼混蛋啦。」海蒂喃喃道。

吉瑪吃驚地看著海蒂。「海蒂，他說妳胖，還批評妳的衣服耶！」

「嗯，也許他現在後悔了。」

「吉瑪，現在請到交談室。」

「哼，所以他們先是叫我們忘了男朋友，然後現在又把他們展示在我們面前來折磨我們。」潔姬在沙發上怒罵。「反正目標就是增加收視率就對了，是吧？神祕約會，見鬼去吧！」

「如果誰被選中跟杰瑞米約會，就太可憐了。他嚼東西的時候嘴巴不會閉起來，而且講話還會噴口水。」凱西笑著說，一邊看著玻璃門上的倒影撥弄額頭上的瀏海。她悵然若失了幾秒鐘，然後從門邊轉過來，面帶微笑。「其實不管誰被選中跟他約會，都可以替我傳個話。跟他說我謝謝他。來到這裡使我起死回生。我不再是你的前妻凱西，我現在是凱西，**是我自己**。我很高興過了二十五年後，我現在又看到自己了。還有，叫他把耳環拿下來吧，他戴著耳環看起來像白癡。」

大家全笑起來。

「真的，沒錯。」艾咪說。

凱西點點頭，笑到連肩膀都在顫抖。

「如果要我留言給傑米，我會說我怎麼會跟你在一起那麼久？一星期前，我還生氣你浪費了我兩年的生命，但是現在呢，我想去哪就可以去哪，想什麼時候去旅行就可以去旅行，想在電視上看什麼垃圾節目就可以看什麼。而且我可以自己上床睡覺，不用看著你望著鏡子中的自己做瑜珈。」

「嗯……」潔姬停頓一下。「我會留言說，很可惜你覺得自己排在我爸爸後面。但是我覺得更惋惜的是，我以為遇到困境時，你會支持我，而不是對抗我。但是來到這裡使我看清楚了，現在我認清我可以自己支持自己。我不需要你，我從來都不需要你。」

「我的留言是，我從來沒達到高潮。」蘿倫輕聲說。

每個人都大笑了起來，這時芙莉走進客廳。

「什麼事這麼好笑？」

「吉瑪今天晚上要跟海蒂的前男友約會。」潔姬解釋，一邊指著電視螢幕。「所以吉瑪要利用這個機會幫海蒂傳話。」

芙莉瞪著電視螢幕。

「妳們覺得所有的前男友都會被請來上節目嗎？因為我無法想像西蒙會想來，或是有時間來。我當然希望他來，但是我猜我大概也見不到他。而且他也不是『前男友』。」

「如果要傳話給他，妳會說什麼？」艾咪問。

芙莉慢條斯理地在沙發靠背上坐下來，撥開臉前的頭髮。

她微笑說：「我希望他為我感到驕傲。」

潔姬嗤之以鼻。

這時吉瑪從交談室回到客廳。「好啦，所以我必須去這場該死的約會。」她喊。「不然明天我就可以回家了，無論觀眾票選的結果如何。一群笨蛋。海蒂，真抱歉，親愛的。我真希望我不用去。」

海蒂抬起頭。「沒關係，吉瑪，妳只要幫我傳個話給狄倫就好了。」海蒂的眼神散發出決心。

「當然了，親愛的，我什麼話都會幫妳傳。」

「跟他說他再也沒有機會辱罵我，再也沒有機會上班時不停傳簡訊給我，或是當我想在輪下一次班前小睡一小時，卻在樓下喝醉酒沒完沒了地抱怨我。我受夠了一個人賺錢養一個整天在家閒晃、只會浪費生命的爛男人。我要享受自己的生命。這一次我下定決心了。我不會再回來了。」

大家全看著海蒂，臉上的表情混和著同情、憤怒與驕傲。

「我們為妳感到驕傲，海蒂。」艾咪說，捏捏海蒂的肩膀。「聽起來是妳這輩子做過最棒的決定。」

「海蒂，交給我就對了。」吉瑪站起來，雙手叉腰。「哪裡有剪刀？某人的領帶好像需要剪一剪了。」

十七

艾咪又坐在治療室裡，看著希克醫師花一段漫長難熬的時間整理桌上的筆記。最後他終於找到艾咪的筆記，透過架在鼻尖的眼鏡仔細閱讀。

「那麼，艾咪，在上星期的會談中，我請妳就妳的感情關係完成一份回家功課。妳有花時間想一想嗎？」

「有。」艾咪吞了一口口水。要在電視觀眾面前揭露內心最深處的想法，她覺得很不自在。不過她更在意的是朋友與家人的反應。而且她希望傑米也在聽。

「我們從第一個問題開始吧。妳跟傑米在一起的時候，他什麼時候讓妳感到快樂？」

「我用寫的比用說的好，所以我想把我列的清單唸出來。」

「只要妳覺得自在就好。」

「好，我要開始了。」她吐出一口氣，然後深吸一口氣。

「我跟傑米在一起的時候，在以下狀況他讓我感到快樂：他讓我覺得他在意我的意見。他沒有特殊理由也會傳簡訊給我。他願意跟我的朋友見面、而且是派對上的靈魂人物。他在談話中暗示我是他未來的一部分。他跟他朋友介紹我時、把我稱為歐太太。我們的談話內容不總是以錢為主題。他逗我笑、但不是拿我來開玩笑。他每一晚都想跟我在一起。他跟我說他再也不會遇到更適合他的人，說我們會一起環遊世界。」

她咳嗽一聲，故意強調她下一句話。

「但是我一點都不記得有出現過上面這些狀況。」

希克醫師沉默一會兒，微笑地看著艾咪，然後在平板電腦上打了幾個字。

「好，謝謝妳，艾咪。現在我們繼續進行第二個問題：妳跟傑米在一起的時候，他什麼時候讓妳感到不快樂？」

艾咪又開始唸自己的筆記。她集中精神，不理會聲音中的震顫。

「他不再邀請我跟他的朋友一起去酒吧，而且不再跟我的朋友一起去酒吧。他從派對上的靈魂人物變成根本不到場的客人。他跟我說我這麼常想見我爸媽很奇怪，然後我要去看我爸媽、他卻說太忙沒辦法一起去。他唯一關心的對象就是他的事業跟他的身體。」

「他幾個月前忘了我在哪裡工作。他開始在吃飯時傳簡訊、然後接電話。我們根本不再一起吃飯。他只有喝醉或宿醉時才想跟我上床。他早上醒來後根本不再跟我說早安。然後根本不再跟我親吻說晚安。他跟我說他覺得我開始變得無聊。他拿我的雙下巴、我鬆軟的上臂開玩笑，說我的粗壯大腿可以拿去做牛排。」

「他送我一把他家的鑰匙、但是說我過來之前要先通知他。他再明顯不過地表明這不是在邀請我搬去跟他一起住。他先是讓我覺得我是他的未來、然後又讓我覺得我只是他家中的過客。他叫我小豬。」

希克醫師溫柔地凝視著她。

「好，艾咪，那麼告訴我，把這些想法寫在紙上，是什麼感覺？」

她回想自己寫下這清單後洗了一個熱騰騰的澡。刷洗自己的時候，她試著想像心中對男女感情所懷有的所有懷疑、恐懼與焦慮都跟著熱水被沖走。她想像自己褪去一層皮，然後踏出淋浴間時，是個脫胎換骨的艾咪。

「把這些話大聲說出來，讓大家都聽到，感覺很好。過去一年我總在大家面前假裝、也欺騙自己假裝傑米跟我有所進展，然後總是為他的行為找藉口。但是現在把事實揭露出來、接受它，然後讓大家都看到真相，再也不會讓我覺得羞愧了。我唯一的遺憾是沒早一點這樣做。」

希克醫師慢慢打了幾個字，然後抬頭看她。「不需要對自己太嚴苛，艾咪。要改變舊有的習慣本來就不容易。**不要想著自己過去做了什麼，妳應該把注意力放在現在要怎麼做**。我的工作就是要協助妳更深入地了解妳是誰，還有什麼會讓妳快樂。」他對她微笑。「這也是我們的回家功課裡最後一個問題。」他看著手上的紙。「在男女關係裡，妳需要什麼才會感到快樂？」

艾咪清了清喉嚨。

「要感到快樂，我需要感覺到這份關係有一個目的，而且這份關係對我們兩人都有特別的意義。對方會讓我覺得我的生命因此而更豐富，而我也使對方的生命更豐富。就比如說我跟我的好朋友莎拉的關係。為什麼我就不能跟男人也擁有那種相知相屬的感覺？我想跟對方組成一個堅實的團隊。我們這個團隊也不需要只是在贏——我們也可以一起快樂地輸掉，因為最重要的就是我們在一起，兩個人互相依靠、同甘共苦。」

「那麼傑米有滿足這些需求裡的任何一個嗎？」

艾咪嘆口氣。「沒有。最初的六個月，也許有吧。但是最後絕對沒有。最後他只讓我覺得我只是鎖住他生活的一個結，而不是讓生活運轉的一個齒輪。而他為我的生活帶來的就只是更多的不安全感。我想要的是對方會告訴我他愛我的每一點，愛我的疣、愛我的雙下巴、愛我鬆軟的上臂等等等。但是我這樣是不是要求太多了？我是不是期望太高了？這樣的關係在現實生活中存在嗎？」

「艾咪，」希克醫師說，坐直身子。「把這次分手想像成是生命又給了妳一張新的畫布。在這張空白的畫布上，妳可以為自己畫一個全新的未來，裡面充滿了會讓妳感到快樂的事物。不要在意別人會不會覺得妳要求太高。不要理會別人的批評，也不要老是去看別人畫了些什麼。把注意力放在妳自己身上。給自己足夠的時間。也不要再捨不得給妳自己真正的快樂。所以，妳的畫布上會畫些什麼？」

「一座泰國的海灘？」艾咪聳聳肩，勉強笑了笑。

「為什麼不呢？」希克醫師也露出微笑，然後站起來，走到牆邊一座螢幕。他把螢幕打開，然後轉過身來。

「我想結束男女關係這個話題，開始談談妳的人生目標，就從上星期的媽媽挑戰說起吧。我很仔細地觀察了妳跟寶寶班尼，現在想問妳幾個問題。」他抬起頭。

「好啊。」艾咪緊張地微笑，心裡開始為自己的表現與班尼肚子裡的奶量辯護。

「所以，妳有哪些人生目標？」他問。

好大的問題。

她沉默地思考幾秒鐘。

寫部落格。
環遊世界。
探險。
找到真愛。
結婚生子。
擁有自己的家。
自由。

「艾咪？」希克醫師打斷她。「妳在想什麼？」

「我在想，我什麼都想要。但是我知道人不可能什麼都想要。我想定下來，但是我也想去旅行。我想生小孩，但是我也想要自由。其實如果我看到小寶寶，我不會感到羨慕，反而是感到焦慮，因為他們就像小船錨一樣。但是在我這個年紀，我不應該有這樣的感覺，不是嗎？我怎麼可能既想要一個家，同時又想在峽谷邊露營？就好像是我可以一分為二似的。就好像我一隻腳在飛機上，但是一隻腳還停在跑道上，不知道哪一種生活會使我更快樂。現在這個時刻，想到買房子、生小孩、拚事業，並不會讓我感到興奮。但是如果我想像自己在人擠人的考山路上滿身大汗，背包裡背著我的手提電腦，一邊嘗試攔下一輛嘟嘟車，一邊吸進漫天的灰塵、煙霧與香料，我就會興奮不已。」

她停頓下來，想像自己身在曼谷。

沒有什麼在阻止妳離去。妳可以現在就走。如果妳真的想要，明天妳就可以在曼谷。

她眨眨眼，回到此時此刻。

「但是生理時鐘就像鑼鳴一樣警告我時間在溜走，告訴我現在有那樣的夢想已經太晚了。」她大聲嘆口氣，把大拇指的指甲抓進手指裡。「我心中那無所畏懼的冒險家幾年前就退休了。我有過機會，但是沒把握住。我選擇了傑米，現在我只能接受現實。我只希望自己不要再老是夢想說走就走。我厭倦了聽我腦中叫我此刻就跳上飛機，其他什麼都不管的聲音。這樣太不實際了。這只會使我思緒雜亂，無法做出正常的判斷。」

「艾咪，妳所謂的『正常』，是妳把自己跟別人比較後設定出來的標準。」希克醫師說。「妳不妨去追求最自然的妳。這樣一來，唯一的比較標準就只是自己。如果妳覺得還沒準備好定下來，這是因為這就是最自然的妳。也許幾年後妳會變，也許也不會。」

「但是我是真的想要小孩，希克醫師，我只是不想因為年紀而被趕著生小孩。我現在當媽媽恐怕會很糟糕。」

希克醫師打開房間裡的螢幕。

「艾咪，妳三十二歲，不是五十二歲。要生小孩還有時間，而妳最不該做的就是匆忙做出這種決定。而且，我傾向同意妳的說法，也就是妳還沒準備好。看看這段影片。」他邊微笑邊按下遙控器。

第一段影片是艾咪第一次看到班尼在小床裡哭。只見她往後縮，臉孔扭曲起來，表情混合著驚恐與反感。第二段影片是艾咪抱著班尼走進臥室，不小心讓班尼的頭狠狠撞上門框。她看看四周，確定沒人看到，然後從班尼的額頭裡拉出一塊碎片。第三段影片是艾咪衝進浴室拯救班尼，因為班尼臉朝下地漂在水已滿到流出來的洗臉槽裡。第四段影片是她跟潔姬站在氣泡酒水龍頭邊，用第三杯酒取代奶粉，然後一起餵寶寶喝奶，最後倒在地上狂笑。

「還要繼續嗎？」希克醫師問，一邊的眉毛滑稽地揚起來。

「好啦，我知道你的意思。但那些是塑膠娃娃啊，我才不會對真的寶寶那樣做。」她笑起來。

希克醫師停下影片，關上電視。

「沒錯，我當然知道。我也知道妳不是真的沒良心。但是《噢！寶寶！》的目的就是給妳們一個實際的指標，讓妳們了解自己有沒有帶小孩的天分，自己是不是能接受所有的責任，還有自己是不是已經準備好了。現在妳完成了這個挑戰，我只有一個問題要問：妳覺得自己準備好了嗎？」

沉默幾秒鐘後，艾咪說：「還沒有。」

「好。我很高興這次會談最後有個正面的結果，也就是澄清妳心中的這個內在衝突。當媽媽可以等。」

走出治療室時，艾咪覺得心中的一塊大石頭彷彿頓時落了地。她直接走進臥室，發現大家在幫吉瑪選擇約會要穿的衣服。

海蒂看起來很擔憂接下來會發生什麼事。

「海蒂，不用擔心，親愛的。」吉瑪一臉認真地說。「我不是在為妳的前男友盛裝打扮，我只是想讓觀眾看看我怎麼打扮自己！」她露出微笑，把所有的衣物都從衣櫃拿出來攤在床上，最後挑出三件洋裝。

「我不是在擔心這一點，我只是不喜歡妳要見到他。我覺得很難為情。妳一定會覺得我腦筋有問題才會跟他在一起。」

「我覺得他把妳丟在這裡才是腦筋有問題，但是我很高興妳在這裡。」

吉瑪看看那三件洋裝。一件是黑色的緊身迷你洋裝，一件是桃紅色的皮質連身褲，一件是白色的貼身蕾絲洋裝，大膽的挖背設計隱隱露出吉瑪的上臀。

不久後，她已經換上白色的洋裝，在臥室裡像個模特兒般展示。「這叫做臀溝！就像乳溝一樣，只是在臀部上。好看吧？」

「親愛的，妳如果頭上再戴個保險套，就更顯高貴優雅啦。」潔姬說。「還有確定一下這洋裝彈性夠，不會妨礙妳出拳。」

「輕而易舉！」吉瑪說完就踩著那十公分高的高跟鞋半蹲下來，先出個左勾拳，然後一個上勾拳，最後來個迴旋踢。

芙莉雙臂交叉地站在一角。「妳不能這樣出去，妳的半個臀部都露出來了！妳至少也要穿件內褲。」

吉瑪停下來，一臉惱怒的表情。「唉，是，老爸。但是我不能穿內褲，這樣臀溝就遮住了。臀溝可是這件衣服的精華耶。」

芙莉搖搖頭，嘖一聲。「難怪我們會被粉絲罵。我真等不及看明天的粉絲留言板。」

「男人不能控制自己又不是我的錯。這是我的身體、我的形象、我的選擇。就這樣。還是我應該說是我的臀部？」說完吉瑪扭動臀部。

「要是我以後生了女兒，她絕對不能穿這樣出門。」

「芙莉，趕上時代好不好，親愛的。」吉瑪趾高氣昂地走出浴室，在原地轉一圈，咻咻地甩動一頭秀髮。「就算男人這麼原始，一下就忍不住要勃起，也不代表女人應該因此而隱藏她們的身體。」

所有人擠在電視前。螢幕上，狄倫在隔壁的祕密花園裡來回踱步。他穿著寬鬆的細白條紋黑襯衫、一條太大的牛仔褲，還有發亮的黑皮鞋。不可思議的是，這身打扮使他比之前穿著青少年電動玩家制服時看起來還更幼稚。節目製作小組特別精心準備了彩燈、蠟燭、紅玫瑰，還有一瓶冷藏在冰桶裡的香檳酒。如果不是今天這樣的狀況，其實還算是個浪漫的場合。

打從節目開始以來第一次，海蒂在人氣排行榜上爬到前五名的位置。顯然這場與狄倫的約會已使觀眾開始議論紛紛。

「他還把自己特別打扮了一番，」海蒂輕聲說，「我根本不記得他有哪一次為了我而這樣精心打扮。」

艾咪與蘿倫的目光相交，凱西則輕揉海蒂的背。海蒂把頭埋在雙手中，開始吸鼻子。

「海蒂，親愛的，」蘿倫在沙發上挪向海蒂，「妳以後一定會找到一個每天都為妳精心打扮的男人。我有這個預感，而且我的直覺一向很準。一個把妳當成禮物的人才配得上妳，妳一定會找到這個人。妳可是頭獎，千萬不要認為自己沒這麼有價值。花園裡那小丑是個大白癡，妳的生命裡不需要這種白癡。」

祕密花園的門砰地一聲關上，她們全抬起頭。吉瑪自信十足地闊步前進，嘴裡喃喃地打了個招呼。狄倫立刻移到吉瑪的椅子後，把椅子往後拉讓她坐下。

「唉，謝天謝地，」芙莉露出微笑，「真高興看到紳士風度還未死亡。」

吉瑪坐下來，這時狄倫伸長脖子望向吉瑪的背，嘴巴張得老大，都可以看到舌頭了。

「噢，不妙了。」凱蒂說，望向海蒂。

「我的天啊！」海蒂驚叫，「妳們看看他，像隻狗盯著晚餐一樣盯著吉瑪！」

「海蒂，他本來就是隻狗。」潔姬走到海蒂身後，揉揉她的雙肩。「他是隻可笑的吉娃娃，小雞雞都翹起來了。」

狄倫終於動了。他坐下來，從冰桶裡拿出香檳酒。試了好幾次都打不開後，吉瑪把酒瓶搶過來，空手道一般用手一劈，酒瓶砰地打開了。

「哇，這招真厲害。」狄倫笑起來，發現吉瑪沒跟著笑時，又不笑了。「妳真漂亮。我喜歡妳的洋裝，尤其是背後。」他對吉瑪使個眼色，這個舉動引爆了地獄之火。

「我的天啊，老兄，你到底幾歲？」吉瑪大吼。「這是你第一次看到女人的屁股嗎？一定不是，因為你還好命到跟甜美的海蒂在一起。我的媽啊——看看你口水流成那樣。海蒂就在裡面，坐在她完美的屁股上，看你像個好色的小男生盯著我的背。你知道嗎?我還真高興她能親眼看到這樣的你。這下她就可以知道你這人有多可悲。成熟一點吧，對女人多尊重一點!」

「天哪!」芙莉交叉起雙臂猛搖頭。「她這樣怎麼可能變成完美嬌妻?男人都嚇跑了。說實話，男人跑走了也不能怪他們，因為她實在太恬不知恥了。」

「做得好啊!吉瑪!」潔姬大喊，「我們的女王!」

艾咪轉頭去看海蒂。海蒂雙眼閉著，但是儘管臉頰上閃著淚光，卻面帶微笑，像是在聆聽全世界最甜美的搖籃曲。

完全忘了明天她們其中一人就得離開。

十八

「這女人完全住在另外一個星球上。芙莉怎麼這麼沒自覺，一點都看不到自己有多不體貼。」潔姬在臥室裡對艾咪咕噥道。

之前吃早餐時，節目製作小組派了一位歌手來，用唱歌的方式開開心心地向她們傳達了一個壞消息，也就是《分手生存戰》今晚會第一次淘汰一名參賽者。

每個人都心神不寧。就連脾氣最好的凱西之前都對芙莉怒罵了一番，因為芙莉說老婆不應該把小孩排在老公之前，還說她跟西蒙結婚生小孩後，她絕對不會讓西蒙覺得自己排在第二位，因為這樣一來就等於是給他拈花惹草的藉口。

「但是我覺得她人並不壞。」艾咪低聲回潔姬。「她只是說話之前沒先想一想，她忘了是誰在聽她說話。我覺得她之前那番話也不是針對凱西說的，我覺得她是故意把這些話說出來，想讓西蒙聽到。她後來還是跟凱西道歉了啊，而且她心裡大概也很難受吧。」

「但是這樣不是更糟糕嗎？自己都不知道自己說錯話了？而且她的道歉也太誇張了。如果妳跟對方說一百萬次對不起，就不是因為妳覺得內疚，而是因為妳想擺脫那份罪惡感。我只覺得她是一個很差勁的榜樣。妳也在粉絲留言板上看到她的粉絲是什麼樣子，簡直是世界上最差勁的族群。」說完潔姬就走出臥室，留下艾咪一人思索芙莉這個謎團。

潔姬說的並不完全錯。有時候芙莉是稍嫌誇張了，那些手勢、那些吃的，那些無止無盡的茶。而且凱西又一次因為她不斷的道歉發火了：「我的天啊，別再跟我道歉了！我很好！」

有時候，艾咪氣得真想抓住芙莉的雙肩猛搖她，把她那些可恨的見解甩出來。有時候，她又為芙莉感到無盡地同情，為她對西蒙的順從感到不知所措。芙莉是很聰明，聰明到能夠當醫生。她可是小兒科醫師呢！但是她怎麼會相信老公的需求會比小孩的需求還重要？就像是西蒙給她下了毒，而她對婚姻、感情與外表所持有的病態觀點都是症狀，表示她已病入膏肓。無論這些病態觀點的根源為何，她居然受到這麼多粉絲的支持，實在令人憂心。從她五天前到來之後，粉絲留言板已經成為罪惡的滋生地，種族歧視者、性別歧視者與偏執狂從他們各自的黑暗網路角落探出頭。許多人斷章取義地引用芙莉的話，賦予比芙莉的原意更邪惡的意義。

至少艾咪希望芙莉的原意沒那麼邪惡。

艾咪正用漂白劑從上到下清洗浴室，紓解今晚可能會被淘汰的壓力。過程中她找到幾團頭髮、兩片假指甲、一條丁字褲，還有好幾個髮夾，多到都可以在 eBay 上開店了。就連這些垃圾都不如今晚的節目那樣使她感到噁心。

「對不起，艾咪！」芙莉衝過艾咪身邊時叫道，她差點一跤摔到艾咪身上。她扭開水龍頭，用水潑臉，開始對著洗臉槽哭。

「妳還好嗎？」艾咪站起來，不知道該怎麼安慰芙莉。芙莉喜歡被人擁抱嗎？她輕輕去揉芙莉的背，作為一種試探。

芙莉倏地轉過身來。她的雙頰看起來像是這輩子從來沒見過眼淚。她的臉扭曲成這副德性時，皮膚怎麼會依舊這麼完美？真令人惱火。不過一看到芙莉的眼裡噙滿了淚水，艾咪的惱火立刻轉變為憐憫。她張開雙手，芙莉立刻整個人癱到艾咪的左肩上。重量大概有五十公斤。

「怎麼了？」艾咪在芙莉耳邊輕聲問。

「有個可怕的白人至上主義團體把我當成他們的標誌，艾咪！他們把我的臉像切．格瓦拉一樣印在T恤上！我到這裡都還不到一星期啊！」

艾咪努力忍住不笑出來，畢竟T恤上印著芙莉戴著貝雷帽、一隻拳頭舉向空中的畫面實在太可笑了。也許她是戴著有繫帶的軟帽子，手上拿著雞毛撣子。

「他們不能把妳印在T恤上，芙莉。也許妳可以發表一個聲明，說妳不支持他們的觀點，也許妳還可以問節目製作人，怎麼樣可以制止他們。或者潔姬也可能知道，她是律師。」

「潔姬痛恨我，大家都痛恨我。就算我沒惹毛妳們，也惹毛了一半的觀眾，因為他們覺得我痛恨女性。」她抽著鼻子說。「我真希望我沒來這節目，真是個餿主意。我跟西蒙本來就對現狀很滿意了，我為什麼要跑來這裡惹是生非？」

「嗯，也許妳想惹是生非表示妳其實並不如自己認為的那麼幸福。」

芙莉盯著地板好一會兒。

「謝謝妳把浴室打掃乾淨。」她一邊微笑，一邊昂首闊步地走出去。「現在看起來好舒服，謝謝妳。」

離現場淘汰還有一個小時，大家都已打扮好坐在餐廳裡，目光黏在人氣排行榜上。可憐的海蒂又掉到榜尾了。

第12天

1. 吉瑪
2. 潔姬
3. 芙莉
4. 艾咪
5. 蘿倫
6. 凱西
7. 海蒂

「各位參賽者，現在請回到客廳。十五分鐘後，我們將淘汰第一位參賽者。」

粉絲留言板上不停湧入新的留言，她們根本來不及看，就又消失在螢幕底端。艾咪開始緊張起來。她是倒數第四個，所以還是有被淘汰的可能。她真不敢想像凱西跟海蒂此刻的感覺。凱西現在終於有機會自己獨立做到一些事情，而且無處可去，因為她的老公跟新歡已經把房子佔據了。然後還有海蒂，急於重新定義自己，急於學會在沒有狄倫的陪伴下過日子。她已默默地仰賴起大家的友誼、愛與支持，回去之後她一個人怎麼應付得了現實生活？

@拉尼瑪尼　凱西年紀太大，該離開這節目了　#不要投票給凱西　#分手生存戰

@女超人　海蒂看起來這麼不健康，根本不該上電視　#不要投票給海蒂　#分手生存戰

@珍時尚　吉瑪昨天晚上穿了什麼呀？蕩婦！　#不要投票給吉瑪　#分手生存戰

「真興奮。」芙莉說，在沙發上最遠的一端坐下來。

「芙莉，」潔姬說，一邊端給大家普羅賽克氣泡酒，「我們今天晚上要跟其中一個人說再見了。我知道情緒智商對妳來說有點陌生，但是試著體貼一點，好嗎？」

芙莉與艾咪的目光相交，然後低下頭來。艾咪正想請潔姬手下留情，卻被打斷了。

「各位參賽者，晚安！」亞當．安德魯對著攝影機喊，旁邊一位化妝師正為他補上最後幾筆。「現在是晚上七點，你們當然知道這是什麼意思囉……」

一聲鈴響，鏡頭拉遠，畫面顯現出亞當在他的個人化妝間裡。頭髮用髮膠梳向後，身上穿著一件亮晶晶的晚禮服。

「這是《分手生存戰》的首次現場淘汰！」他大吼。節目的主題旋律大聲響起，只見他跑

出化妝室，攝影師緊跟在後。在攝影棚的走道上，他舉起雙手想跟兩旁的工作人員擊掌，但是工作人員全都一一往後退。

「噢，那是山姆！」芙莉說，「他跟我說我有很大的機會獲勝。」

「他也跟我這麼說。」潔姬立刻說。

亞當跳下舞台，跑上觀眾席的階梯，觀眾全在瘋狂歡呼。攝影機繼續跟著他跑出後門，來到攝影棚的停車場，只見他舉起雙手，跟上千名聚集在戶外的觀眾打招呼。

「殺了我吧。」潔姬喃喃道。

艾咪不敢相信自己的眼睛。這個兩週前從來沒有人聽過的節目，怎麼能夠在這麼短的時間內吸引到這麼多粉絲？她掃視一圈，看到大家也同樣感到驚愕。觀眾所舉的海報反映出不同的觀點，有些海報尤其顯得別有意味。

芙莉有病嗎？

辣媽凱西！

海蒂等著悔恨吧！

艾咪不太確定最後一張海報是什麼意思，從海蒂一臉困惑的表情看來，她顯然也不知道。

「大家好，歡迎來到我們首次的現場淘汰！」亞當大吼，接著一片煙火開始劈啪作響劃過夜空。聲響同時從電視上、花園裡傳進來，讓音量加倍，也使艾咪心跳加速。

「好啦，女士們，」蘿倫對著大家喊，「看來事情真的要發生囉？我們不會有事的。」說完她揉揉海蒂的大腿，又拍拍她的肩膀。

艾咪用手摀住耳朵，看著亞當用腳去踢腳邊一張寫著「亞當是笨蛋」的牌子，然後跑回攝影棚，跑下觀眾席的階梯，跳上椅子，對面的沙發上則坐著三位來賓。

「今天晚上是我們全都滿懷期待的一晚。」他對著鏡頭說，「因為今天晚上我們將首次淘汰一位參賽者。今晚跟我在一起的還有三位超火熱的名人粉絲，等一下他們會來打賭哪位參賽者會第一個離開。」說完他伸出腳，往上一踢。

鏡頭轉向第一位來賓艾奇・瑪士崎，是以前實境秀《鹹魚翻身》的主持人。這節目裡的參賽者得住在街頭一個月，以在最後贏得獎金。去年一名參賽者失蹤後，這節目就停播了。艾奇對著鏡頭豎起大拇指。

「他們最後有沒有找到那個失蹤的傢伙啊？」潔姬問。

大家聳聳肩。

下一位來賓松妮雅・柯爾對著鏡頭送了一個飛吻。她本來只是個沒沒無聞的脫衣模特，後來成了強力公關，因為去年她出了一本自傳，大爆她與多位國會議員外遇的內幕。

「噁，我不喜歡她。」芙莉喃喃道，「膚淺的女人。」

最後一位來賓是個熟悉的臉孔。是《美妝學校特攻隊》的凱蒂・克洛威，特別為今晚把頭髮染成淺藍色了。

「三位來賓，我想知道你們覺得誰今天晚上會離開，還有為什麼。艾奇，你先講吧！」

「嗯，亞當，」艾奇語氣單調地說，「我覺得是海蒂，不然還有可能是誰？她從節目一開始就一直在最後。河馬海蒂沒辦法引起觀眾的喜愛。很可悲，真的。她走了我也不覺得可惜。」

蘿倫握起海蒂的手，輕捏一下。「他只是個D級名人，為了上電視什麼話都說得出來。」

「他在胡說八道，海蒂，不用相信他說的話。」吉瑪說。

亞當繼續問：「那妳呢，柯爾？妳預測今晚會有什麼結果？」

「如果艾咪被淘汰了，我不會感到吃驚。」松妮雅用低沉沙啞的聲音說。「而且我也不會覺得可惜。」

艾咪的心一沉，眉頭皺起來。

「噢，這就出人意表了！妳為什麼這麼想呢？」亞當問。

「因為她這個人無聊透頂！觀眾想看的是一個精采的實境秀，不是枯燥無味的談心！抱歉了親愛的，我不是針對妳。我覺得妳人很好，但是光憑人好沒辦法贏。」

艾咪瞥向人氣排行榜，害怕自己已經掉到榜尾。但是她沒掉到榜尾，而且還不可思議地上升了一名。

「這一點我就不同意了。」凱蒂說。「我覺得艾咪沒扯進太多是是非非，反而更討人喜歡。節目裡有個正常人有什麼不對？」

「我想看到淚水、打巴掌、扯頭髮！」松妮雅說。「這樣才是好看的節目。把漫長的討論跟政治辯論留給《問答時刻》吧，太沒勁了。」

觀眾又歡呼又大笑的。

凱蒂一臉反感。「所以妳希望節目上的女人看起來像歇斯底里的瘋子？」

「松妮雅的意思只是說節目裡要有點起伏啦。」亞當試圖調停。「好，凱蒂，如果妳說艾咪不應該離開，那妳說誰會離開？」

「芙莉。」

「那天給參賽者全身改造時，妳不是還對芙莉稱讚不已嗎？」亞當大叫。

「我不是不喜歡她，我只是不懂她為什麼在這裡。她還有男朋友，也不需要學會怎麼維持兩人的感情。她不能魚與熊掌兼得。」

觀眾齊聲大喊：「喔……」。

芙莉嘆了一口氣。「我又沒強迫他們讓我來，是他們打電話給我的。」

「好，」亞當繼續說，「所以妳想要芙莉離開，但是妳覺得誰今晚會走？」

「當然是海蒂了。」凱蒂說，「這可憐的小貓在這些觀眾面前跟本沒機會。」

「好，好，好！」亞當說，臉又轉向攝影機。「所以我們現在是二比一的狀況，賭海蒂今天晚上會被淘汰，不過我們可還沒準備好讓她走，因為我們在沙發上還留了個位子給一位非常特別的來賓，他比任何人都更了解海蒂……」

「噢，不會吧！」海蒂緊張起來。「他們不會把狄倫找來了吧？」

「親愛的，」吉瑪說，「他早就嚇跑啦，不用擔心。」

「讓我們再次歡迎他來到節目現場，我們的霍爾・希克醫師！」

海蒂鬆了一口氣。

觀眾歡呼起來，只見希克醫師有些笨拙地半走半跑移向沙發，坐下來，微笑對觀眾揮手。

「好，希克醫師，」亞當語氣嚴肅地說，「我們沒多少時間了。我想問你的是，你覺得被淘汰掉的第一名參賽者會遇到什麼樣的情緒衝擊。你覺得像海蒂這樣的人會怎麼反應？」

「嗯，」希克醫師咳嗽一聲，「先別忘了我們還不確定海蒂是不是會離開。餐廳裡的人氣排行榜只是一個社群媒體的排名工具。它只是自動追蹤出我們的參賽者正在被正面或負面地評論，但是它並不是永遠都準確。比如說，它就無法偵測出諷刺的語氣。如果我說『對啊，海蒂當然會留下來啦』，」他用極度諷刺的口氣說，「電腦只會偵測到我說我確定海蒂會留下來，但是其實我的意思是海蒂不會留下來。」

亞當木然地瞪著他，觀眾也一片死寂。有人打了個噴嚏。

「所以你覺得海蒂今天晚上會得到最少的選票？」亞當問。

「我根本不是這個意思。」希克醫師答，「我在說不要相信人氣排行榜，人氣排行榜不準確。」

「好啦，我懂你的意思啦！」亞當大喊，對觀眾用嘴型比出怎麼搞的？觀眾見狀全哄堂大笑。「那麼回到我最初的問題：被淘汰的參賽者會有什麼感覺？」

「嗯，如果是你，你會有什麼感覺？亞當？」希克醫師問他。

「說實話，我會覺得很尷尬。我會想鑽進一個地洞，安靜地死去。」說完他大笑起來。

「嗯，也許吧。第一個被淘汰的參賽者會感覺到各種情緒。一開始，她可能會覺得被淘汰了很難堪。接下來呢，想到自己又自由了，可以回到外面的世界跟親友相聚，她會感到一陣喜悅。然後看到攝影棚外聚集了那麼多觀眾，她會先一陣驚恐不安，但是聽到觀眾的歡呼聲，馬上又轉為興奮。」希克醫師微笑說。「她們來到這裡時沒沒無聞，但是離開時家喻戶曉。全國成千上萬的人都會認得她們的臉孔，以後恐怕也不能穿著拖鞋就去店裡買牛奶了。」

「但是如果觀眾沒歡呼，只是喝倒彩呢？」亞當問。

「嗯，觀眾也是有可能會喝倒彩，沒錯。」希克醫師說。

「噢，拜託不要！」海蒂輕聲說。

「喝倒彩的人只是自己不開心，不是針對妳。」潔姬對她說。

「好，謝謝各位來賓！」亞當大喊，一隻手指壓在耳朵裡的耳機上。「導播剛告訴我，我們離現場淘汰還有三十秒鐘，現在最後的選票正在進行計數跟確認。觀眾會決定讓誰留下來？經過將近兩星期的時間，交了新朋友、跟我們的名人治療師進行過深刻的內省、由我們的知名化妝師進行過全身改造等等之後，誰會第一個離開《分手生存戰》？」

亞當身後的大螢幕上出現倒數計時的數字，他請節目來賓全站起來，手牽著手，像是在迎接新年一樣。

五……

四……

三……

二……

一……

大家尖叫起來，只見螢幕上煙火四射，遮住了整個畫面，經過漫長而痛苦的好幾秒鐘，她們根本看不到是誰被淘汰了。

「到底是誰？」吉瑪大叫。

煙火像塊布幕落下。

是凱西。

大家全舉起手摀住嘴。艾咪轉頭去看人氣排行榜。希克醫師說得沒錯。海蒂仍在榜尾，但是凱西得到的選票最少。

「怎麼可能呢？**凱西！**」艾咪驚叫，握起凱西的手。「從來沒有人批評過妳啊！」

「凱西，妳有五分鐘的時間收拾行李，離開這間屋子。」

凱西坐在沙發上開始用手去揉臉，大家全聚過來安慰她。

「不用哭，凱西，妳想一想，現在妳自由了！」蘿倫說完把凱西拉過來，緊緊擁抱。

在蘿倫的懷裡待了幾秒鐘後，凱西往後退開，露出一個開心的微笑。

「我知道，我好高興能夠離開了！」她站起來，一臉眉開眼笑。「我本來就知道我這個年紀是不可能獲勝的，而且我本來也沒真想留到最後。我只是想要一段新的經驗，展開一個新的生活。而在短短十二天裡，這些我全都得到了！」

「我自由啦！」她邊喊邊走向臥室。沒多久她就笑嘻嘻地拉著行李回到客廳。「我是沒得到一百萬英鎊，但是五千英鎊也是不小的幫助了。」

大家與凱西道別，然後看著她拉著行李走到前門，門邊的「離開」按鈕首次亮著綠燈。她轉身，揮揮手。接著門砰地一聲關上，凱西離開了。

十九

「哈痕裡有好豁人。」海蒂在玻璃門邊咕噥。

「妳還好嗎，海蒂？」艾咪坐在沙發上心不在焉地問。她正沉浸在粉絲留言板上一場口舌大戰：吉瑪跟潔姬打架誰會贏？還有女人是不是應該要有六塊肌？但是她唯一的捍衛方式就是像個報喪女妖一樣對著螢幕大叫。她還是不習慣沒有手機的生活。坐下來時，她的手仍會伸進褲子後面的口袋。每天早上，她的手仍會伸到床頭櫃上去摸索手機。不過顯然她適應得比吉瑪好，吉瑪已經開始養成用食指緊張地去滑手掌的習慣了。

「妳說什麼，親愛的？」蘿倫從沙發上喊。「把妳嘴裡的乳酪三明治吞下去，我們可能會聽得更清楚。」

一個好大的吞嚥聲。

「花園裡有好多人。」海蒂說。

艾咪跟在沙發上的所有人全都轉過身來。

「花園裡怎麼了？」吉瑪氣喘吁吁地問。她剛在除了她就沒人碰的滑步機上鍛鍊了一回。

「發生什麼事了嗎？」敷著面膜從臥室裡走出來的芙莉問。

大家全站到窗邊。潔姬敲敲窗戶，但是花園裡的工作人員頭也不抬一下，只是繼續跑來跑去，搬來舊式的木頭桌椅。

「看起來好像是要弄成教室。」艾咪說。

「是啊，他們又要教我們什麼了？」潔姬歡快地說，翻過沙發靠背，從另一邊滑下去。「我真希望是教我們怎麼用針線耶。知道怎麼補西裝的襪子，會讓我更有優勢喔！」

「各位參賽者，現在請坐到沙發上。」

「天啊，這音樂真是難聽死了！」節目的主題旋律響起時，蘿倫抱怨道。

螢幕上切換成亞當坐在節目現場椅子上的畫面。

「好的，三個月前，」他說，「我們跟《時尚男人》一起對男女關係做了一個調查，想為人生最重要的問題之一找到答案：男人到底想要什麼？」他摸摸下巴。「那麼，來到現場告訴我們答案、教教你們這些女孩如何抓住男人的心的，就是《時尚男人》的主編丹尼．威爾斯，還有我們的霍爾．希克醫師！」

一個趾高氣揚、二十幾歲、留著細緻的八字鬍的男人跑上舞台。他快步超過希克醫師，跟亞當擊拳問好，然後跳上沙發，一邊嚼著口香糖，一邊對著鏡頭揮手。過了幾秒希克醫師才坐到沙發上。

「嘿，兄弟，最近過得如何啊？」亞當問完笑起來。

「好，很好，兄弟，非常好。能來到這裡真的很棒——我跟你說，現在大家唯一會看的就是這個節目了。各位女士，妳們好嗎？妳們在裡面還好嗎？很好。」丹尼露出微笑，揮揮手，接著轉向希克醫師，先跟他擊拳，然後假裝丟下麥克風。整個過程只在鏡頭前引起更多的困惑與尷尬。

「唉，丹尼真可愛，妳們說是不是？」吉瑪邊說邊玩頭髮。

「覺得我們的參賽者居然沒穿著中學制服太可惜的人舉起手好不好？誰跟我有一樣的想法啊？」丹尼對著觀眾大喊，一隻手舉在空中。

吉瑪鬆開正在玩弄的頭髮，把雙手埋在兩腿之間。「我的天啊！他一點都不可愛，他根本就是個變態！」

「要怪就怪希克醫師囉，」亞當回應道，「他真是個掃興鬼！那麼，丹尼，跟我們的參賽者說說看你今天為她們準備了什麼活動吧！」

「好的，女士們、亞當，讓我從頭開始說起。三個月前，我們在推特上對我們的粉絲提出一個非常簡單但是意義深遠的問題。我們問的問題就是……」丹尼故意停頓下來製造效果，他用手指在空中畫出一條線。「『女人的問題就是……』然後我們讓粉絲自己接下去。我們得到的結果非常驚人，亞當——我們收到上千則的回答。你知道嗎？我看 **Jay-Z** 要重寫他那首歌了！」

「『九十九個問題，其中女人是最大的問題？』」

「哈！沒錯，亞當，就是那首。」

艾咪痛恨那首歌。傑米以前老是對她唱那首歌，總覺得把「女人不是問題」改成「女人就是問題」很好笑，同時還越過舞池指著她。

希克醫師插話了。

「然後我們花了六星期的時間分析這些回答，把它們分類，依照它們內含的情緒重量排定順序。有些回答感覺起來比較深入，有些比較膚淺。比如說『女人的問題就是她們總預期你會付帳』就是一個比較膚淺的回答。而『女人的問題就是她們總預期你要付出』就是比較深入的回答。」

「呃，也許二十年前吧，老兄。」潔姬大聲說，「二十年前當女人還找不到薪水像樣點的工作時。」

亞當猛點頭。「很有趣，那麼你們要怎麼用這一點資訊來幫助我們的參賽者呢？」

「很簡單。」丹尼答，「我們會教她們該做什麼——還有不該做什麼——前提是如果妳有男朋友，而且妳想要這段關係長長久久。這不是測驗，也不是挑戰。嗯，我猜我們的挑戰還會保密五分鐘以上，是不是啊小夥子們？哈，開玩笑的，我是說女孩們。」

「嗯，我不知道耶——那吉瑪怎麼辦？」亞當哈哈大笑起來，丹尼也跟著大笑，一掌拍在膝上。希克醫師皺起眉頭瞪著他們。

「喂！」吉瑪大叫，看看其他人。

「白癡。」潔姬壓低聲音說。

花園裡，桌子已被排成兩排，前面擺著一台投影機，對著一座戶外電影大螢幕。亞當、丹尼跟希克醫師站在螢幕前。丹尼特別穿著一套燈芯絨教師裝配針織背心，戴著一副平光眼鏡。看起來簡直就跟沒打扮的希克醫師一樣。

「哈囉，各位女士，歡迎來到……《捉住他的心》！」亞當大喊。「在這堂課上呢，我們會教妳們所有能夠使男人快樂的做法。接下來這一個小時，妳們會學會我們男人最不喜歡什麼。學會如何避免管得太嚴，還有如何提高妳們的性趣，以免我們一走了之，把妳們夢想的生活也一併帶走。跟婚禮鈴聲說再見，跟寶寶小腳丫踢踢躂躂的腳步聲說再見，迎向一個只有貓、外帶晚餐跟電視的未來。」

「聽起來還不錯啊。」海蒂輕聲說。

艾咪轉頭看看大家。每一個人都一語不發、不可置信地瞪著亞當。看到吉瑪幾乎會殺人的目光跟蘿倫緊閉的雙眼時，她差一點笑出來。潔姬氣憤地在一張紙上草草列出一個長長的單子。艾咪仔細一看，看到標題是「男人的問題就是……」。

「我們仔細分析了每一個回答，最後將之分成幾個不同的類別。」希克醫師接話說。「這些類別包括外表、行為、性愛、溝通、態度跟情緒穩定。這幾個就是上千名有女朋友或曾有女朋友的男人所面臨的主要問題。我們現在要做的呢，就是看看這每一個類別，解釋問題所在，然後看看幾個讀者的回答。」

丹尼插話了。「女孩們，這堂課是半互動性的喔。我們可能會問妳們幾個問題，但是我們希望妳們大多時候能保持安靜、專心聽講，然後做筆記。不要打斷我們。如果妳們需要我們多解釋一點，請舉手，懂了嗎？」

「懂啦，連狗都會懂。」潔姬大聲說。

「好，那我們可以開始了。第一個類別是外表。」亞當說完按個按鍵，一個美女便出現在螢幕上。艾咪看看芙莉，納悶芙莉是否也意識到她們之間的相似之處。

規則#1：不要疏忽外表

「這是凱莉，她是用電腦影像合成的。我們從收集到的資料依據男人喜好的品味創造出這個完美的女性。我們總是問男人他們有什麼偏好，而凱莉就是這個完美的女性，集結了所有男人的答案。不過我們的意思不是說**妳們應該看起來就像這樣**。」

「我可不希望，」潔姬說，指著自己的臉，「我是黑人啊，老兄。」

希克醫師咳嗽一聲，一臉侷促不安。「我們的意思不是說所有的女人都應該金髮碧眼。重點是要保養。」

亞當又按了鍵，只見凱莉變成一個又老又邋遢的女人，身材腫成原來的兩倍，一頭灰色的頭髮沒梳理，臉上也沒化妝。穿著寬鬆的運動服、骯髒的UGG雪靴，手上拿著半個漢堡，另外一半在嘴裡。

吉瑪大聲笑出來。「我星期六早上就是這樣子！」

丹尼一臉正經地看著她。「我們晚一點會再來討論幽默感，吉瑪。現在呢，女士們，這是凱利疏忽外表後的結果。我們得到的回答裡超過一半都說女人的問題就是她們會隨著時間過去而疏忽自己的外表。她們不再在意自己的衣著風格、體型跟女性魅力。有些男人還抱怨自己的另一半不再像生小孩之前那麼注重衛生。男人是注重視覺的生物，所以我們不喜歡妳們不再花心思照顧自己的外表。如果妳不再穿高跟鞋、老是穿拖鞋，就像是在說妳不再在乎我們對妳的想法，這會讓我們覺得我們不重要了。」

丹尼又按一下按鍵，顯示出第三個版本的凱莉。變老了，但是身材依舊苗條，穿著裙子跟高跟鞋。手裡端著一杯綠色的蔬果汁，滿臉笑容，頭髮吹得完美有型。

「請看看性感的中年凱莉，請注意她還帶著結婚戒指喔！之前的凱莉就沒帶結婚戒指，記得嗎？因為她老公可沒說要娶一個肥胖、難看、脾氣暴躁的老婆！所以啦，各位女士，這裡的規則很簡單，就是不要疏忽外表。」

艾咪舉起手。「你們怎麼能夠期望我們每天都找出時間或精力吹頭髮、做指甲、燙裙子、打綠色的蔬果汁、還笑容滿面？我覺得這根本做不到，而且我還沒有小孩咧。等我上完一天的班之後，我早就累壞了。我可以想出上千種更好的方式來放鬆。」

「妳可以早一個小時起床啊？」丹尼說。「讓妳深愛的人感到幸運能跟妳在一起，這算是很小的代價了。而且這還有助於建立妳的自信。沒有什麼比自信能更使人顯得性感了。嗯，當然是在理性限度內的自信。我們可不想跟自大狂在一起。」

艾咪永遠都不會跟任何人透漏這一點：她等了三個月的時間後才敢讓傑米看到她沒打粉底的臉。開始在他家過夜時，她會躡手躡腳走去浴室，打開水龍頭，刷牙，抹上一點粉底，然後往空氣裡噴上很少很少的香水，想讓傑米以為茉莉花就是她天然的體香。之後她會鑽回被子裡，小心翼翼地就怕把粉底抹到他在哈洛德百貨公司買的枕頭套上，然後趕快閉上眼睛，再假裝打哈欠。他有一次還真的在枕頭套上發現粉底抹出的污跡，使她超級內疚。等到她終於不再進行這個累人的程序時，他似乎也沒注意到。

希克醫師走到大家面前，把遙控器從亞當手中拿過來。螢幕上出現一張一對男女側躺在床上的照片。兩人都在笑，男的躺在女的後面。

規則＃2：在床上多努力

「那女的剛在那男的大腿上放屁了嗎？」蘿倫用很大的音量低聲說，逗得大家全笑出來——只有芙莉沒笑，還轉過身來要蘿倫安靜。

「女士們，男人不只是會對視覺刺激有所反應。」丹尼說。「還有性愛上的。我們的男性讀者所抱怨的第二大問題，就是他們的性生活。或者應該說是性生活太少。女人三十出頭時，在性慾上會到達頂峰。之後呢，荷爾蒙的改變有可能導致性慾降低。我的理論是，這跟自信也有關係。如果妳覺得自己沒魅力，也不會想要有性生活。妳們怕被拒絕，所以妳們就先拒絕我們。這樣是惡性循環。下面就來看看一位讀者在推特上的貼文。」

我們的小孩出生前，我跟我老婆一星期會做愛五次。現在她總說太累、太飽或太胖。我厭倦了她老是拒絕我。如果這狀況不改變，我就會另尋出路。我為什麼要跟一個不再想要我的人在一起？

「在性愛上懶惰就像是定時炸彈。」亞當說。「在健康的男女關係裡，妳一星期至少應該做愛三到四次。聽好，我也懂妳們的意思。如果妳們真的沒心情，那也不能勉強。但是有時候，妳們還是應該下定決心，在床上努力點。」

艾咪跟傑米的性生活頻率過去六個月已直線下降。他要不就是工作到很晚，要不就是在健身房健身，回到家時艾咪早已睡著了。如果半夜回到家時他喝醉了，他會把她叫醒。而儘管覺得惱人，她往往還是會讓步，在一片酒精味中跟他做個笨拙迷糊的愛。因為這樣一來，她就算盡了女朋友的義務，他也不能責備她都不想跟他上床了。他們要不就是這樣做愛，要不就是宿醉後做愛。傑米似乎很享受宿醉後的性愛，但是艾咪覺得這樣的性愛難受無比，尤其是如果她自己也宿醉。達到高潮時，她只感到醜陋與惡臭，而且頭痛欲裂。

「女士們，」希克醫師補充說，「如果妳愛妳的另一半，性愛不應該感覺起來像義務。有很多方式可以使妳們的性生活更有意思，像是按摩啦、搔癢啊、羽毛啊、角色扮演啊、化妝打扮啊等等等。」

「哇，希克醫師，那我猜你是喜歡性感的護士裝囉？」吉瑪大喊，然後哈哈大笑。

「嗯，還好啦。」希克醫師說，手裡的遙控器差點掉到地上。「現在我們來看第三個類別。」

規則＃3：不要嘮叨、不要控制、不要冷落

「這條規則關係到妳們的行為。」希克醫師繼續說。「我們收到很多回應都跟這個主題有關，所以我現在就直接唸出幾個，讓妳們看到問題所在。」

女人的問題就是她們老在抱怨。我女朋友就老是為了最微小的事情發牢騷，像是如果我把衣服丟在地上了，或是沒把洗碗槽洗乾淨。但是我做好的事情，她卻從來沒半點表示，像是把洗碗機的碗盤拿出來。

女人的問題就是她們最後總變成媽媽。我老婆就老是把我當成小孩看待。老天啊，我已經四十五歲啦，我可以自己把可可力倒進碗裡！你們可能會想，這樣被伺候得無微不至不是很好嗎？但是我覺得她只是用這招控制我。

女人的問題就是她們最後只把你排在第二位。我以前是我老婆生命中最重要的人。但是小孩出生後，我就消失了。前幾天我大喊她名字三次了她才回話。偶爾也可以注意我一下吧?!

傑米以前總抱怨艾咪擾亂他井井有條的家。傑米非常注重整潔，她在他家裡走動時簡直就像《不可能的任務》裡高空垂降那一幕，就怕會不小心掉根頭髮在地毯上，或是濺出茶水，或是掉幾粒餅乾屑。

「噢，我的天啊，我們怎麼做都不對，是不是？」吉瑪大喊。「做太多，就說我們管太多。做太少，就說我們不在乎。然後還說是我們一天到晚在發牢騷，根本就是雙重標準。」

大家喃喃表示同意。

「男女關係的關鍵在於平衡，吉瑪。有時候妳要給，有時候妳要取。」丹尼搶在希克醫師能開口前說。「但是如果妳們嘮叨、控制、冷落，這樣就行不通了。」

「現在，女士們，」希克醫師說，「小孩出生後，讓先生覺得妳不愛他了，是個很大的問題。等妳們真的有小孩了，一定要公平分配妳們的注意力。為小孩、先生都要找出時間。妳們可以定期安排兩人的約會。每天晚上至少花半個小時一對一相處。小孩上床睡覺後，不表示妳就可以自己泡個澡或是看網飛。把電視關掉，讓他跟妳一起進浴缸。這樣還可以為妳們的性生活增添一點熱情。」

「噁，我最討厭杰森跑進來跟我一起泡澡了。」吉瑪說。「一點都不浪漫，根本就是又擠又不舒服，而且他把整個浴缸都佔滿了。所以我後來都把浴室門鎖上！」

螢幕上出現第四條規則。

規則#4：告訴我們問題在哪

「現在，女士們，妳們有多少人在狀態不好的時候還硬說自己很好？請舉手，不用怕，誠實點。沒有人？哈，我不相信！」丹尼笑起來。「我相信妳們一定聽過這句話：溝通是男女關係幸福的關鍵。現在我就告訴妳們，這句話會變成陳腔濫調，是有原因的。請聽下面這位讀者的來函。」

女人的問題就是她們以為我們有讀心術。如果我們做錯什麼了，請告訴我們。不要嘟噥說妳很好，然後用沉默來懲罰我們，三天之後用一則消極不滿的簡訊怪我們沒稱讚妳的新髮型！

「開放、誠實、直接永遠都是最好的做法。」希克醫師插進來。「就算妳因為要面對問題而感到緊張也一樣。沉默不語、掩飾真相只會使兩人的關係更緊張，最後甚至演變成爭執。」

海蒂舉起手。

「有問題嗎，海蒂？」

「我知道如果對方做錯什麼了，告訴對方是很重要。但是如果對方根本不聽你說完就衝出去呢？我這樣怎麼跟他溝通啊？」

每次吵架時，傑米就採用這樣的策略。他可以跟變身怪醫一樣。前一分鐘還在歇斯底里地大笑，然後如果艾咪說了什麼觸犯到他，下一分鐘就可以氣得咬牙切齒、臉色發青。你根本不能批評他，所以艾咪就根本不批評他。

「如果是這樣的情況，海蒂，我會說就算了吧。」亞當說，不給希克醫師機會開口。「脾氣發過了總是會消的。他不會永遠都在生氣。就繼續嘗試吧，我確定妳最後還是可以跟他溝通成功的。」

海蒂放下手，仍一臉困惑。

「都清楚了嗎，女士們？要我們再詳細解釋什麼嗎？」大家都懶得回答，於是他繼續說，「沒有？那我們繼續看下一條規則。」

希克醫師把遙控器舉向螢幕，顯現出下一條規則。

規則＃5：不要專橫霸道

「我之前說過啦，男人喜歡有自信的女人。」丹尼說，「但是自信跟霸道之間有個細微的差別。對於這一點，我們收到很多回覆。把妳的男人使來喚去，因此傷到他的男性自尊，是導致感情破裂最快的做法。沒有人想娶一個母老虎。最重要的就是要讓男人覺得他們在主宰。激進的女性主義者當然會抗拒這一點，但是男人就是天生的領導者、保護者、提供者。男人的基因就是這樣。在生理上、情緒上都想主宰，這就是男人的天性。讓他覺得自己像個真正的男人。讓他覺得自己像個英雄。讓他做出幾個重要的決定，覺得自己是一家之主。」

大家全都又哼又噴地表示不滿，亞當立刻對希克醫師點個頭，要他換下一張投影片。

規則＃6：多笑一點

「下面這則回覆我覺得很有意思，它講的是妳們的態度。我覺得這是一個非常普遍的問題。」丹尼說。

女人的問題就是她們會失去幽默感。我前妻以前聽到我講笑話總是會笑。現在她只會說我

白癡。我的笑話沒變，所以一定是她變了。要不就是她變了，要不就是她以前總假裝覺得我有幽默感，但是我不相信是這樣，畢竟我的朋友都覺得我很有幽默感。

聽起來真像傑米。

「妳們知道我的理論是什麼？我的理論是，這又是妳們不願努力。妳們不再努力讓他覺得自己很特別，就跟妳們疏忽自己的外表、還有在床上不努力一樣。如果有人開玩笑妳不笑，是很不禮貌的行為。給妳們的男人增加一點自信，讓他快樂一點。笑又不用錢，長期下來只有好處沒有壞處。妳說妳笑不出來？那至少也可以微笑吧！」

「但是我的前男友開玩笑時總是在開我的玩笑。」艾咪打斷他。「一開始我以為他就像是在小學操場上拉我的馬尾，是因為喜歡我才這樣煩我。但是後來次數多了，感覺起來反而像是他想打擊我的自信。如果你的女朋友轉頭跟她朋友說：『我們現在就先別談房間裡那隻大象了』，然後朝你的方向點個頭，你會笑出來嗎？」

她跟傑米剛在一起沒多久時，傑米曾開過這樣的玩笑，當時艾咪只是跟著一起笑。她不想讓傑米的朋友以為她開不起玩笑。如果他六個月之後才開這樣的玩笑，她絕對不會那麼不介意。

丹尼嗤之以鼻。「好了啦，艾咪，他只是在調侃妳啊，這表示他喜歡妳。」

「但是使別人產生心理情結一點都不好笑。」蘿倫瞪著丹尼說。「這根本就是霸凌。」

「嗯，也許女人就是不知道什麼叫作玩笑。」丹尼壓低聲音說，但是沒人聽到。

「我們繼續吧？」希克醫師說，按下按鍵，螢幕上出現一個男人坐在餐廳裡，頭埋在雙手中，對面坐著一個女人，滿臉怒容、雙手交叉在胸前。稍遠一點，有個男人單膝跪地，正跟他幸福的女朋友求婚。

規則＃7：不要施加壓力

「饒了我吧，到底有幾條規則啊？」吉瑪大聲嘆氣，頭往後仰，瞪著天空。「可以去上廁所嗎？」

「再忍一下，吉瑪。」希克醫師說，「快結束了。」

「呃——」吉瑪坐直，「如果我跟你說我月經現在來了呢？」

「哈，少來了。我們知道妳月經還沒來。」亞當說，然後突然睜大雙眼，像是頓時發現自己說溜嘴了。

「你剛說什麼，老兄？」蘿倫也坐直起來。「噢，我的天啊！難不成杰森把我月經來的時間也告訴你們了？這個混蛋！」

「我們當初需要妳們的醫藥資訊，這只是表格中一個小欄位。」希克醫師解釋。

「你們為什麼需要知道這一點？」潔姬火了，「這是**我的私人資訊**，你們這樣根本不合法。」

「我們需要完整的資訊，才能做好萬全的準備。」

「難不成你們是怕我們有人經前症候群特別嚴重？」

「我們只是想為妳們的生理需求做好準備，就這樣。我們現在可不可以忘了這一點，回到原來的話題？」

蘿倫交叉雙臂，往後靠。「可惜我們辦不到，老兄，這裡發生的每一件事我們都忘不了。」

大家一語不發地坐在那裡，在腦海中消化這個事實：也就是她們像農場動物般地被追蹤。

這時丹尼又開口了，彷彿這件事一點都不重要。

「我們有很多讀者回覆說，女人的問題就是她們會施加壓力，要男人出錢、求婚、生子、出門約會、共度時間、早點回家、不時打個電話或傳個簡訊，等等等。對男人施加壓力，尤其是工作上已經壓力很大的男人，只會使兩人的關係走上絕路。希克醫師，你還要補充什麼嗎？」

「在我的書《你真的在戀愛嗎？》裡，」希克醫師說，「我建議把花在談論兩人關係的時間限制在一個月一次，同時觀察對方是不是對於接受你所有的需求有困難，比如說他是不是比平常脾氣更暴躁，或是老待在外面不回家？」

潔姬嗤之以鼻：「聽起來反倒像是他有情人了。」

「最重要的就是要讓妳的另一半感覺到，妳想知道他是不是覺得壓力太大，這樣妳們就可以一起努力解除兩人關係中的壓力。」希克醫師總結說，然後按下按鍵。

規則＃8：放鬆

螢幕上出現一個熱淚盈眶的女人，睫毛膏的顏色都隨著淚水印到臉頰上了。

「你們這兩隻狗現在給我的感覺就是這樣。」潔姬嘟噥。

「潔姬，如果妳不想好好聽，那我建議妳現在就離開。」丹尼嚴厲地看著她。

潔姬揚起眉毛，站起來，走到前面，把自己寫的單子丟在桌上。

「去你的！」她瞪丹尼一眼，轉身走進屋裡。

「時機真完美，女士們。」丹尼笑嘻嘻地說。「我們現在就來談談情緒穩定性。根據我們讀者的看法，女人的問題就是妳們太容易生氣了。我們知道妳們在這方面已經跟雨瓊上過一堂課，所以我希望在這裡只需要簡單提醒一下。不要沒事就發火。不要反應過度！下面我們聽聽這位讀者的說法。」

女人的問題就是她們根本就腦袋有問題，就這麼簡單。像是我女朋友昨天晚上下班回到家，就因為我沒把雞肉從冷凍庫拿出來、還有沒幫小孩洗好澡，她就大發雷霆。根本不在乎我身體不舒服。這不是反應過度是什麼！

艾咪總覺得自己是兩人中較冷靜的一個。傑米可以瞬間就勃然大怒。像是她第一次見到他朋友安迪的時候，她只碰了安迪的手臂兩秒鐘，他就大發雷霆，說她這樣是在給對方性暗示。他罵說她這樣使自己看起來很隨便，而且讓他看起來像傻蛋。現在回想起來，艾咪覺得自己從來沒在兩人的關係中過度反應過。如果真要說有人喜歡小題大作，那個人只有可能是傑米。

希克醫師發給每人一張印著八條規則的小卡片，卡片跟信用卡一樣大，方便「收在錢包裡」。丹尼又按了一個按鈕，螢幕上出現一個印有每位參賽者名字的滾輪。

「女士們！」亞當大喊，「現在到了課程的尾聲，我們特別為妳們、還有我們的觀眾朋友準備了一個驚喜。欣賞一下我們的約會之輪！」他按了一下面前的手提電腦，然後是嗶的一聲。「現在電話線上有一位幸運的觀眾朋友。妳在嗎，黛安娜？喂？黛安娜？聽得到我說話嗎？」

「噢，我的天啊！」黛安娜在電話上尖叫，之後可以聽到旁邊好幾個人也一起尖叫。「哈囉，丹尼！哈囉，各位參賽者！我真不敢相信我上電視了。別講話了，媽，我這樣聽不到！

喂？」

亞當露出微笑。「我聽得到，跟黛安娜還有黛安娜的媽媽說哈囉！」

更多尖叫。

「好，現在我們要來轉約會之輪，妳要跟我們說什麼時候要停下滾輪。準備好了嗎？」

「不好意思，你可不可說一下現在到底在幹嘛？」艾咪大聲問。「滾輪轉到我們的名字後，會怎麼樣？」她轉頭看看大家，用嘴型比出**這是在淘汰嗎？**

「好了，黛安娜，一……二……三……開始啦！」亞當按下按鍵，滾輪開始轉動。

「嘿！這是在淘汰嗎？」艾咪更大聲問。

幾秒鐘後，黛安娜大叫要亞當停下。滾輪慢下來，最後箭頭喀嗒一聲停在艾咪的名字上。

她看看大家，大家全滿臉愁容地轉過來看她。結束了嗎？她得離開了嗎？她大聲吐出一口氣，雙手插腰。

「謝謝妳，黛安娜！」亞當大喊，然後掛斷電話。「艾咪，艾咪，艾咪，我們為妳準備了一個大驚喜！」

艾咪只覺得反胃。

「今天晚上，艾咪，」亞當雙手插在口袋裡走向她，「妳要為一個特別的人準備一頓道歉晚餐。用自己做的晚餐跟對方道歉，因為妳疏忽了自己的外表，因為妳在床上太懶惰，因為妳總是在抱怨、在控制、在冷落、在施加壓力。妳可能不知道自己有這麼做，但是我保證妳一定有。」

「誰？我要跟誰道歉？」

「還會有誰？當然是傑米．歐囉！」

第三週

Third Week

二十

吉瑪哐啷一聲把茶杯放到咖啡桌上。「我不知道耶，艾咪，想想看妳可以得到多少獎金！」

「大家都說錢不能帶給你快樂，」潔姬接著說，「我覺得全是胡說八道，不是嗎？我小時候家裡很窮，長大後好不容易過了幾年有錢的日子，我知道哪一種生活比較好。」

「如果我贏了一百萬英鎊，我會開一間自己的健身房。」吉瑪滿懷期待地說。「就叫做吉瑪健身房！」

過去二十分鐘，艾咪一直躲在沙發一角，把頭藏在枕頭下。為傑米準備一頓道歉晚餐，就因為她在兩人還在一起時什麼都沒做錯，簡直就是欺人太甚。他們根本就是在逼她退出。五千英鎊足以買張機票飛去亞洲，反正她也沒機會獲勝。從一開始，她在人氣排行榜上就一直在中間的位置游移，所以顯然沒什麼人在討論她。松妮雅・柯爾說得沒錯：她太平凡、太無聊了。她無法跟芙莉或吉瑪競爭，所以還不如現在就放棄，這樣就不用跟傑米一起吃晚餐，少承受一頓難堪的羞辱，而且誰知道這些惡毒的製作人還為她們準備了哪些折磨與酷刑。

一想到幾小時後就可以躺在自己的沙發上，在電視上看著剩下的參賽者在這裡繼續苦熬，她不禁露出微笑。也許她可以傳幾則留言到粉絲留言板上。匿名地要潔姬別老是找芙莉麻煩。或者根本就不匿名。艾咪需要更有自信、更有話直說。她決定下一次當潔姬奚落芙莉時，一定要說點什麼。

走去跟希克醫師會談的路上，經過人氣排行榜時，艾咪停下腳步。她的人氣上升了一個位置。大家一定是在討論今晚的道歉晚餐，但是她無意改變想法。她無法為傑米做晚餐。她無法跟他道歉。這已到達了她能承受的極限。

吉瑪走到她身後，輕捏她的肩膀。「妳真的確定嗎，艾咪？我們都很喜歡有妳在這裡——如果妳離開，我們會非常想念妳。再說，我們都已經撐過節目的一半了。只剩下兩個星期，一下就過去了！」

「嗯，我……」艾咪開口說，但是馬上被打斷。

「噢，我的天啊！我在榜首耶！」吉瑪大叫，然後笑容滿面地看著艾咪。「真不敢相信！謝謝，謝謝大家！」她對鏡頭揮揮手。「對不起，親愛的，妳剛剛要說什麼？」

吉瑪的反應提醒了艾咪事情的真相。**這是一場競賽，不是一個團體**。她們只相識了兩星期。一群人感覺起來也許是很親密，但是殘酷的真相是，她們每一個人都想贏得一百萬英鎊，無論她們嘴裡怎麼說。她們也許很合得來，但是一個月之後，大家就會各奔東西，又回到各自原來的生活，也許再也不會聯絡。她並不責怪吉瑪剛剛那麼興奮，畢竟吉瑪也不是故意的。如果她自己在榜首，也會一樣興奮，再說吉瑪本來就心直口快。艾咪就喜歡她這一點。

「艾咪，大家都站在妳這邊。」潔姬加入她們。「粉絲留言板上大家都在說這道歉晚餐太過分了。我真的覺得如果妳離開，妳一定會後悔。如果妳撐過今晚，那妳什麼都可以撐過去，而且我們就在這裡支持妳。」

「妳總是在後悔沒去做些什麼，」吉瑪又說，「而不是因為做了些什麼。」

艾咪擁抱兩人一下，便轉身打開治療室的門。也許她之前的想法太嚴苛了。也許這不只是一場競賽。

「哈囉，艾咪。」希克醫師邊說邊走進治療室。「妳這幾天不太好過，是嗎？所以妳才在預定的時間外約了這場會談？」

「沒錯，應該可以這麼說吧。」艾咪說，同時試圖保持鎮靜。「你們安排的這場道歉晚餐，有點太過分了吧？」

「嗯，我們在《分手生存戰》上會不斷考驗妳們的能耐，艾咪。如果妳覺得這一回被擊倒在地了，那我們就來談談怎麼樣能夠讓妳再站起來。」

「我想離開《分手生存戰》。」

希克醫師停下在平板電腦上觸擊的手，一臉驚訝地抬起頭。「這樣會不會有點小題大作了？」

「我不覺得。如果真算是小題大作，我也不在乎。這就是我的感覺。」

「艾咪，妳真的不應該在情緒激昂的狀況下做出重大的決定。花一點時間考慮妳的決定，比如說先睡一晚，然後再決定怎麼做。」

「我沒辦法再睡一晚，我今天晚上就得跟傑米吃晚餐了！」她大叫。「抱歉，但是為個混蛋前男友煮一頓道歉晚餐實在太荒謬了。我真的不是小題大作——我覺得每個正常人都會這樣反應。你是治療師，你一定能夠理解吧？」

「我相信妳一定比妳自認的還要堅強，而且妳對這個挑戰的反應可能還會出乎自己的意料。這樣見到傑米，可能還會使妳更容易釋懷，斬斷鎖鏈。原諒一個曾傷害過妳的人，可以使妳不再被各種負面情緒所羈絆，像是憤怒，或是責怪。」

希克醫師的話觸到了她的痛處。正想開口回答，她就頓住了，嘆口氣，往後靠進椅背。

如果她不學會原諒傑米，她就會一直憎恨他。但是**為什麼要讓他這樣繼續影響她的生活呢？為什麼要讓他繼續影響她怎麼做、怎麼想？**現在，掌控她生命的人是她自己。她已經浪費了兩年的生命在擔憂他對她的感覺。她是否決定留在節目上，應該跟他完全無關。她想像傑米聽到她因為他而退出節目時，他臉上那洋洋得意的表情。她絕對不能離開，然後讓他沾沾自喜地以為她還在乎。她真正該做的，是用完全漠然的態度歡迎這頓道歉晚餐。她必須克服內心的障礙，然後態度友善，儘管只是裝裝樣子。因為她不能讓傑米離開這裡時，還以為擁有主控權的人是他。

他已經夠自負了。

二十一

海蒂在治療室外的走廊上氣喘吁吁地來回踱步，一邊在雙臂上又抓又揉的，臉色非常難看。

「我犯了一個大錯，艾咪。我不應該留下來的。要是他們叫我跟狄倫吃晚餐怎麼辦？希克醫師說了什麼？」

「哇，怎麼搞的？海蒂，等一下。」艾咪抓住海蒂的手臂，把她帶到餐廳。「先坐下來，喘口氣。其他人都在哪？」

艾咪轉頭望一圈。潔姬、吉瑪跟蘿倫都在花園泳池邊裸著上身曬太陽。自動攝影機正緊緊貼著三人移動。芙莉手上端著一片吐司跟一杯茶，無憂無慮地走進花園，看了一眼上身赤裸的那三人，馬上又轉身回到廚房。

艾咪把頭轉回來，看到海蒂正掙扎著大口吸氣。

「我跟妳一起走，艾咪。我一定要離開這裡。我待不下去了，我受不了了。」海蒂把臉埋在雙手中，倒在艾咪的肩上。「他們不能逼我見狄倫。」

「海蒂，」艾咪平靜地說，「沒有人說妳要跟狄倫約會——可能根本就不會有這種事。再說，他已經上過這節目了，我敢說他不會再上第二次。吉瑪大概早就把他嚇跑了。你想見希克醫師嗎？」她把海蒂從肩膀上拉起來，凝視她腫脹的棕色眼睛。

「不想，我只是……我只是不知道該去哪。我覺得自己被困住了。我再也受不了了，我無法呼吸。」

「海蒂，妳沒有被困住。妳可以選擇，妳想去哪就可以去哪，但是我跟妳保證，待在我身邊妳就不會有事。現在，我想要妳為我做一件事。」

艾咪把海蒂領向一張餐桌椅，讓她坐下來，然後在對面坐下來。

海蒂點點頭，閉上眼睛，繼續喘氣。

「跟我說五個妳現在能看到的東西，」艾咪說，「什麼都可以，比如說椅子。」

海蒂慢慢睜開眼睛，一臉困惑。

「相信我，就照做吧。」艾咪說。

海蒂環顧四周，然後慢慢說：「餐桌。」

「很好，還有呢？」

「水果籃、髒杯子、圖畫、門。」

艾咪與海蒂繼續列出四周的東西，迫使海蒂把注意力放在自己的感官上。四樣她可以摸到的東西，三樣她可以聽到的東西，兩樣她可以聞到的東西，最後是一個正面的肯定。莎拉一定會為她感到驕傲。她在大學畢業考期間教會艾咪這個做法。當時艾咪用功過度、睡眠不足，莎拉發現她蜷縮在書桌下，嘴裡不停地說撐不下去了。自此以後，每次她覺得工作——還有傑米——快把她吞沒時，她就採用這個做法，至今已不下十次。

「我很堅強，我可以撐過去。」艾咪跟海蒂一起說。而從來到這裡後，艾咪第一次真的相信這句話。真的相信自己。**她是真的夠堅強，可以撐過去**。而如果她撐過這節目，那她什麼都可以撐過去。當初按下「留下」的按鈕，是正確的選擇。

海蒂的呼吸終於恢復正常了，艾咪快速的心跳也慢下來了。

「謝了，艾咪。」海蒂低下頭。「有時候我真的覺得快窒息了。」

「妳想談一談嗎，海蒂？要不要找個安靜一點的地方？」艾咪問。

花園裡傳來潑濺的聲音，接著是一聲尖叫。

「蘿倫・霍克！妳完蛋了！」潔姬大喊，接著是有人跳進泳池裡的聲音。

「我已經濕了就不能再把我潑濕啦！」蘿倫笑著說。

海蒂點點頭，說：「浴室。」

艾咪把浴室門鎖上，折起兩條毛巾鋪在地上。她坐下來，海蒂則靠在淋浴間的門上，閉上眼睛，吐一口氣。

「對不起，艾咪，」幾分鐘後海蒂打破沉默，「我剛剛太幼稚了。」

「海蒂，妳不需要道歉，根本沒什麼好道歉的。恐慌發作本來就是這樣，但是妳撐過去了，現在一切又正常了。如果妳想談、準備好要談了，就開口。只是安安靜靜地坐在這裡我也覺得很自在。我喜歡待在浴室裡，在這裡我可以自己一個人靜一靜。這裡沒有麥克風，所以如果我們聲音不大，沒人會聽到我們。只要我們壓低音量，臥室裡的麥克風就錄不到我們的聲音。」

「我真希望自己不要什麼都那麼怕。」海蒂把頭往後仰。「我真笨，我連可能永遠都不會發生的事情都怕。根本沒有人說我要跟狄倫見面，但是我僅僅是在腦中想像，就快把自己嚇瘋了。然後我又開始想，如果跟個陌生人約會也許更可怕，結果我又更恐慌了。我辦不到，我從來沒約過會，從來沒有。我根本不知道要做什麼或說什麼。然後四周還有那麼多攝影機，根本就尷尬到不行。」

「妳跟狄倫沒約過會嗎？」艾咪問。

「沒有，我們是念高中時認識的，然後十八歲時我們就開始住在一起了。我們所有的朋友都離家去做更有趣的事情了，有幾個甚至還跑去倫敦。但是我們繼續待在南安普頓，繼續住在我們長大的那條街。之後我們就沒再交新朋友，也沒再出門社交。就只是我們兩個人，時時刻刻都在一起。總是在家，因為我們也沒錢再去做什麼。沒錢結婚，沒錢生小孩。一開始還挺溫馨的。安全、熟悉。我在街尾的旅館廚房找到一份工作，狄倫是工人。但是自從他去年被解雇後，我們的關係就開始每下愈況，而且他後來一直沒找到工作，他就整天在家裡打電動。我勸他也去為旅館工作，結果他說如果他再花更多時間跟我在一起，一定會發瘋。我覺得他這樣講也沒錯，是我也會這麼想，但是我實在厭倦了老是在擔心要付帳單。一年多來，我一直用我那低微的薪水付所有的帳單。去年冬天我們差一點連暖氣都付不起。後來我想跟我爸借錢，狄倫知道後簡直氣瘋了，說我這樣使他很沒面子。幸好我在旅館裡可以多輪幾班，但這大概也是這一切的導火線。當時他真的很懊悔，哭著跟我說他找不到工作是因為他什麼都做不好，如果我批評他，只會摧毀他所剩不多的自信。但是我又能怎麼辦，艾咪？如果我什麼都不講，他就只會繼續浪費我們的生命。如果我講了什麼，『有一天一定會把他逼瘋』。總之，情況好轉了一點點。後來他說他在倫敦某個工地有個面試，他很希望我陪他去。接下來呢，我就坐在交談室裡，聽他說我是個又胖又無聊的賤女人，還有他有多等不及自己一個人過活，不用再老是聽我嘮叨。」

艾咪想起自己跟傑米的關係穩定下來時，她媽媽給她的一則忠告：

一定要有妳自己的銀行帳戶，就算妳覺得他像個聖人也一樣。

「但是我很高興來到這裡。」海蒂微笑說，「當時我根本猶豫都沒猶豫就按下『留下』的按鈕了！我想跟所有人證明，我不只是肥豬海蒂，不是一輩子都一無所成的河馬海蒂。我也不是有多明確的目標，其實我根本不知道自己在幹嘛，而且我心裡怕死了。但是如果要回到過去的生活，我只覺得更可怕。跟妳們這群人在一起，真的使我了解到，如果我放膽一試，我自己一個人也可以做到什麼。剛剛在裡面，我只是突然有點失控，突然恐慌起來。一想到要看到他骯髒又多毛的臉，我就只想逃走。」

艾咪輕捏她的手。

「謝了，艾咪。妳教我的這一招我一定會學起來，真的很有效耶。我現在想出去跟大家待在泳池邊，涼快一下。妳也一起去嗎？」海蒂說完站起來。

艾咪搖搖頭。「我想在這裡再享受一下片刻的寧靜，想想怎麼應付今天晚上的狀況。」

「我覺得妳一定沒問題的。」海蒂對她露出微笑，然後開門走出去。

「但是如果要回到過去的生活，我只覺得更可怕。」對這句話她尤其深有同感。單身並不可怕，真正可怕的是跟一個會使妳一輩子都悲慘不堪的人在一起。這才是真正的恐怖故事。

沒過多久，艾咪就發現在這裡根本沒有躲藏之處。

「親愛的，妳還要很久嗎？我快尿出來啦！」潔姬在外面敲門喊。

「這就是為什麼我喜歡自己一個人住。」艾咪輕聲說，然後站起來。

還沒等艾咪走出浴室，潔姬就把泳褲拉了下來。

客廳裡，吉瑪正在吃一罐醃黃瓜，兩腿張開成V字形搭在咖啡桌上。每吃一口，她就喝一小口裡面的汁。

@湯姆傑夫二代　#吉瑪完全不自重　#分手生存戰

「嘿，湯米傑夫，我也完全不在乎唷。」吉瑪大喊。

@湯姆傑夫二代　天啊　#吉瑪剛剛跟我講話耶　#出名了　#分手生存戰

餐廳裡傳來一聲「嘖」。

吉瑪扭頭去看，看到芙莉坐在餐桌邊，正在為海蒂縫襯衫的扣子。芙莉抬起頭，聳起一邊的肩膀。

「抱歉，吉瑪，但是粉絲們說的沒錯。妳不是網路紅人嗎？當網路紅人不是應該注意自己的形象嗎？妳不擔心自己這麼邋遢，可能會失去粉絲嗎？」

吉瑪瞪著她，又吞下一小口醃黃瓜汁，然後滿意地吐出一口氣。

「我不可能永遠保持完美無瑕呀，芙莉，這樣太累了。杰森一定很高興看到我像這樣沒有手機，毫不拘束地完全放鬆下來，日日夜夜困在這裡，讓他看到我的一舉一動。」

芙莉露出微笑。「杰森跟西蒙應該一起組個俱樂部。」

這是她第一次在提到西蒙之後沒有繼續熱情地稱讚他有多棒。

艾咪之前在泳池邊被芙莉拖住聽她談她的感情世界。整場對話其實是單調的獨白，內容不外是他們如何在診所裡第一次互相凝視，觸電的感覺多麼明顯強烈。他本來還以為她是接待人員呢！還有他如何擄獲她的芳心，帶她去劍橋最昂貴的餐廳、去倫敦看歌劇、去碎片大廈喝雞尾酒。他們如何在工作場所對兩人的關係保密，就怕被指控任人唯親。她辭去工作後他對她有多體貼，他工作有多辛苦以便支撐兩人的生活開銷，還有她有多高興能夠待在家裡，而她此刻真希望能在家裡。十五分鐘後，這場單向對話結束時，艾咪以為芙莉已經用盡了所有的形容詞。

「嗯，他是真的很幸運能跟妳在一起，芙莉。」

「不，艾咪，幸運的人是我。」

二十二

「小豬！」傑米大喊，張開雙臂，走進祕密花園。「妳還在生我的氣嗎？」

傑米看起來跟以前不太一樣。兩側的頭髮短了些，鬍渣長了點。而且為什麼他看起來這麼黑？身上的衣著還使膚色顯得更暗沉。他全身上下都是黑的。過緊的貼身黑色T恤，刷破牛仔褲捲起來露出腳踝，一雙黑色天鵝絨吸菸鞋。走進來的這人到底是誰？看起來根本就是像是想變成羅素・布蘭德。

「我當然還在生你的氣，你這混蛋！說什麼我逼你結婚？我急著想要小孩？你之前的女朋友到底是誰啊？絕對不是我。得了吧！我真希望你事業慘敗，然後搬回去跟你爸媽住。還有，我從來沒跟你說過，但是莎拉覺得你最後會落得跟湯姆克魯斯在《開麥拉驚魂》裡一樣的下場！」

她真的很想這麼說。

然而她只說：「沒有，我沒在生氣。我很好。你好嗎？」然後站起來讓傑米擁抱一下並親吻雙頰，努力忍著不要在他面前吐出來。

她現在最不希望的就是被別人發現她很失落。此時此刻，她的目的就是要讓自己看起來一點都不在乎，而且從來都不在乎。傑米把她壓向他結實的腹肌，她不禁全身僵硬起來。她是那種會把情緒顯露在臉上的人，之前她還擔心傑米走進來時，她會不小心洩漏出心裡真正的感覺。不過就算洩漏出來傑米也不會注意到，畢竟傑米察覺到她情緒的能力就跟他給予她稱讚的能力一樣好。發現自己其實已經漠不關心時，艾咪鬆了一口氣。也許這節目真的奏效了。也許快刀斬亂麻是最有用的復原方式——不過她永遠都不會承認這一點。

「哇，艾咪，單身真適合妳耶！」傑米說完把她從頭到腳端詳一番。

她看起來是真的很美。她通常不願承認，但是今晚她完全接受這樣的讚美。多虧吉瑪為她精心化的妝，還用了某種神奇的技巧修飾輪廓。她穿著本來打算在度假第一晚穿的平口黑金色長洋裝，配上金色大耳環。

「轉一圈給我們看看！」

她不理他，坐下來。

「你過去這兩星期又在忙什麼？」艾咪問。

傑米坐下來，伸手抓起桌上的酒瓶，給自己倒了一杯。

「我希望妳不要以為我很享受今晚這頓晚餐。」他說，根本不回答她的問題，然後突然一臉嚴肅。「這只是節目的一部分，我根本別無選擇。」

「噢，我知道，傑米。我不覺得怎麼樣。其實還滿好玩的，不是嗎？你有在看嗎？」

「只有看晚上的重播。人頭總部有點起步了，所以最近我有幾個訪談。我很高興妳也覺得這很好玩，我還以為妳會恨我呢！」

「沒有，一點都沒有。我們已經一起經歷了這麼多事情，我怎麼可能會恨你呢？」

我們已經一起經歷了這麼多事情，你怎麼能對我做出這種事，傑米？

「跟我聊聊你的訪談吧，聽起來很不錯。我希望你說了我的好話。」艾咪露出微笑，為自己倒了一杯酒。「這樣可能可以提升我的排名。」

他假笑一番，喝一小口酒，往後靠在椅背上。

「我的天啊！快把一切告訴我們！」艾咪走進廚房拿麵包時，吉瑪激動得幾乎大叫。

「還好。我覺得我已經盡量做到漠不關心到令人可恨的程度了。」她露出微笑，拿起麵包籃跟橄欖油醋醬。「但是他真的叫我為他轉一圈，這都要怪妳。」

「嗯！」吉瑪說，皺起鼻子，拿起一塊艾咪之前協助海蒂煮好的魷魚——如果拿著一大杯酒從遠處觀看也算「協助」的話。「哪一個是傑米的盤子？」

艾咪用手指了一下，只見吉瑪舔舔手中的魷魚，放到傑米的盤子上，然後把剩下的魷魚也一個接一個拿起來，舔一下，放回去。

艾咪回到花園，在傑米緊盯不放的凝視中，把麵包籃放到桌上。

「有沒有零麩質的？我最近開始戒吃麩質，這是我做過最棒的決定。現在我一整天都精力充沛。妳還記不記得我以前總是又笨重又遲緩？改變一下飲食就會有這麼巨大的效果，真的很驚人。妳也應該試試！」

艾咪拿起一塊白麵包，咬下一大口，然後開始在剩下的麵包上塗奶油。

「所以，傑米，」她吞了一口麵包，發出很大的聲音，然後繼續說，「事業蒸蒸日上囉？有沒有因為這節目得到新客戶啊？說不定你還欠我一點回扣喔。」

「拜託，艾咪，」傑米嘆口氣，「我們可不可以不要這麼彬彬有禮？對彼此誠實一點。我是傑米，妳可以對我說真話。」他抓住艾咪的手腕，把她拉向他。

她扭開他的手，把兩隻手放回膝上，瞪著他。

忍住，到現在為止妳一直表現這麼好。

「放鬆點，不需要那麼敏感吧？總之，我想說的是……」他低下頭，看著自己的腳。他要開始哭了嗎？艾咪不確定該怎麼辦，她從來沒見過他哭。

「這整段經歷不是很讚嗎？」他抬起頭，露出一個開心的微笑，壓低聲音說：「妳想想看，有上百萬的觀眾在看我們耶，就在此時此刻，艾咪！」他大喊。「我出名了！妳也出名了！妳能相信嗎？這樣對人頭總部一定有好處！妳看，每當有人要我評論這節目，還有最近這些訪談，我一有機會就會提到人頭總部，這樣勢必會增加人頭總部的知名度，是不是，小豬？」

艾咪簡直無法相信自己剛還以為傑米要哭了。她什麼時候才會學會，傑米永遠都不會成為她希望會變成的男人？

「你不能再叫我小豬了。」艾咪說。

「艾咪！看在老天爺的份上，如果妳沒在生我的氣，為什麼要這麼冷漠呢？」他盯著她，那嚴厲的目光通常會使她緊張起來，就好像他馬上要大發雷霆了。「不要再假裝妳是另外一個人了，這不是妳。妳到底對小豬做了什麼？而且還有，我還在等妳對我說謝謝呢。這是我至少該得到的。多虧我，妳才會登上《郵報網站》的頭版。我們實話實說吧，要是妳沒在這個節目裡，妳就只能在家裡穿著舊運動褲、吃著假乳酪，黏在電視前看別人在《分手生存戰》。是我讓妳出名了，小豬，噢，抱歉，**艾咪**。」他一口喝完剩下的酒，伸手去拿桌上的酒瓶。

艾咪看著他，默默地想像自己如同《追殺比爾》裡的「新娘」一樣一刀劃破他的臉。

艾咪再也忍不住了。她想知道傑米當初看到這節目的廣告時，為什麼會覺得是個不錯的主意？她想知道他為什麼要在大家面前扭曲她的形象，還有他為什麼覺得不能直接跟她談？她想知道他已經有這樣的想法多久了，還有他什麼時候開始決定要這樣愚弄她？他有沒有在酒吧裡跟朋友講這事？他們聽了之後是不是哄堂大笑？這會是艾咪所能承受的極限。

「你為什麼要這麼做，傑米？」艾咪問。「你為什麼不選擇直接跟我談？兩年了，我們在一起兩年了，你卻從不覺得跟我親近到可以和我正常對話？為什麼要花這番功夫，就只是為了跟我分手？」

他在椅子上左右挪動，輕彈一下鼻子，把頭髮往後撥。「我怎麼能夠跟妳當面講呢，艾咪？如果我這麼做，妳一定會又哭又叫的。我沒辦法看著妳心碎，我不想看到妳這樣。」

「呃，你沒看第一集嗎？」艾咪皺著眉問。

「天啊，沒有，我根本不忍心看。沒有，沒有，我特別沒去看。要不去看真的很難，因為大家全在臉書上傳截圖給我。」

如此荒謬的回答，讓艾咪簡直快瘋了。但是她努力裝出一副冷靜的表情與平靜的聲音。

「好，還有一個問題。你為什麼要跟所有人說我給你施加壓力，要你跟我結婚生小孩？我們從來沒有討論過這事。我只記得說到誰誰結婚了，誰誰誰生小孩了，但是從來沒講到**我們**。我們唯一一次勉強算是談到未來，是你送了我你家的鑰匙後，我提議說搬過來跟你一起住。那時候我以為這表示我們的關係又更進一步了。不過也許那只是你在想辦法逃避。你當時是不是只是想延後這樣的對話？你知道到了某個時候我們還是得討論我們的未來——說不定你只是想用送鑰匙的方式拖延。是這樣嗎？你告訴我，傑米——我自己只能用猜的。我沒有在生氣，我只是想了解到底是怎麼一回事，才能夠繼續往前走。」

其實艾咪很生氣。其實她怒火中燒。但是表現出來對她沒有任何好處。

傑米低下頭。「我知道我們從來沒談過要結婚生小孩，但這並不表示我沒有感覺到壓力。我知道**妳就是想結婚生小孩**。妳們女人最後不是都想結婚生小孩嗎？光是知道妳想結婚生小孩，就使我覺得被逼著也要結婚生小孩。而且我已經說過好幾次，生小孩爛透了。所以，艾咪，妳應該早就理解我的暗示了。根本不算暗示——其實我說得再清楚不過了。」

「我一直以為你在開玩笑。」

「噢，艾咪，每一則笑話裡都藏著一絲真理，妳知道的。」

她的確知道這一點。而且當時她的確也因此感到擔憂。但是她選擇逃避現實，暗中希望他終究會長大成熟，有一天還是想要擁有成年人的生活。她還記得傑米第一次、也是唯一一次見到珍妮的雙胞胎時的景象。看到他把雙胞胎抱起來，然後在原地快速地轉圈子，兩個小不點開心的笑聲轉變成興奮的尖叫時，她的心都要融化了。他看起來多像個天生的好爸爸，那種懂得跟小孩玩樂的好爸爸。但是他們離開時，前門一關上他就對艾咪說：「嘿，艾咪，妳知道什麼比小孩更神奇嗎？錢。」

「那你到底想要什麼，傑米？」艾咪隔著桌子問他。「我是說未來的生活？」

「我不知道。我還沒認真思考過。我是那種活在此時此刻的人。也許有一天我會結婚，也許也不會。**但是此時此刻讓我快樂的，就是過單身生活，自由、自我**。這樣也沒什麼不對啊。我喜歡這樣過日子，知道我不需要為別人著想。我想來就來，想走就走，不需要通知任何人，也不需要跟任何人說明我晚上有什麼計畫，或是傳簡訊給別人報告我的一舉一動。現在我想吃什麼就可以吃什麼，想什麼時候出門就什麼時候出門，也不會有人盯著我做瑜珈。」

「好，好，我懂你的意思了，傑米。」她受夠了聽他講那個沒有艾咪的單身世界有多棒。再說，他剛剛描述的生活，他之前早就擁有了。他幾乎從來沒為她著想過。他的確是想來就來，想走就走。他從來不跟她報平安。她以為他是故意在她面前做瑜珈，想讓她因為不運動而產生罪惡感。

兩人的對話又持續了半小時。沒有爭吵、沒有怒火、沒有淚水、沒有答案——也沒有道歉。道別的時候，只有一個友善的擁抱與背上的輕拍。

而且傑米把整盤魷魚都吃完了。

二十三

「歡迎來到《分手生存戰》！」亞當．安德魯從舞台上對著鏡頭喊。「今天晚上我們會淘汰第二位參賽者！又過了精彩的一星期，我們經歷過羞辱……」

螢幕上播出吉瑪不小心撞上玻璃門往後彈的片段，重複播放好幾次。

「唉，」吉瑪喃喃道，「我就知道他們會播這段。」

「也經歷過對峙……」亞當繼續說。

螢幕上出現一段粗糙的黑白影片，只見吉瑪用手指著狄倫的臉。狄倫雙臂交叉，看起來簡直就像個花園地精。一樣邋遢的鬍子，一樣下彎的嘴巴，幾乎一樣有限的身高。毛茸茸的一字眉皺著，似乎永遠鬆不開。海蒂一定讓他覺得很自卑。只要一想像兩人一起走在街上的樣子，艾咪就想笑出來，當她轉頭看到海蒂如同布萊德．彼特在《六人行》裡那樣從沙發上惡狠狠地盯著電視上的狄倫，就更想笑了。

「還有冷酷無情的真相！」

螢幕上播出艾咪與傑米吃晚餐的片段，鏡頭特寫出傑米低下頭的畫面。艾咪暗自竊喜他頭頂上禿掉的地方都露出來了。他會氣死。

「但是此時此刻讓我快樂的，就是過單身生活，自由、自我。」

「好的，那麼我們的參賽者是不是開始受不了啦？今天晚上誰會第二個淘汰出局？親愛的觀眾朋友，不要走開，廣告之後我們馬上回來！」

艾咪收集所有人的香檳酒杯，走向廚房準備為大家續杯，經過人氣排行榜時瞥了一眼。她上升到第三位了。

第16天

1. 吉瑪
2. 芙莉
3. 艾咪
4. 潔姬
5. 蘿倫
6. 海蒂

今天晚上的來賓是史帝夫．巴頓跟麥可．巴頓，這兩個雙胞胎兄弟因《雙重園藝工》而出名，在這節目裡他們比賽整修不同的花園。他們來這裡做什麼，而且為什麼有資格到《分手生存戰》裡講評，實在令人費解。但是他們的確有明星的魅力——兩人有一樣好看的臉孔，但也有相異的差勁品味——史帝夫的T恤上印著#吉瑪加油，麥可的T恤上印著#芙莉加油。

「好啦，史帝夫，你先講，為什麼你支持吉瑪？」亞當問。

「因為她就跟我一樣，亞當！」他喊，「她很自然、很坦誠，而且超爆笑。我說啊，管他的！就盡情喝妳的醃黃瓜汁，就毫不拘束地放鬆下來吧！我覺得我們全都是吉瑪。」

「咳咳，」麥可打斷他，「但是沒有人能贏得過芙莉。她才是我們的完美嬌妻。就直接把皇冠送給她，然後收工吧。沒錯，我們可能不是每個人都認同她的人生決定，但是她心腸很好，而且至少她的生活還算井井有條。我實在不知道她怎麼做到能每天都看起來這麼美。如果西蒙不娶她，我一定會娶她！」

「喔，小心喔，西蒙，你有競爭對象囉！」亞當傻頭傻腦地看著鏡頭。

「芙莉？饒了我吧！」史蒂夫一臉反感地說，「『西蒙最好了，西蒙真了不起，西蒙最棒了，西蒙、西蒙、西蒙。』我的天啊，艾咪昨天在游泳池邊真是太可憐了。我覺得大家都這麼想吧。你有沒有看到潔姬走出來，然後馬上又轉身走回去？哈！你們有沒有看到那段爆紅的影片？」

「艾咪變成一具骷髏那段影片嗎？」亞當笑著說。

「因為芙莉的故事講太久啦！」

「那真的很經典！抱歉，芙莉，下次講點別的吧。好，所以你們兩人覺得吉瑪跟芙莉有機會獲勝，那麼你們覺得今天晚上誰會被淘汰呢？麥可，你先說。」

「我還在蘿倫跟海蒂之間掙扎。蘿倫根本就和透明人沒兩樣，我老是忘記她還在節目上。她每天要不就是躺在床上，要不就是像隻蜥蜴躺在花園躺椅上曬太陽。另外一方面，我覺得可憐的海蒂撐不久了。」

「那你呢，史蒂夫？你覺得今天晚上誰會被淘汰？」亞當問。

「海蒂，毫無疑問。她已經沒轍了。我覺得蘿倫的風光時刻正要開始，她在節目上還大有可為。我覺得觀眾朋友一定等不及看她有什麼能耐！」他使個眼色。

艾咪站起來，走到海蒂身邊，伸出雙臂摟著她。海蒂正開始急促地呼吸。「海蒂，不要聽他們胡說八道，那只是一些沒有意義的噪音。」

「蘿倫，妳還好嗎？」艾咪轉頭四處搜尋。

蘿倫剛剛還坐在餐廳裡，但是現在已不見蹤影。艾咪伸長脖子去看，但是在廚房裡也沒看到她。

「她跑去哪了？她還好嗎？」

「她之前還在這裡啊。」潔姬說。「說不定她為了以防萬一，跑去打包行李了。蘿倫？」潔姬朝著臥室喊，芙莉不禁皺起眉頭。

沒有回應。

「蘿倫！」艾咪大喊，站起來。

「有人看到她走去臥室嗎？」艾咪問。

每個人都搖頭。

「蘿倫！」潔姬又大喊，一邊走進花園。

「看看游泳池！」艾咪透過玻璃喊。潔姬看看四周，搖搖頭。

突然間，電視上一陣警鈴大作，亞當・安德魯的臉孔充滿整個螢幕。他正看著觀眾，照著一張卡片在唸什麼。大家全坐回沙發上。

「她到底在哪裡啊？她這樣會錯過結果揭曉的時刻耶。」潔姬低聲說。

「親愛的觀眾朋友，我們剛剛從幕後收到一個意外的消息。」他說，用手去壓耳中的耳機，瞄向旁邊，然後低下頭，把手指舉到唇邊要觀眾安靜下來，一邊又點頭又嗯嗯地回應著耳機裡的說明。

「好了，各位觀眾朋友，今天晚上的節目有點改變。我在這裡鄭重強調，這絕對不是事先計畫好的，我們也會補償你們為選票所花的費用。」他一臉嚴肅地看著鏡頭。「她到了嗎？」他對著麥克風低聲說。

「誰到了？」吉瑪問，開始一臉驚恐。

「各位先生女士，真是個令人驚愕的消息！請鼓掌歡迎今晚被淘汰的參賽者，蘿倫！」

所有人都跳起來衝到電視螢幕前。

「蘿倫！妳到底做了什麼？」海蒂對著電視大喊。

蘿倫在舞台上的沙發上坐下來，露出微笑，比出和平的手勢，現場觀眾也逐漸安靜下來。在電視上看到她真奇怪，艾咪心想。那些燈光打在她身上，她看起來就像個名人。幾乎像個完全陌生的人。

「蘿倫！」亞當大喊，「歡迎來到這裡！真是個意想不到、但是又愉快的驚喜！」

「你還好嗎？」蘿倫說，臉上表情無比地平靜。

「還好，我還好。」亞當模仿她滿不在乎的樣子，觀眾看了都笑起來。

「蘿倫，妳能不能跟我們解釋一下剛剛發生了什麼事？」亞當問，「五分鐘前妳還坐在《分手生存戰》的沙發上，現在妳卻坐在這裡。妳怎麼跑到這裡來的？」

蘿倫看看亞當，然後看看巴頓雙胞胎。

「抱歉，老兄，我該看著哪一台攝影機講話？」她問。

「這一點妳不用擔心，親愛的，妳可以看著我講。」亞當說。

「不了，我不想看著你，我想跟海蒂說話。」蘿倫說。現場觀眾發出一片「喔……」的聲音，亞當則一臉驚愕，然後指向一台攝影機。蘿倫找到他所指的攝影機，轉過來面對鏡頭，鏡頭立刻拉近。她露出微笑。

「海蒂，親愛的，妳還不能離開《分手生存戰》。」蘿倫說，「妳還有很多事要做呢。我希望妳待在這裡，證明那些黑粉全都錯了。我對這些自我成長、還有什麼成為『更好的女人』這類胡扯蛋沒興趣。我已經得到當初想得到的東西了——我得到這段經歷，也得到我的五千英鎊，這樣就夠了。」

「但是蘿倫，那一百萬英鎊的獎金呢？」亞當問。

「我不需要一百萬英鎊才會快樂，但是我實在等不及想喝杯杜松子酒了。」

現場觀眾全都在鼓掌歡呼。

「哪個人倒杯酒給蘿倫！最後一個問題，蘿倫——妳會在電視上追蹤我們的參賽者嗎？」亞當聳聳肩問。

「天啊，才不會咧。」蘿倫笑著說。「我會等節目結束之後，跟她們親自見面。這節目根本就是沒營養的垃圾，你也是個徹頭徹尾的蠢蛋。」說完她就站起來，一把扯掉身上的麥克風，轉身離開舞台了。

難得的一次，亞當沒有做出任何反應。他聽著耳機裡講什麼，觀眾則開始慢慢拍手，接著畫面就消失了，客廳的電視螢幕變成一片漆黑。

二十四

吉瑪在花園裡對著海蒂跟芙莉大吼。她成功說服她們參加她的健身訓練營，操練的程度不下於英國特別空勤旅的突擊隊。

「真希望我也有個藉口可以對人大吼大叫。」艾咪在窗邊說，啜飲一口手上的咖啡。「這樣我可能會覺得更放鬆。」

潔姬加入她。「說不定可以去交談室喔？交談室好像有隔音。」

「沒錯。」艾咪點頭說，一邊望著外面的喧囂。吉瑪正開始拍手要她們趕上速度。海蒂已經滿臉通紅。

「不知道蘿倫現在在做什麼？」艾咪邊思考邊說。「真不敢相信她離開我們已經兩天了。」

「但願是趁著她現在擁有的短暫名氣簽下唱片合約。」潔姬說。「所以囉，」她轉向艾咪，「一百萬英鎊。吉瑪說她會用這筆錢開間健身房，就叫做吉瑪健身房。海蒂說可能會開間連鎖餐車。妳呢？妳會怎麼用這筆錢？」

艾咪這段時間一直在想這個問題。如果她最後真的贏了，她會叫莎拉協助她決定怎麼用這筆錢。艾咪對理財一竅不通，如果沒有人給她建議，她可能就會把錢全存進銀行，不敢花。

「不知道耶，真的。以前我可能會把它全花在買房子上。現在我不確定這是我此刻需要的。我覺得我第一件會做的事，就是買一張去亞洲的頭等機票。其他細節還不用急著定下來。」

「喔，亞洲哪裡？」潔姬問，從廚房中島後方轉過來。

「可能曼谷吧。我很喜歡曼谷，喜歡它濕熱的天氣、它的市場、那些盯著你看的曼谷人。白天喝酒，不用預約的水療，世界上最美的海灘。沒有一點不讓人不喜歡。它就像是熱鬧與幸福的完美平衡。我也不知道該怎麼說——反正它就是有那麼一種氛圍，說不定是鴉片的香味……那妳呢？妳會怎麼用一百萬英鎊？」

潔姬沒說話。

「潔姬？」

艾咪抬起頭，看到潔姬的臉開始變得扭曲，兩行淚流下臉頰，然後把臉埋在雙手裡。

「潔姬！妳怎麼了？」艾咪放下馬克杯，握住潔姬的手臂。

「我沒事。」潔姬吸著鼻子說。「太笨了，我真傻。」她嘆口氣，揉揉眼睛。「沒什麼，真的。我可能只是有點宿醉。但是今天早上有個白癡在粉絲留言板上針對我說了些很難聽的話。」

「說什麼？誰？」

「我覺得是我以前律師事務所裡一個同事。」潔姬說。「他是一個對我不太滿意的合夥人的司法助理。嗯，其實他們全都對我不滿意。」她搖搖頭。「我真不懂他為什麼還要這樣攻擊我，畢竟我離開事務所已經很久了。他沒有其他更有意義的事情能做嗎？」

「別讓他們影響到妳——他們就是希望妳上鉤。」艾咪說。「昨天有個我完全不認識的陌生人說，她一點都不信任我。真不知道我做了什麼。」

「艾咪，我躲這枚魚鉤已經躲了兩年，但是有時候他們太過分了，要不上鉤也很難。」潔姬小聲地說。

艾咪同情地看著她。「當初在事務所裡發生了什麼事？」

「噢，艾咪。」潔姬說，把頭轉向花園。「說來話長，我不想讓妳最後又變成骷顱。」

她清清喉嚨，坐下來。

「一開始進事務所的時候，我還很高興。其他事務所都不要我，儘管我在法律執業認證時獲得了第一跟特優的成績。他們只能給我一個司法助理的職位，但我還是很開心。我非常認真工作，幾年之後，他們就提議跟我簽培訓合約，說他們覺得我有潛力。然後是不斷的加班、熬夜，與進展緩慢的升遷。我成為執業律師，然後是資深律師。但是一成為資深律師，進展不只是緩慢，而是停下來了。每個人似乎都成為合夥人了，除了我。我每天第一個進辦公室，最後一個下班，加的班比誰都多，招攬的業務也比誰都多。最後使我終於忍無可忍的，是一個我手下的實習生居然升到比我還高的職位，那個狂妄自大的小鬼。於是我開始放出風聲，然後寫了封電郵給當初雇用我的經營合夥人，希望他會支持我。」

她望向窗外，嘆口氣。

「結果咧，他請我去喝咖啡，跟我聊說我在事務所裡該怎麼樣才對我比較好。說什麼我沒有足夠的管理技巧進入下個階段。說要當合夥人，就必須頭腦冷靜、面不改色、善於談判，能夠隱藏自己的情緒。他說我不會喜歡這樣，說我應該繼續在原來的階級上擴展業務，繼續從事我覺得熟悉輕鬆的工作。說什麼這樣對事務所也最好。」

「於是我鼓起勇氣問他，說我的部門裡沒有女性合夥人、也沒有非裔合夥人，他有沒有覺得很奇怪。說我覺得因為我的性別與膚色，我就得比別人更加倍努力，才能有升遷的可能。說我覺得好累、覺得大受打擊。妳想想看，公司裡的合夥人全都是中年白種男人，要覺得受到鼓舞也很難吧。每一個都是白種男人，妳能相信嗎？」

「總之，他開始數落我。說我一點都不感激他給我這麼多機會，說事務所裡沒有非裔女性適合這職位，也不是資深經理的錯。我聽了好震驚。當天，我就跟人事部提出抗議，說如果這問題不解決，我就會把這事上報到律師監管部門。」她搖搖頭。

「那人事部有反應嗎？」艾咪問。

「人事部什麼反應都沒有。他們一開始說會展開調查，但是接下來好幾星期我什麼消息都沒聽到。然後一天早上我進辦公室的時候，看到他們全聚在我的辦公桌邊，跟我說我得跟他們去跟資深經理開個緊急的會。等我到了後，他們跟我說事務所要調整結構，所以想請我自動離職。我接受了，當天就離職了。當時我覺得那是我唯一的選擇。畢竟跟經營合夥人吵過架後，整間事務所的氣氛給我的感覺就變得非常糟。所以我就接受啦，然後就再也沒見到或聽到他們。直到現在。」

「那艾倫怎麼看這件事？」

「艾倫很生氣我失業了，也不理解我為什麼成為資深律師後還不滿足，畢竟資深律師的薪水用來付我們的帳單綽綽有餘，還可以讓我們日子過得很不錯。尤其是因為他一直冀望我會改變主意想生小孩，到時有個育嬰假可能會有點幫助，儘管我一直說不想要小孩。他當時不理解我的想法，現在也不理解我的想法。還有因為後來我一直沒找到工作，我們的財務壓力一直很大。」

「這一點最終毀了我們的關係。不只是因為我跟我爸很親密，使艾倫覺得被排除在外。所以當時我才決定留在這裡。都是為了錢。最終往往都是為了錢，不是嗎？」潔姬露出微笑，聳聳肩。「不過艾倫不只是愛錢，我們受邀去參加那些昂貴的公司活動他都愛。別誤會了，艾倫其實會是你見過最不愛交際的人了。但是他就是很享受大家以為他是律師、然後我是家庭主婦的那種感覺。他可以假裝自己是律師，而且樂在其中。」

「妳有聽到我說可以停下來了嗎？」吉瑪對著氣喘吁吁躺在地上的芙莉大吼。

潔姬的臉上露出堅定的決心。

「但是如果我真的贏了一百萬英鎊，」她繼續說，「我就會把他們控告到體無完膚。」

「到時候妳應該把吉瑪一起帶去法庭。」艾咪喃喃道。「她也太愛罵人了吧？」

叮咚。

艾咪跟潔姬面面相覷。花園裡的訓練營停留在撐體的動作，也面面相覷。

二十五

叮咚，叮咚，叮咚，叮咚。

「來啦！來啦！我的天啊。」潔姬邊喊邊走向前門，艾咪跟在後面，穿越餐廳時人氣排行榜上有什麼引起了她的注意。

她上升到第二位了，就在芙莉之後。一夜之間。

她的思緒被門口一聲恐怖的尖叫打斷。她衝向前門，發現潔姬眉開眼笑地捧著一個盒子。

「這是什麼？」艾咪問，這時其他人也跑過來了。

「文明的產物！」潔姬大叫，給大家看盒子的蓋子，上面印著「氣氛行動贊助」。

一群人像群鳥寶寶似的快步跟在潔姬後面進入餐廳，潔姬則小心翼翼地捧著盒子，彷彿盒子是玻璃做的。

「裡面有張紙條！」吉瑪大叫，「上面說什麼？」

親愛的參賽者：

承蒙氣氛行動的熱情贊助，接下來兩小時，妳們將可以使用全新的 iPhone，隨意探索、下載、瀏覽、傳送訊息給外面的世界。盡情探索吧！

每個人都興奮地拿起一支手機，匆忙各自找到一個舒適的角落。整間屋子安靜下來，只偶爾聽到按鍵聲、叮叮聲，或是「噢，我的天啊……」。

艾咪在夏威夷風情酒吧蹲下來，登入已事先裝設好的IG。

我的媽啊。

她有四十幾萬條新通知。害怕會看到一片惡毒的評論，她跳過所有新通知，直接點進莎拉的帳號。她最後一則貼文是一張在「筷子與壽司」照的雞尾酒，昨天晚上照的。

想念我最愛的@郝艾咪。真不敢相信已經過了十八天了——我沒刻意在數日子喔。為我留一杯！想念妳。愛妳。

艾咪快速輸入文字，心中飽含喜悅。

她瞬間有股衝動想去看傑米的帳號，但還是忍住了，然後點進珍妮的帳號。最近一則貼文是雙胞胎在看《粉紅豬小妹》的照片。兩人滿臉都是果醬。

噢，我的天啊。

然後她瞥見一張她跟珍妮在高中時照的照片。

真為我的閨蜜@郝艾咪感到驕傲！等不及等她獲勝時跟她大肆慶祝！　#分手生存戰　#艾咪在分手生存戰上　#一輩子的朋友　#舊照重貼

閨蜜？我們什麼時候變成閨蜜了？我們最後一次見面是好幾個月前的事了，而且當時妳讓我感覺自己像團廢物。

艾咪打開臉書。

我的媽啊！

幾乎每一則貼文都在講這節目。到處都可以看到參賽者的照片。動圖、爆紅片段、新聞、卡通、歌曲。就連《今晨》都花了一段時間在談論這個節目。她開始覺得自己在冒汗。這節目到底什麼時候、又到底為什麼會變得這麼火熱？

噢我的天啊！如果你看到艾咪以前的樣子你真的會死掉！

《分手生存戰》：gossiprabbit.com 上的風格轉變

噢，不要。不要不要不要不要不要。不會吧……

她瞪著二〇〇四年十六歲的自己。她還清楚記得那套裝扮。凡達遲的棒球帽、喇叭褲與藍色墨鏡，而且身材苗條多了。

「他們從哪找來這些照片的？」她精神恍惚地問，一邊走進客廳。她仍盯著螢幕，但是想看看其他人是不是也快心臟病發作了。

「說不定是老朋友想趁機賺點錢？」潔姬答，越過艾咪的肩膀看。「噢，我的天啊！那是我嗎？」她大叫，把艾咪的手機搶過來。

在同一篇文章裡，潔姬比站在身邊的爸爸高出一個頭，一身閃亮的白色細條紋套裝，大小對她來說顯然整整小了三號，腳踝從褲腳下露出來。

「那是我去上班的第一天。」她露出懷念的表情。「妳看看我！難怪男人都躲得遠遠的！」

她笑著說。「想念你喔，老爸！」她抬頭望向屋裡的攝影機。

《分手生存戰》佔據了《郵報網站》大部分的篇幅，看到自己的臉孔在網路上無所不在，大家都激動萬分。艾咪是既對自己的新知名度感到興奮，又對大部分的照片都是自動攝影機從地板往上照的感到驚恐。而且這小鬼照到了每一幕咬指甲、剔牙齒、打哈欠、小腹贅肉鬆垂的畫面。很容易就會忘記攝影機隨時隨地、每個角度都在照妳。

《分手生存戰》獨家報導：傑米與艾咪要復合了？

什麼？

文章開頭就是一張傑米側躺在自家沙發上的照片。一隻膝蓋翹起來，用手腕撐著頭，抱著艾咪聖誕節時送給他的枕頭，上面還繡著他的名字字首，整個畫面看起來再令人反感不過了。艾咪當時還買了一個繡著自己名字縮寫的枕頭放在旁邊，但是他把它擺到客房去了，說這樣顏色比較適合。她當時根本懶得跟他爭論。

1. 你為什麼跟艾咪分手？

很簡單。艾咪是個很可愛的女孩，但是我們處於不同的人生階段。她一心想要結婚生小孩，但是我現在一心只在人頭總部上。人頭總部是我新建立的獵人頭公司。

2. 你為什麼不直接跟她說要分手

你們也知道女人在這個年齡階段是什麼樣子：哭哭啼啼、小題大作。艾咪一心想結婚給我很大的壓力，我也承認我一直在逃避現實。但是我正在忙著建立起人頭總部，她也知道這一點。兩邊的壓力加起來太多了，只要是男人都會理解我的感受。不過這已經是過去式啦，現在我可以繼續前進。

3.你們節目結束後會碰面嗎？

我們一定還是朋友。

不，我們絕對不會。

而且誰知道未來會是什麼樣子？

只有你不知道。

這個實驗對我們兩人來說都是很棒的經驗。我們在這段旅程上都有所成長。就等著四星期後會有什麼結果囉。絕不說絕不！

絕不！你這混帳！

艾咪抬起頭來，張嘴想大叫。但是看到其他人也全都一副怒不可遏的樣子，她又閉上嘴巴。晚一點跟大家喝氣泡酒的時候再說吧。

她又把注意力轉回到手機上，在Google上輸入艾咪．郝《分手生存戰》。有五百多萬條搜尋結果。

然後她看到那張照片了，在最頂端。面紙黏在眼睛上的她正在啜泣。

每當有某個男人說了點什麼　#面紙臉女孩

她翻個白眼，往下滑，點進一段評論。

本週焦點：吉瑪vs.芙莉：同性對決相持不下

你是為#吉瑪加油還是為#芙莉加油？隨著火熱真人實境秀《分手生存戰》每晚為全國觀眾帶來意想不到的轉折，本週人人都在問這個問題。預計播出四週的節目已進行到一半，我們全都被吉瑪．本斯（強勢女性）與芙莉．賓波（溫柔女性）之間尷尬的緊張關係深深吸引。這精彩犀利的電視節目已把英國一分為二，如果你還沒加入這場討論，現在正是時候！有一點我們可以確定：女性觀眾對吉瑪的支持正迅速高漲，而且速度極快。男人們，小心了！《分手生存戰》每天晚上九點於真實電視台播出。

「我的天啊，他是從哪個地方冒出來的啊？」潔姬喃喃道。

所有人全都抬頭看。

「我幾年前跟這個白癡交往過，結果他現在接受《太陽報》的採訪，說很後悔當初跟我分手，還說我是完美嬌妻，卻讓我溜走了！老兄，相信我，我剛認識你就看到數不清的警訊。我們第一次約會時他就想幫我點餐咧，這不是控制狂是什麼！」

艾咪一邊想著這番話，一邊走進花園，開始讀一位全職母親的貼文：在遊樂場上她總被其他媽媽歧視，只因為她沒在工作。

待在家裡帶小孩什麼時候變成一種罪行了？我也是在盡家裡的一份責任啊，而且這個做法適合我們家。

她得到的回應有些實在很惡劣，說她自私、懶惰、自命不凡、養尊處優。

艾咪把臉書關掉。她厭倦了人們總是去評論陌生人的生活。**大家都應該停止多管閒事，尊重別人的選擇**，她心想。

潔姬剛剛那番話使艾咪突然有個寫部落格的靈感。她打開網頁，登入《漫遊艾咪》，這是她當初認識傑米時就開始在寫的部落格。但是隨著兩人共度的時間越來越多，尤其是剛開始交往的時候，她用來寫部落格的時間就越來越少，最後她就完全不寫了。如果妳只是在酒吧裡或家裡的沙發上坐著看《X音素》，要寫出一篇〈本週末該在倫敦做的十件事〉當然很難。

她最後一篇文章是二〇一六年八月二十八日寫的，當時她跟傑米在一起才一個月：〈為什麼科茲窩小鎮是情侶第一次一起出遊的最佳地點〉。其實她並不真的覺得科茲窩小鎮是情侶第一次一起出遊的最佳地點。她只是因為自己想去那裡，所以才寫了這篇文章，張貼在部落格上，然後用個眨眼的表情符號把連結寄給傑米。

他從來沒回覆那則訊息，兩人也一直沒去科茲窩小鎮。

剩下的貼文都是老套的倫敦休閒生活指引，不外乎去哪吃喝玩樂、約會逛街等。她還記得當時她有多愛寫部落格，這給她一個週六早起的理由，然後去探索倫敦。她當時總一人開心地各處蹓躂吃喝，心裡知道自己這樣做是有一個特定的目的。照相、做筆記，讓週末的分分秒秒都充滿意義。**自己一個人**。然後，等到她終於有足夠的自信建立起部落格，開始在社群媒體上發表，她心中滿溢的成就感是前所未有的。

嗯，也許〈有關狐狸21個驚人的祕密〉那篇除外。

她已經忘了《漫遊艾咪》，但是她沒忘記她有多愛那個寫作的過程，這也是為什麼她去年開始為新部落格斷斷續續收集想法。潔姬之前那番話喚醒了她心中一個沉睡已久的種子，現在她有三十分鐘將它發表到網路上。

二十六

〈在愛情中要留意的99個警訊〉

嗨，大家好，我是艾咪．郝。或者說是在火熱節目《分手生存戰》上為了娛樂效果而在百萬觀眾面前被男友甩掉的可憐女人之一。

如果妳的分手過程在電視上播放給全國觀眾看，妳受得了這樣的羞辱嗎？而且是一舉一動都被拍攝下來，一字一句都被分析評論？還有讓妳的價值取決於是否能夠照顧寶寶、是否在面對不公批評時能夠保持冷靜、是否能時時刻刻都保持完美的髮型？我知道我努力掙扎過，但是我還在這裡，堅持不懈。

我差一點點（用手指比出距離）就離開這節目了，但是我非常高興我留下來了。過去兩週我對自己得到的理解，比過去整整兩年還要多。但是使我學到教訓不是那些任務跟挑戰。我學到的教訓來自於這份不可思議的友誼；我跟這群出色的女性所共同分享的經驗，遠遠勝過這個可笑的實驗。我們都擁有這份堅毅的性格，才得以留下來、撐過去，最後笑著離開。

我有點多愁善感。好，回到正題。

我從身邊這些朋友身上學到最重要的教訓之一，就是相信妳肚子裡的直覺比過分在意肚子的大小更重要。如果心底深處開始隱隱出現那種不安的感覺，我們應該仔細聆聽。我在這裡聽到的每一段關係，一開始破裂時幾乎全都有類似的特徵：

「我沒理會那些跡象。」

「我曾經聽到警鈴聲。」

「現在想想，我當初就應該分手了。」

「那是一個超級明顯的警訊。」

我現在領悟到，如果內心深處有個聲音悄悄對妳說某人不適合妳，聽從這個聲音有多重要——不要因為急於保住男朋友而不理會這聲音。如果這聲音告訴我他不會使我幸福，我應該信任我的直覺。

從今天起，我發誓要聽從我的直覺。為了不忘記這一點，我決定列出所有愛情中要注意的警訊，無論是在第一次約會或是第五十次約會。

在愛情中要留意的99個警訊

1. 他說他的前任是「瘋子」。
2. 他從來不道歉。
3. 他對服務生很無禮。
4. 他責怪妳愛家人比愛他還多。
5. 他每天除了妳不想跟任何人在一起。
6. 他總是拿妳來開玩笑。
7. 他討厭狗。
8. 交往六個月後他還不願跟妳討論未來。

9. 交往三個月後妳還沒見過他的朋友。
10. 他把妳的成就歸功於他自己。
11. 他盯著妳吃東西，甚至批評妳吃的東西。
12. 他為自己倒酒，卻不問妳是不是也要一杯。
13. 他根本不問妳任何問題。
14. 他問了妳問題，卻又不聽妳回答。
15. 他理虧，還裝成受害者。
16. 他根本無法跟妳平靜地討論，一旦意見不合他就氣得衝出門。
17. 他氣妳不想在凌晨一點跟他做愛，因為妳已經上了十四小時的班。
18. 他氣妳不想要做愛，無論什麼理由。
19. 妳想做愛時，他卻在做愛期間接電話。
20. 每件小事出錯他都怪到妳頭上。
21. 他總是在用手機，卻從不回覆妳的訊息。
22. 妳沒立刻回覆他的訊息，他就急得跳腳。
23. 第一次約會後他就說他愛妳。
24. 他不喜歡妳的朋友。
25. 妳跟朋友出門時，他老是傳簡訊給妳。
26. 他最愛看的影集是《宅男行不行》。
27. 他不讓妳看他的手機。

二十七是個奇怪的數字，但是各位讀者，很可惜我使用網路的時間已經到了。網路上的各位朋友，請協助我完成這份列表，在推特上貼上#**99個警訊**的主題標籤。保重！

愛妳們的艾咪

二十七

「我們在這裡的時間還剩下幾天啊？」吉瑪問，一邊把三明治裡的火腿挑出來，把麵包丟到盤子的一側。「誰想要我的麵包？」

「妳自己說妳要火腿沙拉三明治的，妳這傻瓜。」潔姬說，端著她的液態午餐氣泡酒坐下來。「到決賽還有十天。」

「這叫作無麵包三明治。」吉瑪說，用兩隻手抓起火腿、沙拉跟番茄。「我現在不吃碳水化合物。但是如果我把這些東西弄成三明治的樣子吃，我的身體就會覺得吃飽了。」說完她咬一口，番茄汁順著她的手流下來。「節食的訣竅全在控制腦袋。」她邊說邊用食指指向額頭。

「說不定這就是為什麼我從來不節食。」潔姬說，「我連考慮都沒考慮過。人們什麼時候開始痛恨碳水化合物了？」

「妳不節食是因為妳從來就不吃東西，妳只喝酒。普羅賽克氣泡酒全是糖，妳知道嗎？」芙莉用稍帶責怪的口氣說。

潔姬對芙莉吐個舌頭，又把酒杯倒滿。

「各位參賽者，現在請到客廳。」

「喔，時間到了。」潔姬嘟噥，一口氣吞下整杯酒。

「哈囉，女士們！」亞當．安德魯用過分高雅的語調大聲喊。頭上戴著一頂裝飾著鮮花的草帽，身上穿著一件與草帽相配的洋裝，手上端著一只茶杯。「大家都好嗎？」他問，拋了個媚眼又嘟了嘟嘴唇。

他正在一棟豪華古宅的花園裡享用下午茶。兩位女性來賓坐在他前面的長椅上，看起來像是剛從英國經典品牌《洛拉》一九九四年的商品目錄裡走出來。

「這兩條窗簾是誰啊？」潔姬問。

「今天呢，我們很榮幸請到兩位深諳高雅與禮儀的王妃，」他鞠個躬，舞動手指，叮的一聲把茶杯擺到桌上，「她們剛剛已經教會我一兩項餐桌禮儀喔。請熱情鼓掌歡迎來自《公主與淑女》的梅瑞迪．梅斯與潔米瑪．索瑪斯！」

鏡頭轉向一群在鼓掌的觀眾，一桌一桌分散在花園裡，每桌都擺著下午茶。他們全舉起茶杯歡呼。

「也非常歡迎我們抽獎獲勝的觀眾朋友，今天有幸來到肯伍德古宅，跟我與兩位特別來賓錄製今天這集非常高雅的《分手生存戰》。」

鏡頭轉向梅瑞迪與潔米瑪，兩人都直挺挺地坐著，對著鏡頭微笑。

「好啦，妳們兩位誰是公主？誰是淑女？」亞當邊問邊站起來，走過去，擠到兩人之間坐下來，兩人臉上都露出為難的表情。

「嗯，亞當，」左邊那位女士說，「我們兩人既是公主，也是淑女。在瑞士女子禮儀學校三年妳學會的就是這些。」

「非常好。啊，今天真享受啊！」說完亞當就抓起一個布朗尼，咬一大口，張嘴微笑，露出沾滿巧克力的牙齒，現場可以聽到梅瑞迪與潔米瑪倒吸一口氣。

吞下嘴裡的布朗尼，在鏡頭前剔過牙後，亞當又繼續。

「好，那跟我們說明一下我們的下一個挑戰吧，我只知道會很刺激喔。」

「好的，亞當。」梅瑞迪說，偶爾瞥向鏡頭。「你知道我跟潔米瑪在真實電視台上有個新節目，叫做《公主與淑女》。」

「每週日下午六點播出。」潔米瑪插嘴道。

「總之，《公主與淑女》是在鼓勵女性朋友重新發現她們的女性特質，擁抱她們溫柔的一面。粗俗的女性在英國文化裡已經盛行太久了，我們想喚醒優雅傳統的價值，重新鼓勵溫順的女性特質。」

「很高興聽到不是只有我這樣想！」芙莉露出微笑說，轉頭看大家期望得到認可，但是沒人有任何反應。

「這兩人是妳朋友嗎？」吉瑪問，站在電視螢幕邊，隔著運動褲抓了抓屁股。

「在《公主與淑女》裡，」潔米瑪繼續說，「我們決意找到英國境內嚴重破壞女性特質的人，那些缺乏禮儀、在大庭廣眾之下抓屁股、羞辱女性尊嚴的人。」

吉瑪立刻停下抓癢的手，轉身去看有沒有攝影鏡頭。

「那妳們在哪裡找到這些抓屁股的人呢？」亞當問。

「我們會突擊英國最黑暗最骯髒的角落。」梅瑞迪說。「像是週五晚上的土耳其烤肉店。」

梅瑞迪傲慢的口氣使花園裡的觀眾開始竊竊私語。

「找個男人上床吧！」有人喊。梅瑞迪一臉怒不可遏，扭頭去找聲音的來源。現場觀眾發出一陣嘲弄的大笑，亞當也努力忍住自己的竊笑。

「梅瑞迪說的對。」潔米瑪一臉鄙夷地說，「如果我們不注意，就會使進化的過程反過來。」梅瑞迪開始侃侃而談：「你應該看看我們協助過的女性。當初找到她們的時候，她們就跟動物一樣。但是我們教導她們如何穿著得體、如何口齒清晰，學會自重與高雅的重要性，最後她們也成為舉止端莊的淑女。」

潔米瑪接著說：「也難怪今天有越來越多的英國女性在她們最顛峰的年齡還是單身。她們想找到好男人，但是自己又像個野ㄚ頭，當然都把好男人都嚇跑了。」

一位現場觀眾大喊：「如果我不想要男人呢？」

梅瑞迪跟潔米瑪互看一眼，彷彿已經聽過這種藉口。

「如果有哪個女人跟你說她單身很快樂，就是在說謊。」潔米瑪說。

現場觀眾又開始譏笑，潔米瑪舉起雙手，說：「我們做過調查，這是真的。女人在這方面不敢說實話，因為她們不想讓自己看起來太絕望。但是我們並不害怕面對難堪的真相。」

艾咪轉向大家，說：「我可以很誠實地說我現在很高興自己單身，而且我沒有說謊。」

海蒂嗤之以鼻：「現在很高興？不如改成永遠吧。」

「你們儘管喝倒彩，但是等我們幫助這些參賽者改造完之後，她們會既有內在美，又有外在美。」梅瑞迪說。「我們會把她們轉變成優雅的淑女，使她們更有機會找到紳士級的終身伴侶，不會在她們懷孕的時候為了一個蕩婦把她們甩了！」

「梅瑞迪，別那麼誇張！」潔米瑪一臉尷尬地說。

現場觀眾裡有人把一個司康丟往梅瑞迪的頭上，掀翻了她的帽子，在她的額頭上留下一團鮮奶油。只見她倒吸一口氣，立刻站起來快步走離現場，一路上躲避更多朝她飛來的蛋糕。

「等一下，回來！梅瑞迪！」亞當邊笑邊喊。「親愛的觀眾朋友，請守點規矩，誰再丟東西，誰就會被趕出去。」

「等他們不丟東西了，我才回來！」梅瑞迪大喊，鏡頭拉近她的臉，只見她躲在一棵樹籬後往外瞧。

「那好吧，不過我們時間有限，因為我們是現場直播喲！那只好先不等妳了。潔米瑪，能跟我們的參賽者說明一下今天的挑戰是什麼嗎？」

「當然，亞當。」潔米瑪說，「今天的挑戰叫做《她不美嗎？》。這個挑戰的目的是證明我們的參賽者也可以留下一個持久的美好印象。」

「那實際的做法是怎麼樣？」

「很簡單，亞當。五位女士，五位男士，五場下午茶。每位參賽者都會各自舉辦一場十分鐘的下午茶，這十分鐘內她們的客人會提出各種問題，考驗她們的禮儀知識。首先呢，我們的參賽者要先選一套合適的衣著。再來，要選一套合適的茶點，然後完善地準備好。最後，她們在下午茶當中會有個簡單的測驗，來證明她們知道什麼是恰當得體的言行舉止。這個挑戰最棒的部份就是我們會為參賽者們準備一批全新的服裝，在此特別感謝《美人派》的熱情贊助，也謝謝《威特羅絲》熱情贊助下午茶所有的食材跟用品。此外，我們還特別準備了幾個意外狀況喔！」

「那妳在衣著風格上有沒有什麼建議要給我們的參賽者？」亞當問。

「當然。我通常會遵守三個基本原則。第一，穿裙子或穿洋裝。這樣比較高雅，而且可以強調出男性都喜愛的女性曲線。第二呢，露越少愈好。如果穿著太暴露，對方會覺得妳除了想引起他的注意，還想引起其他男人的注意。第三，面帶微笑。微笑是國際共通的語言，能夠表現出妳的友善，而且不用額外花錢。」

「她講的話妳全信嗎，芙莉？」潔姬轉向芙莉問。

「我知道妳大概不想聽，但是她說的沒錯。如果妳袒胸露背的，就像是想讓大家都盯著妳看，男人就不會覺得妳適合當老婆。」芙莉嘆口氣。「現在辱罵跟死亡威脅又來了……」

「好啦，各位參賽者，妳們知道現在要做什麼了。」亞當說。「下午茶需要的食材跟用品會在下午三點送到前門。不要又為了小事吵架喔——我太了解妳們的個性啦！」

二十八

叮咚……。

前門外擺著好幾個《美人派》的箱子，每一個箱子都附有一張紙條給每一位參賽者。

親愛的艾咪：

很希望妳會喜歡妳的《美人派》新衣！禮盒裡有好幾款最新的夏裝，都是一般消費者還沒見過的！妳的任務是選出最適合的一套，穿著它去參加一場傳統的英式花園下午茶。不用緊張，我們的時尚專家從節目一開始就在觀察妳，知道妳穿十二號一定會很合身。

我們真等不及看到妳會選哪一套！

妳在《美人派》的粉絲　ＸＸＸ

艾咪欣喜若狂地衝進臥室。她一直渴望能有幾件新衣服穿。她聽著其他人在周圍反應不一地拆開紙箱。她扯開箱子，一眼就看到她想穿的衣服。

「吉瑪，妳這樣穿好漂亮！」艾咪回到客廳時說，只見吉瑪在鏡子前面轉過來轉過去，檢視身上那套裝束的每一個細節。她穿著一件栗色的洋裝，高領蕾絲的上半部，修長飄逸的壓摺裙，隱隱露出腳踝。她臉上的表情顯示她恨透它了。

「我看起來又無聊又落伍。」她嘟噥道，「我才不管這兩個拘謹刻板的公主淑女怎麼說——

不露出肌膚就是不性感！」

「吉瑪，一個老公最不想要的，就是老婆在下午茶上穿得太性感。他們想要的是古典、低調、高雅。」芙莉嘆口氣，不理會吉瑪的怒視，自己轉過去看鏡中的自己。她穿著一件紅色的高領短袖及膝小洋裝，上面印著白色的蝴蝶圖案。「我不確定這件好不好。紅色有點太……大膽了吧。大膽不是漂亮。」

「那這件漂亮嗎？」潔姬昂首闊步地走進客廳，修長的雙腿從一件螢光綠的連身褲裝下伸出來，腳踩一雙金色的高跟鞋，使她整整高了十公分。

「噢，我的天啊！妳看起來美呆了，寶貝！」吉瑪大叫。

「噢，別又來了。」芙莉瞪著潔姬說。「如果妳們根本不認真看待這些挑戰，舉辦這些挑戰又有什麼意義？妳不能穿這樣去喝下午茶，太荒謬了。」

「但是如果這些挑戰本身就這麼荒謬，認真看待這些挑戰又有什麼意義？」潔姬滾到沙發上，學維多莉亞．貝克漢把一隻腿高高抬起。

「我猜我就是應該選這件。」芙莉說，舉起一件白色的長袖過膝圍裹式洋裝，前面有抓褶飾邊。「看起來好像新娘禮服。」芙莉笑著說，看著鏡中的自己做白日夢。

吉瑪開始在箱子裡重新翻找，一下拉出蕾絲，一下又抓出天鵝絨。她大吐一口氣，然後氣沖沖地走向廚房。

「這樣穿可以去喝下午茶嗎？」海蒂問，一邊走下走廊的階梯，停在底層，一臉期望地看著大家。「我從來沒去喝過下午茶。」

她穿著一件非常合身的天藍色短洋裝，搭配亮眼的桃紅色皮帶與相襯的低跟楔形鞋。

「噢，海蒂，妳好漂亮啊！」艾咪大叫。

海蒂的雙頰立刻變得跟身上的皮帶一樣紅。「它還有口袋喔！」她開心地展示給大家看。

「太辣了啦，海蒂！」從廚房裡走出來的吉瑪大喊，手上拿著一把剪刀。「還是我應該叫妳辣妹海蒂？」

「吉瑪，不要！」芙莉大喊。

太晚了。吉瑪已經用剪刀劃過她腿邊的布料，轉眼就把身上的中長裙變成迷你裙。

「這樣就更像我的衣服啦！」說完她眉開眼笑，在鏡子前面轉動黝黑的雙腿。

回到臥室，艾咪試穿她選好的裝束。一件白色的圍裹式長版洋裝，印著珊瑚紅小碎花，雪紡紗長袖剛好遮住她的手臂。非常合身。艾咪暗暗希望等她離開時，可以把這批衣服一起帶走，因為這件洋裝是在普吉島上晚間外出時的絕佳選擇。

海蒂突然出現在她身邊，滿臉憂慮。

「怎麼了，海蒂？」

「我們全在忙著試穿衣服，都沒想到最重要的事。艾咪，我們到底在為誰穿著打扮？」

每位參賽者都坐在自己的小桌子邊，等著客人抵達。

「他們已經找過我們的前男友上節目了，今天不可能又把他們找來。」潔姬說。「我希望他們會找《舞棍俱樂部》的演員。」

「或是幾個單身的名人。增加收視率！」吉瑪興奮地大喊。

「親愛的，我覺得他們大概不需要擔心收視率，不過妳說的也有可能。」潔姬瞥向芙莉。「我的天啊，妳們看看她多起勁！真訝異他們還不需要幫她換電池。」

「潔姬。」艾咪輕聲說，把手指舉到嘴唇邊。

芙莉的下午茶準備得比大家都豐富好幾倍，不過大家毫不訝異。之前，她把擺出來的黃瓜三明治用一條冷藏過的濕布蓋起來保鮮時，她就說過她在夏天每個月都會辦一場下午茶。賣相看起來最差的是潔姬，毫無疑問。她只用了不到五分鐘就把茶點準備好：白麵包片塗奶油加糖、一盤水煮蛋跟一碗薯條。

「怎麼了？」她問芙莉，芙莉正瞪著她的茶點。「這代表我的童年，我想讓我的客人了解我是從哪裡來的。」

艾咪的茶點還算可以。她知道下午茶通常會有什麼茶點，但是她不是芙莉。她決定準備幾樣自己愛吃的餐點：迷你乳酪法式鹹派、乳酪司康跟迷你乳酪蛋糕。她本來想做三道鹹的乳酪點心，但是後來發現她還是需要一樣甜點。

海蒂似乎根本不在意有沒有甜點，而且她是廚師。她準備了蜜汁小香腸、香腸肉餡捲跟豬肉餡餅。她的理由是：「男人愛吃肉，不是嗎？」此刻她桌上的小香腸似乎比之前少了一些。在艾咪看到潔姬轉移海蒂的注意力，吉瑪趁機偷了幾根時，她就了解為什麼了。

砰！

「嗨，女士們，大家都好嗎？」一個身材健壯、穿著緊身V領上衣的男人走進花園大喊，後面跟著幾個同樣也肌肉發達的男人。

「杰森！」吉瑪大叫。「你在這裡幹什麼？我不想見到你！」她交叉起雙臂，低頭看膝上，掩飾臉上的微笑。

「唉，寶貝，妳不能這樣迎接客人吧？」他嘻嘻笑，張著嘴嚼口香糖。「輕輕擁抱一下吧？」

「噢，滾開吧，你這傻瓜。」吉瑪嘟囔。「等一下，那不是……？」她望向杰森身後，句子說到一半就頓住了。

沒錯，是《單身老爸》裡的瑞克。去年他在節目裡去上課學怎麼在上學前為女兒綁頭髮，深深擄獲了女性觀眾朋友的心。

「妳好嗎，吉瑪？我是瑞克，我今天好像是妳的客人。」

「唉，太好了，瑞克！」她伸出雙臂，輕擁他龐大的身軀。杰森咳嗽一聲，低下頭。

「別那麼緊張，杰森，就只是擁抱一下而已！」

「我根本沒緊張！」杰森抗議道。「再說，我今天下午是跟可愛的艾咪有約。」他對著艾咪微笑，露出白皙的牙齒。

瑞克並不是唯一一個大家都熟悉的臉孔。海蒂的客人是健康與健身網紅@二頭肌與莓果。艾咪之所以會認出他，只是因為傑米很迷他的蘑菇茶。海蒂不會知道他是誰，也不會知道他是純素主義者。他對海蒂勉強露出一個微笑，在海蒂肩上友善地拍了一下。海蒂也隨之拍了一下他的肩膀。這場約會沒救了。

「好啦，潔姬，我是迪諾，很高興認識你。」一個身材矮小但肌肉結實的紅頭男子說，向前踏兩步，伸出一隻跟他粗壯的手臂相比太小的手。

比他高出一大截的潔姬小心翼翼地與他握手。

「嗯，我不知道妳怎麼想，」他說，「但是我很高興我們馬上就可以坐下來，否則我們兩人的脖子都會很累。」潔姬聽了立刻放鬆下來，露出微笑。

「你參加過《全英單人脫口秀》這節目，對不對？」

「沒錯，去年第二名。所以啦，我是很幽默，但不是最幽默的，抱歉。」他聳聳肩。

「親愛的，我的確需要好好笑一笑。」潔姬答道，對著他們的桌子點點頭。

節目製作小組一定是想開個玩笑，特意為芙莉找來《連續罪犯》裡的葛斯當客人。艾咪很吃驚他居然還能上電視，畢竟去年他還被警察追捕。不過他犯的罪都不算嚴重，只是幾起無足輕重的偷竊。

「你好，我是芙莉。」芙莉用發顫的聲音說。「我猜你是我的客人。」

葛斯露出微笑，露出四顆金色的門牙。芙莉倒吸一口氣。

葛斯招牌的骷髏頭刺青使他看起來比實際上還嚇人。那骷髏頭占滿了整個剃光的後腦勺，就像第二張臉。他們在對面的桌子坐下時，艾咪總覺得那骷髏頭在盯著她。

「妳好，初次見面，請多指教。」杰森問，拉回艾咪的注意力。

「謝謝。你好嗎？」

「噢，天啊。」杰森在一張卡片上寫些什麼。

「怎麼了？」艾咪問。

「如果有人跟妳說：『你好，初次見面，請多指教』，正確的回答是……」

「『你好，初次見面，請多指教』。」艾咪嘆口氣。「我知道，但是現在沒有人這樣說了啊。」

「我知道！我這輩子從沒這樣講過。」杰森壓低聲音說。「其實這裡的問題我沒有一題答得出來，所以，祝妳好運啦，親愛的。」他露出微笑，去看吉瑪。

「為什麼你是今天唯一來上節目的前男友？」艾咪問。

「我一開始就跟他們說，除非吉瑪在場，否則無論是誰我都不跟她約會。我提出的條件就是這樣，還白紙黑字寫進合約了。我不只是臉蛋漂亮，是吧？」杰森嘻嘻笑。

杰森很明顯仍舊愛著吉瑪。而且艾咪猜這感覺不是單向的，因為她看到兩人不時往彼此的方向瞥一眼，但每次都互相錯過幾秒鐘。

還沒開始進入正題，杰森又開始做筆記了。看到艾咪一臉困惑的樣子，他又壓低聲音說：「妳沒馬上把餐巾鋪在膝上，抱歉。還有，」他邊說邊往桌下瞧，「不要翹二郎腿。妳應該兩隻腿靠在一起，腳放在地上。該死的上流社會，真的。全都是老古板。不過規則就是規則，艾咪，抱歉了。」

艾咪把翹起的腿放下來，把餐巾鋪到膝上，然後望向其他人，看看自己是不是還忘了什麼。望向芙莉時，她聽到芙莉正在教她的客人餐桌禮儀：芙莉禮貌地告訴葛斯，他不能伸手去拿遠方的雞蛋水芹三明治，而應該禮貌地請她遞給他。

「但是這很燙耶！如果我不吹，會把嘴巴燙傷啊！」海蒂大聲地對她正在做筆記的客人說。「我根本不知道你還不能把太燙的食物吹涼，什麼笨規矩啊。」

艾咪把頭轉回來看杰森，等著下一道問題，只見杰森又在做筆記。

「又怎麼了？」

「妳的叉子，擺在盤子上時叉齒朝下，沒朝上。」

「噢，饒了我吧！」她嘖一聲，把叉子轉過來，然後看著杰森。

「你還愛著吉瑪，對不對？」

他把手上的卡片放下來，開始玩弄面前的叉子。然後他抬起頭看艾咪，揚起眉毛。「有這麼明顯嗎？」他平靜地問。「沒錯，我真的很想念她。謝天謝地我每天都可以在電視上看到她，這樣我就知道她很好。妳知道嗎？我其實很內疚把她送到這裡來，但是我真的覺得這樣對她會有好處。暫時分開一下。不是跟我分開，而是跟她那該死的手機分開一下。前幾天有人跟我說他在做數位排毒，我覺得這其實有點類似。再說，我真的希望她花點時間好好思考一下，過去這幾個月她的粉絲暴增後，她變得有多沉迷手機。我真的很愛她，我覺得她很特別，我對於她這麼努力工作感到再驕傲不過了。但是我覺得她需要找到一個平衡，而且我不是唯一一個這麼想的人。我跟她爸媽也討論過，他們也贊成我把她帶到這裡來。這就有點像……叫什麼來著？對，一種介入。我只希望她會原諒我。」

杰森看著自己的盤子說這番話時，艾咪看到吉瑪又往他的方向瞄了一眼。

「我覺得她應該會原諒你，杰森。」

「她有跟妳說什麼嗎？私下跟妳偷偷說？」他一臉急切地問。

「有啊，她總是在說你。」艾咪撒謊。

杰森露出一個好大的微笑，臉頰也開始泛紅。

潔姬那桌突然響起一陣笑聲。迪諾的笑聲是那種超有傳染性的笑聲，能像野火一樣馬上就擴散開來。只見兩人的臉都笑到擠成一團，眼淚都流出來了。潔姬甚至滑下椅子，跪在地上抱著肚子。

「對不起，但是實在太好笑了！」她勉強邊笑邊說。「他剛說我應該把魚子醬存放在香檳酒杯裡！」說完她又哈哈大笑起來。

兩人的笑聲開始在花園裡蔓延開來，不到幾秒鐘，其他人也全都在抖著肩、流著淚狂笑。在這麼流於形式的場合裡，不跟著一起笑根本不可能。艾咪把頭轉向芙莉時，很高興看到芙莉也被感染了。就連那顆骷髏頭也張著嘴在快活地上下擺動。

大家成排地坐在沙發上，看著一臉不悅的公主與淑女雙臂交叉、嘴角下彎地瞪著亞當。

「晚安，各位參賽者。經過今天下午的花園午茶大笑派對後，希望大家現在都恢復正常了？有沒有人學到什麼禮儀啊？有沒有人覺得自己現在更有禮貌、更有修養啊？公主、淑女，妳們的判決呢？」

「亞當，沒有一個人認真看待這場挑戰，所以我們實在很難判決。但是我們已經做出承諾了，所以我們會盡力。」

「有妳們在這裡真讓人開心。」亞當稍帶諷刺地說。「我們來回顧今天下午的經過吧？」

螢幕上開始播放一段剪輯好的影片，內容有司康擊中梅瑞迪臉部的慢動作特寫；參賽者穿著新衣服互相展示；吉瑪把裙子剪掉一半；海蒂一語不發地坐在@**二頭肌與莓果**對面；潔姬大笑著跌到地上。最後一幕則是杰森與艾咪的對話。

「我真的很愛她，我覺得她很特別，我對於她這麼努力工作感到再驕傲不過了。」

「哇，吉瑪，好感人喔。」海蒂說。「你們兩人會和好如初吧？」

「不知道，也許吧，再看看。」吉瑪微笑說，聳聳肩，把唇蜜抹到嘴唇上。

「杰森，別再說了，不然我們都要哭啦！」亞當使個眼色說。「好啦，現在回到我們的評審這邊。公主、淑女，妳們有什麼評論？」

「嗯，儘管最後她在潔姬的單人秀上也跟著大笑，被我們扣了點分，」潔米瑪說，「但是最具備優雅態度、接待技巧與餐桌禮儀的參賽者無疑是芙莉。恭喜妳，芙莉！她是最出色的參賽者。為了獎勵她的努力，明天晚上她將贏得一頓三道式的兩人晚餐，而且是由一位米其林大廚親自準備。」

現場觀眾歡呼起來。

「我們還沒說完。」梅瑞迪大喊。「我們還有一個潑婦獎，這個獎項只能頒給表現最差的潔姬了，因為她對這項挑戰沒有一絲尊重。衣著不得體、茶點太噁心、行為太放縱，任何高尚優雅的場合都會把她趕出去。真的，我覺得潔姬沒救了。我真不懂她怎麼還在這節目上。」

隨著梅瑞迪的批評尖刻起來，觀眾開始喝倒采。她的表情緊張起來，雙手舉到半空中，就怕又會被觀眾丟東西。

這時芙莉站起來了。

「我有個問題。」她說，但是聲音不夠大，因為亞當又繼續說話了。「哈囉，我有個問題。哈囉！」她喊，同時揮動雙手。亞當終於注意到她了，然後請大家安靜下來。

「親愛的觀眾朋友，安靜一下！我們的獲勝者好像有話要說喔。芙莉，妳要問什麼？」

「我可以帶人參加米其林大廚準備的三道式晚餐嗎？」

「當然啦！」

「那我想帶潔姬去。」她轉頭去看一臉驚愕的潔姬。

「哇，真感人，是不是，各位觀眾？」亞當說。「我真想放一群鴿子到天上耶。但是可惜的是，我今天晚上要放的不是鴿子。」

觀眾全惋惜地「喔……」，只見亞當走到鏡頭前，參賽者們則緊張地面面相覷。

「因為，各位先生女士，今天晚上我要放走的是其中一位參賽者。」

二十九

亞當站在舞台的後方，身後一面超大的螢幕，螢幕上有個長條圖，長條圖下是她們五個人的名字：芙莉、海蒂、艾咪、潔姬、吉瑪。每個人的長條都還在圖表的底端。

「好啦，各位觀眾朋友，今天晚上就輪到我們攝影棚的觀眾來從他們座位前的按鈕來票選。今晚誰會被淘汰？芙莉是最受稱讚的女主人，但也會是得票最多的參賽者嗎？或者是愛吃豬肉餡餅、超級健談的海蒂？還是健身女王吉瑪？或是潑辣的潔姬？最後，誰又能忘了我們的鄰家女孩艾咪？有人說她太無聊，但是也許郝小姐這一回運氣真的好。等一下，該說小姐還是女士？女士聽起來有一點太老了吧？不過你們也知道，俗話說的好，要是批評中肯切實……攝影棚內的觀眾朋友，只有你們有力量挽救你們最喜愛的參賽者。該是時候把手指放在你們面前那五個按鈕上了。你們有三十秒的時間可以決定要讓哪個參賽者留下來。**準備好了沒？**」

五位參賽者在沙發上互相靠攏，牽起手。一切發生得那麼快，她們根本沒時間整理思緒，也沒時間擔憂誰在五分鐘後會被淘汰。人氣排行榜是她們唯一的線索，而此刻海蒂是最後一名。但是艾咪見識過最後一分鐘內可能發生什麼轉變，因此也沒有理由認為現況不會突然改變。

「票選開始……三、二、一！」

倒數計時開始，螢幕上的長條開始速度不一地往上升。

芙莉、吉瑪跟艾咪的長條開始往上衝。五秒鐘後，艾咪的長條開始慢下來。之後吉瑪的長條也慢下來。接著芙莉的長條也慢下來，最後到達頂端。海蒂跟潔姬的長條也在升高，但是跟其他三人比起來根本是龜速。

「噢，親愛的觀眾朋友，看來潔姬跟海蒂兩人不相上下喔！」亞當大喊。「好啦，各位先生女士，到底誰會被淘汰？只差一票，就決定哪一位參賽者會出局！」

還剩五秒鐘，兩人還是不相上下。

「女士們，」潔姬，「很高興能跟妳們共度這段時光，嗯，至少其中部分的時光。那頓晚餐想必一定會很棒。」

只剩三秒鐘了。

乒！

潔姬在最後一秒鐘超越過海蒂，螢幕上的圖表爆開來，拼出海蒂的名字。

「真是有夠緊張刺激！各位觀眾朋友，你們還真懂得怎麼讓我們的參賽者到最後一秒鐘還緊張兮兮耶！」

參賽者們抹去眼中的淚水，圍住海蒂。

「別哭了，女士們。」海蒂微笑說。「我已經準備好離開了。妳們是我這輩子遇過最棒的事了。只要再過……」她伸出手指數，「……十天，我就可以在外面再見到妳們了！」

「芙莉、潔姬，請在十五分鐘後到祕密花園就坐。」

「潔姬，妳至少可以花點心思吧。」吉瑪裹著毛巾快步走向沙發。此刻是海蒂出局後的晚上，芙莉跟潔姬正在為兩人的晚餐約會著裝打扮。「芙莉特別穿了一件新洋裝，而且還把頭髮吹過了。我沒有其他的意思，但是我如果食物中毒、月經來了，才會穿妳這身裝扮。我不會穿這樣去吃豪華晚餐。」

潔姬笑著站起來，低頭看身上那套寬鬆的棕色運動褲配寬版T恤。

「呃，首先呢……褲子有彈性就可以吃更多。再來呢，這也不是豪華晚餐。這根本就是假晚餐。假餐廳、假朋友。女士們，虛偽的芙莉根本不是出於好心才邀請我。她這樣是為了贏得觀眾的選票。妳們看不出來嗎？她做每件事都是有目的的……」

「潔姬！」艾咪低聲喊，眼光射向臥室門邊。

「……太明顯了。她根本不在意我，也不在意妳……」

「**潔姬**，」艾咪稍微提高音量，「別再說了。」

芙莉站在臥室門邊，瞪著她們三人。

潔姬咳嗽一聲，坐下來，芙莉則穿過客廳，走向廚房。一身飄逸的桃紅色印花洋裝與粉紅色高跟鞋，頭髮咻咻地晃動，看起來就像真人廣告一樣。她在廚房門口轉過身來。

「潔姬，要我等妳嗎？」

潔姬根本不看著芙莉。「不用了，室友。待會兒在花園裡見。我想先喝點餐前酒。」

艾咪跟著芙莉走進廚房。

「潔姬，妳剛真的有點太過分了。」吉瑪的聲音從客廳傳來。

芙莉轉過身來。艾咪本來以為會看到淚水，但是芙莉看起來非常平靜。

「我確定潔姬不是在說真心話。我覺得她只是很難信任別人。」

「我確定她在說真心話，但是我可以接受。她根本不了解我，也沒有一次嘗試了解我。每次我們兩人單獨在一起，她就走開。如果我問起她的生活，她就假裝沒聽到。這頓晚餐的目的就在此，艾咪。我不是想贏得觀眾的選票，我是想利用這個機會跟潔姬單獨在一起，然後好好地交談。如果有哪個人了解我，但是不喜歡我，那很公平。但是如果有哪個人根本不了解我，就說不喜歡我，那就太不公平了。」

「妳心胸真寬大，芙莉。」

「這叫做成熟，艾咪。不過我不是在批評妳，我保證。」芙莉露出微笑，一手搭在艾咪的肩上。「謝謝妳來關心我。祝我好運吧！」

不知為什麼，艾咪覺得芙莉並不需要好運的幫忙。

「噢，我的天啊！我想吃迷你龍蝦三明治！」吉瑪哀叫，一邊把乾巴巴的披薩邊丟到盤子上，在緊身褲上抹抹手。

「這一定是冷凍披薩。」艾咪說，把披薩邊扯成兩半，看著餅皮上的麵粉飛到空中。「這是真的火腿嗎？」

「大概不是。真的火腿會馬上讓我胃痛，寶貝。呸！」

吉瑪跟艾咪正坐在沙發上，在電視上追蹤芙莉與潔姬的晚餐約會。到目前為止，晚餐進行得還算順利。沒有人大叫，沒有人把酒潑到對方臉上，兩人也沒有趴到桌子上去掐對方的脖子。晚餐一開始潔姬就為自己之前說的話道歉了，芙莉也欣然接受，使氣氛從一開始就友善多了。此刻，兩人正在討論潔姬當初被迫離開公司的過程。芙莉不斷在搖頭，眼中流露出真誠的悲痛。

「我累壞了，艾咪。」吉瑪大聲打了一個哈欠說。

「我也是。我們還需要繼續看嗎？我本來以為這頓晚餐會一波三折，如果有緊急狀況我們還要插手處理。別誤會，其實我很高興我們不需要插手。我很開心她們現在在男女同酬上有個共同的話題。我根本不知道這還是芙莉當初自己開診所的原因呢。我想是有道理吧。不知道潔姬會不會想自己開公司？妳覺得呢？」

沒有回應。艾咪轉過頭，看到吉瑪已經張著嘴睡著了。

「天啊，說不定我這個人是真的很無聊。」艾咪輕聲說，坐直，伸個懶腰。「吉瑪，吉瑪，醒醒，該上床睡覺了。」

吉瑪像個殭屍站起來，腳步蹣跚地走進臥室。

刷牙的時候，艾咪納悶明天屋裡的氣氛會有什麼轉變。只剩下她們四人了，任何緊張的關係似乎都會被放大。芙莉跟潔姬今晚到底會不會握手言和？

她刷牙刷到一半突然停下來。

什麼聲音？

她又開始刷牙，但是刷得稍微慢一點。然後又停下來。

有人在大吼大叫。

「吉瑪，妳也聽到了嗎？」她從浴室門口低聲問。吉瑪只動了一下，此外就沒反應。

又一聲。絕對是有人在大叫，而且越來越大聲。我就知道，**這頓晚餐是一場悲劇**。艾咪匆匆跑進客廳，打開電視。祕密花園是空的，桌子已經收拾乾淨了。

「芙莉？潔姬？」她大喊，一邊走進廚房。「妳們在嗎？」

她又聽到一聲大叫，心臟砰砰作響。聲音是從花園裡傳來的。她慢慢推開滑門，往外瞧。

只見潔姬跟芙莉坐在夏威夷風情酒吧。潔姬手裡握著一杯香檳酒，輕輕地晃動。芙莉彎著腰，但是接著就坐直身子，面帶微笑。不是微笑，應該說是大笑。兩人都在狂笑。

艾咪把滑門關上，躡手躡腳回到臥室，臉上掛著微笑，心中飽含溫馨。之後的九天應該會很好過。

前提是她能待到最後。

最後一週

Last Week

三十

「我真不敢相信只剩下七天了。」芙莉上氣不接下氣地咕噥。她一動也不動地躺在草地上，一台攝影機則繞著她移動，不停地照相，彷彿她就是犯罪現場。

「加入我吧，艾咪？」芙莉大喊。「海蒂不在了，只有我一個人有點無聊。」

「妳怎麼會覺得我想運動？」艾咪說，一邊用手摸摸身上那套全新的緊身運動衣。「而且我十分鐘後就要跟希克醫師會談了，時間不夠。吉瑪在哪裡？」

「她今天不太舒服。」芙莉邊說邊坐起來。

艾咪雙臂交叉著在餐廳裡來回踱步，等著時鐘的分針走到十二，好去打開治療室的門。她瞄了一眼人氣排行榜，頓時停下腳步。她在第一位。怎麼可能?她環顧四周，想看看有沒有人在附近，但是大家全在屋外。她走去餐廳一角，瞇眼望向粉絲留言板尋找線索。幾條新留言正出現，她可以看到自己的名字，但是看不清楚全文。她皺起眉往前靠，這時她聽到希克醫師喊她的名字，要她進治療室。

「哈囉，艾咪，請進。」希克醫師露出微笑，翻動手中的文件。「妳好嗎?」艾咪坐下時他問。

「我現在感覺真的很好。我覺得我已經有好幾年沒這麼快樂過了。」

「很高興聽妳這麼說。再多說一點吧。」

「我晚上睡得跟小寶寶一樣好，早上很早就起床去看日出，看日出一直是我最喜歡做的事。我現在真的很享受獨處的時光，身邊有三個室友也還在我以可接受的範圍內。空氣感覺起來完全不一樣了，而且我對自己接下來要做的事有很自在的感覺。我再也不害怕回到單身的狀態，事實上我還感到有點興奮。每次一想到我現在完全自由了，可以做我想做的事，可以去我想去的地方，可以說我想說的話，做我想成為的人，我就會不禁在心裡微笑。當然這要等到我先從這裡離開。但就好像有個沉重的負擔突然不見了，所有的壓力都消失了。我真不知道我以前為什麼那麼怕回到單身狀態。」

「什麼樣的壓力？」

「很多種。像是擔心對方是否快樂的壓力。我再也不需要擔心傑米過得好不好——現在我只需要擔心**我過得好不好**。還有兩個人在一起久了之後所產生的壓力。我再也不需要擔心別人怎麼想，也不需要找藉口解釋我們為什麼還沒訂婚。或是必須花時間跟對方相處的壓力，結果留給自己的時間就更少了。現在我的時間全是**我自己的**。我要去做任何可能的事、去做所有可能的事。找出什麼會真的使我快樂。找出我是誰、找出我想成為什麼人。也許我生命中的最愛不是男人，而是亞洲某處一座祕密海灘。或許是我的寫作。也或許就是我自己，雖然聽起來有點自私。」

「我覺得聽起來充滿了自主權。」

艾咪露出微笑。

「艾咪，我很高興妳不再害怕回到單身狀態，但是妳也不該害怕再談戀愛。或是覺得妳必須單身才能達到妳的目標。理想的對象應該要協助妳實現這些夢想，而不是逼妳放棄夢想。」

「我覺得我要先想清楚什麼最重要。如果世界上真有一個適合我的人，也許有一天我們會相遇，但是如果我們沒相遇，呃，我還有……網飛，或是旅遊，或是乳酪。我並不害怕再談戀愛，我只是想暫時把精力放在我自己身上。我已經很久沒好好照顧自己了。」

「聽起來很明智。我讀了妳的貼文。妳的貼文現在在網路上很紅喔，妳應該很高興聽到這件事吧。妳想談談妳的貼文嗎？」

「我的貼文？」

「〈在愛情中要留意的99個警訊〉，妳列出了一長串清單。嗯，這應該是妳在節目進行期間唯一能夠刊出的貼文。」

「你怎麼會知道這則貼文？」

「網路上都在討論，艾咪。我很訝異妳還沒去看粉絲留言板。妳掀起了一股風潮。似乎每個人都在社群媒體上用小紅旗的表情符號分享他們注意到的警訊。連電視節目《早晨十點》也在談這件事，好像在討論最紅的主題標籤那一段。」

「我根本不知道還有小紅旗的表情符號咧。」艾咪輕聲說，心臟開始在胸膛裡砰砰作響。她不敢相信她那愚蠢的小部落格除了她媽跟莎拉外還有別人在看。「那這又代表什麼呢？」

「嗯，我覺得這表示很多人深有同感。他們開始注意到男女關係中的問題，意識到這些問題雖小，卻可能象徵著更深層的衝突。我覺得這本身是一件好事。我們不應該忽視男女關係中的問題。但是有一點倒是讓我有點擔心。」他把手中的文件放下來，交叉起雙腿。「我擔心這會導致太多的過度思考，也就是過度分析自己說出來的每個字，過度觀察自己的每一個舉動，就怕犯下任何一個小錯。我覺得這樣也不健康。」

艾咪揚起眉毛。「你這話聽起來就像是在說《分手生存戰》。」

他盯著她幾秒鐘。「嗯，沒錯，我想妳說的沒錯。」

艾咪離開治療室後，立刻趕到粉絲留言板前，發現大家正在觀看不停湧進的粉絲留言。每則留言在最後都附上＃99個警訊的主題標籤。

@艾里納莉　如果他第一次約會就送妳十束玫瑰，然後隔天又送妳十束表示感謝　＃99個警訊　＃分手生存戰

@維奇　如果她整個晚上都盯著自己的手機看，只顧著給食物、餐廳、自己、跟你照相，還有照她——自己一人——坐計程車回家　＃99個警訊　＃分手生存戰

@珍妮班二十　如果他老是在開玩笑，什麼都不願意認真看待——像是我們之間的關係　＃99個警訊　＃分手生存戰

@阿里翰茗三號　如果他跟妳說他叫大衛，結果妳看到他護照上的名字其實是布萊恩　＃99個警訊　＃分手生存戰

@天使零零　第一次約會時去上個廁所，回來時發現他在讀我手機上的訊息。更糟的是，他讀到的是我傳簡訊給朋友要她們來拯救我的回覆！　＃99個警訊　＃分手生存戰

@西緬醫師　如果她在交往一個月後的月底傳給你一張清單，列出她付過的費用，然後要你平均分攤　#99個警訊　#分手生存戰

@艾瑪瓦茲七十五　如果他泡澡時還讓他媽進浴室跟他聊天　#99個警訊　#分手生存戰

艾咪感到一股自豪的情緒拂過她的內心，因為她了解到自己創造了一個有意義的東西。一個重要的東西。一個能夠幫助人們的東西。這恐怕是這輩子第一次。

三十一

吉瑪躺在床上呻吟。

艾咪坐到她床邊。「吉瑪，已經十一點半了，妳現在不是該在做運動嗎？」

「吉瑪之前吐了。」芙莉端著一杯薑湯走進來。「而且吐得很嚴重。薑湯應該會有幫助，但是如果她還繼續嘔吐，我們就得跟節目製作人說。」

「我已經覺得好一點了。」吉瑪接過薑湯說。「我跟妳們說，一定是昨天晚上那該死的冷凍披薩，我就是那時候開始肚子怪怪的。」

「吉瑪，我知道我們對很多事情看法都不同。」芙莉邊說邊在另一側的床邊坐下來，一手放在吉瑪的腿上。「但是我是醫生，讓我幫妳好好檢查一下，我可能可以查出什麼，或者至少幫妳補充水分。」

「好吧。」吉瑪有點不情願地說。「謝了。」

「艾咪，讓我們獨處十分鐘好嗎？」

芙莉快步走到自己床邊，把手伸到床下，拉出一個大醫藥箱，就猶如仙女保母瑪麗・包萍一般。她打開醫藥箱，開始興奮地在裡面翻找。這不是她們認識的芙莉。這是一個完全不同的芙莉。一個自信、能幹、堅決的芙莉。也許一直到幾年之前，她一直是如此。也許她現在仍是如此，只是掩藏在那個快樂的家庭主婦外表之下。

艾咪走出臥室，讓芙莉大展身手。

潔姬正四肢著地跪在地上，擦去廚房地板上的嘔吐物。

「我的天啊，真難聞。」潔姬一邊揑著鼻子一邊說。「我們的模範家庭主婦要去哪？」

艾咪轉頭看到芙莉正走進交談室，一臉焦慮的表情。

「我以為妳們現在是朋友了？」艾咪轉回來問潔姬。

「我們是啊，但是朋友也可以互相調侃啊。」

「參賽者們，請立刻到客廳。」

粉絲留言板上有一則新訊息。

艾咪：

今天傍晚六點請到祕密花園與我小酌幾杯。

西蒙・艾許醫師

不會吧。

「哈哈，真有趣！」潔姬拍拍手，笑起來。「你們一定會相談甚歡！」

「西蒙要來——今天晚上？」芙莉走到螢幕前加入她們後緊張地說。

「沒錯，」潔姬說，「而且艾咪已經等不及了！」

那天下午，艾咪看著鏡中的自己穿著跟吉瑪借來的黑色緊身迷你洋裝。這洋裝對她來說太緊了，但是她不管，她就是要穿。三個星期以前，艾咪死也不會穿緊身迷你洋裝，但是今天晚上，她一點都不在意自己是否擁有「可在海邊展示」的身材。她擠了又擠才穿進去的這塊塑膠布料，是她完成今晚使命的完美裝束。她今晚的使命就是驚世駭俗。

她按照凱蒂教她的方式修飾臉頰，勾勒唇形使其顯得更加豐潤，然後塗上大紅色的口紅，把頭髮弄成海灘式捲髮。她還穿上睽違一年多以來第一次的高跟鞋。祕密花園離屋子夠近，所以可以冒這個險。在祕密花園裡昂首闊步走到桌邊時，她腦中響起《瘋狂愛戀》的旋律，只覺得自己這一身的穿著打扮酷斃了。

出發之前，艾咪喝了點普羅賽克氣泡酒，此刻她正在喝酒的興頭上，但是當她伸手想拿桌上那瓶酒時，門邊傳來一個聲音阻止了她。

「請容我效勞吧。」一個溫柔的聲音說。

她抬頭，看見一個高大黝黑的銀髮男子朝她大步走來，伸出一隻手。他從艾咪手中接過酒瓶，為她倒了一杯。

「紳士風度還未滅亡。」說完他在艾咪對面坐下來，為自己也倒了一杯酒。

「你說起話來就跟芙莉一樣。」艾咪說，「真有意思。」

西蒙．艾許有一部分就跟艾咪想像的一模一樣。五十出頭、一身西裝、傲慢自負。但是也有一部分是她完全沒預料到的。他是像《慾望城市》裡的大人物的那種帥，這可能就是為什麼他這麼趾高氣昂，這一點艾咪立刻就看出來了。就跟芙莉一樣，他全身上下都打扮的光鮮亮麗。他的眼睛、他的牙齒、他那完美的髮型。他看起來就像個老派的電影明星。

「我猜妳對這一切都不認同，是吧？為女伴倒酒、開門，展現紳士風度。我猜妳覺得我把穿著圍裙的芙莉用手銬綁在爐子邊了，是吧？」他露出微笑，直直地盯著艾咪，艾咪不禁把目光移開。這句話所隱含的性暗示與他強烈的逼視使她感到渾身不自在。她感覺到一股灼熱的緊張感開始在胸前蔓延開來。謝天謝地，這條迷你洋裝是長袖高領，而且她臉上的粉底厚到足以當成糖霜灑在蛋糕上。她可不想讓他以為他使她臉紅了。

「我覺得男人不需要保護女人，也不需要把我們當成寶物對待。我覺得人應該互相照顧。」

西蒙坐直身子，向她伸出手。「對不起，我還沒自我介紹呢。我是西蒙．艾許醫師。」

艾咪猶豫片刻，然後才跟他握手，說：「艾咪．郝女士。」

他回握艾咪的手勁強而有力，握得時間稍嫌過久，並且繼續盯著艾咪，一陣子之後才放開手，露出一個好大的微笑。

「所以，我的小家庭主婦現在怎麼樣？我希望妳們有好好照顧她。告訴她我的確為她感到自豪，我記得她想知道這一點。她保持了自尊，而且沒忘了自己的價值觀。告訴她，她一天比一天更漂亮。我很喜歡在電視上看到她。」

「當然了。這樣你可以看到她穿什麼、說什麼、透露什麼，而且什麼地方都不去。」

「沒錯。她不在節目上的時候，會戴著一個有追蹤晶片的項圈，是她生日時我送她的。」

艾咪瞪著他。

「開玩笑的，我不需要知道她在哪。我之前說了，我用手銬把她綁在爐子邊了。」他露出微笑，同時揚起眉毛，就跟傑米以前一樣。我的天啊，他就是傑米！**二十年後的傑米**。不過傑米不會說什麼一天比一天更漂亮那種假話。艾咪得到過最棒的稱讚頂多就是一聲挑逗性的口哨，還有傑米睜大眼睛上上下下打量她。從來不用言語。

艾咪把椅子往後一推，準備站起來。她待不下去了。

「坐下來，艾咪，給我一個機會。妳不想聽聽看我這一邊的說法嗎？我剛剛只是在開玩笑。妳開不起玩笑嗎？芙莉就覺得我很風趣。我是真的很想念她。妳可能不了解我們的關係，但是我們在一起很幸福。芙莉在家，我在診所，這對我們來說是很理想的做法。妳跟她談過這一點——妳知道她很幸福。那麼為什麼我覺得妳對我很不滿意？為什麼妳坐在那惡狠狠地瞪著我？我不了解我做了什麼使妳如此不自在。」他把頭歪向一側，目光從她的額頭頂端慢慢移到下巴尖端。傑米就喜歡這樣。

艾咪避開他的目光，低頭看自己的酒杯。「我只是為芙莉感到可惜。花了那麼多年在醫師訓練上，最後完全放棄？她說她很幸福，但是如果她真的很幸福，為什麼還要來這裡改善自己？當然只是為了你。你為什麼不跟她求婚呢？你知道這就是她最大的願望。她多想結婚生小孩啊。如果你這麼愛她，為什麼不給她她要的幸福，還要逼她經歷這些可笑的磨難？」

「艾咪，我以前已經結過婚，而且有兩個小孩了。我不想再經歷一遍。我跟芙莉所擁有的，已經很完美了。比我以前結婚時好多了。她為什麼要改變已經很完美的狀況？」

「說不定因為真相就是她並不覺得這樣很完美。如果你們想要的是完全不同的東西，你們的關係怎麼可能會完美呢？你跟她說清楚過這一點了嗎？還是你打算就這樣一直誤導她，一直到她太老生不出小孩？」

「結婚生小孩這個願望只不過是一個階段罷了。她以前從來不想要結婚生小孩。她只不過是因為年紀漸增，所以在擔心以後會有遺憾。我跟她保證過她不會有遺憾。小孩只會為兩人的關係帶來壓力。我跟我前妻就是如此，後來我們的關係一直沒復原。而且還有其他的原因。她當時堅持上全天班，不肯減少工作時數。後來我開始在診所上班，跟芙莉成為朋友，她先是有些吃醋，後來就開始疑神疑鬼。真是個瘋婆子。芙莉就不是瘋婆子。芙莉很完美，她只要當她自己就很完美。」

「嗯，西蒙，那全世界一半的人都是瘋子了。根據你們這些男人的看法，所有的前女友都是瘋婆子。我很確定傑米現在也在跟所有人說我是瘋婆子。」

艾咪想起傑米的訪談。他就跟西蒙一樣，不敢承認其實她很正常。他一定要指責她是瘋婆子，才不會被別人責備說其實做錯事的人是他。

「艾咪，我已經太老，不想要小孩了。這個人生階段已經過去了，而且我很高興這個階段已經過去了。我五十五歲了，我現在只想好好享受我們的兩人生活，沒有任何人打擾，而且我們打開天窗說亮話，芙莉也不年輕了。」

「我的天啊！她才三十四歲耶！」艾咪驚叫。

西蒙哼了一聲，然後一臉不解的表情。「芙莉不是三十四歲。」

「你什麼意思？」

「芙莉四十二歲了。老天啊，我給她的肉毒桿菌素這麼有效嗎？總之，跟她年紀相仿的男人可能會說她已經過了保存期限，但對我來說不是。我仰慕她。所以妳看，其實我們是完美的組合。她太老不能生小孩，我太老不想要小孩。我們很幸運能夠在這個階段找到彼此。」

艾咪回想起芙莉每次提到婚姻、寶寶、小孩，還有她不會准許自己的女兒穿著短短的緊身洋裝出門，心中不禁開始淌血。

一個她永遠不會擁有的女兒。

三十二

黎明是艾咪在這裡的一天中最喜愛的時辰。這是唯一她可以安靜思考的時刻，透過熱茶的蒸氣凝視屋外的寧靜。

找到獨處的時間一直是艾咪在此處最大的困擾之一。有時候她可以獨自躺在浴室地板上瞪著天花板，周圍沒有攝影機，也沒有其他人。但是這段時光從來不會超過五分鐘。總是有人需要上廁所。喜歡獨處也是她過去這幾天開始早起的原因之一。沒有人在看。至少靠在廚檯邊吹開馬克杯上的熱氣時，她是這麼想的。

一個陰影從她的視野邊緣晃過去，她抬起頭看，但是什麼人都沒看到。才早上五點十五分，難不成已經有人起床了？

「有人嗎？」她輕聲問，一邊按下煮水壺的開關，準備再泡一杯茶。水轟隆轟隆地煮沸了，但是沒有人回應。

她躡手躡腳走到廚房門口，結果一頭撞上芙莉。

「老天啊，妳嚇了我一大跳！」艾咪輕聲說，然後笑出來。

「對不起。」芙莉微笑說。「我剛應聲了，但是水壺太吵妳大概沒聽到。」

「沒關係。」艾咪說。「要喝杯茶嗎？」

芙莉點點頭，在廚房中島邊的一張椅子上坐下來。

艾咪想跟她談談昨晚的事。她想知道芙莉為什麼要把時間浪費在一段沒有希望的關係，無論西蒙有多帥。她還想知道芙莉為什麼覺得需要謊稱自己的年齡，但是她得有技巧地問。如果芙莉得知西蒙在電視上透露出她的真實年齡，爆料出她一直在說謊，她一定會覺得很難堪。

「所以，西蒙怎麼樣？我昨晚就想問了，但是我想妳一定累了。我昨晚根本睡不著。」

「西蒙很……」

傲慢、大男人、永遠都不會跟妳生小孩。

「健談。」

「聽起來就像他。」芙莉露出微笑，啜飲一口茶，眼中滿是仰慕。

看清真相吧，芙莉。

「妳說妳們怎麼認識的？」

「在診所裡。典型的職場醜聞，跟老闆約會。」

艾咪露出微笑。「那妳有沒有至少被加薪？」

「妳的意思是**他**有沒有至少被加薪。」芙莉露出一個苦笑。「是我僱用他的。老闆是我，不是他。」

艾咪吃驚得說不出話。她怎麼會沒想到這一點？西蒙跟芙莉都沒提起這一點。而且他們兩人的關係怎麼會這樣一百八十度轉過來？

「別擔心，我不會跟別人說妳以為老闆都是男人。我確定妳一定是因為我們的年齡差距才這麼想的，對不對？」

「十三歲的確是很大的年齡差距。」艾咪說，暗中希望芙莉會上鉤。芙莉的確上鉤了。

「二十歲。」

「芙莉，」艾咪往前傾，壓低聲音。「西蒙跟我說妳四十二歲，不是三十四歲。是真的嗎？這沒什麼好感到羞愧的。妳不需要跟我們謊稱年齡，我們沒有人會批評妳。」

芙莉滿臉通紅。「拜託不要跟大家講。」她低聲說。「不然她們一定會以為我這人很惡劣。」

「我不會跟她們講，但是我無法保證外面上百萬名的電視觀眾能夠守密。我們的對話都在電視上，芙莉。很多人現在大概都已經知道了。所以我覺得妳最好自己告訴她們，否則後果不堪設想。再說，誰又在乎呢？就算妳四十二歲，又怎麼樣？女人常常覺得被逼的要謊稱自己的年齡，我相信有一半的人口都跟妳深有同感。」

「我之所以說我三十四歲，是因為我不希望妳們可憐我。四十二歲了還沒結婚、沒小孩。我平常受到的壓力就已經夠多了。」她嘆口氣，對著花園裡的圍牆點個頭。「至少在這裡我可以假裝我還有更多時間。而且打開天窗說亮話，四十二歲怎麼可能成為完美嬌妻？我現在根本沒機會獲勝了。」

「但是芙莉，其實我們處境都一樣。如果我們可憐妳，那我們對自己也要感到可憐了，這樣太悲慘了吧。我們應該互相扶持。我剛來到這裡的時候，一心害怕回到單身狀態，然後浪費青春。如果我當初知道妳的心境跟我一樣，我們還可以一起發洩內心的挫折。痛苦的時候就是要找伴啊！妳老是在稱讚西蒙，我一直還以為妳很幸福，什麼問題都沒有呢！」

「艾咪，妳才三十二歲。我三十二歲的時候根本不像妳這樣。當時我覺得自己還有很多時間，因為事實也是如此。認識西蒙的時候，我已經三十八歲了。因為診所的工作太忙了，我根本沒時間去認識人。然後西蒙出現了，承諾會給我全世界。他承諾說會離婚，這樣我們就可以結婚。結果他離婚了，但是此後就沒再提起結婚的事。兩年過去了，依舊沒有任何進展的跡象。我也不再問了。我厭倦了聽起來像個絕望黏人的小姑娘。但是等到我四十歲時，我真的開始擔心了。然後我開始覺得我一定是哪裡做錯了。為什麼他不想跟我結婚？我已經自願為他犧牲這麼多了。我放棄工作，把診所的鑰匙交給他。我是名符其實的全職家庭主婦。但是我心中還是有疑慮，所以我心想，來到這裡可能可以讓我變成他完全無法拒絕的樣子。」

「芙莉，**妳現在就已經讓人無法抗拒了**。妳已經很完美了。為什麼偏偏要跟他在一起？」

「嗯，其實我並不完美，不是嗎？我四十二歲了。但是西蒙不在意這一點。如果我還單身，其他男人會覺得我沒希望了，但是他不這麼想。其他男人一聽到四十二歲，腦中就開始警鈴大作。因為我這年紀還單身一定是有哪裡不對勁，或者就是我到了這年紀一定很急著想生小孩。其實真相是，這一點都沒錯。我不想再假裝我不在乎了，就只為了讓男人覺得我脾氣好：我想結婚，我想生小孩。但是我做出了錯誤的人生抉擇，白白任時光消逝。我來到這裡是想改變這一點。我真的相信西蒙會領悟到我們的關係有多美好，然後會同意跟我結婚、生更多小孩。我跟西蒙在一起很幸福。我不想找別人。再說，要我重頭開始也太晚了。」

我了解這種感覺。

「芙莉，如果妳單身，男人會搶著想認識妳。尤其是這節目結束之後。」

「謝謝妳這麼說，艾咪，但是我們兩人都知道這不可能。我約會的日子已經結束了。像我這樣四十以上的單身女子只會消失。跟我年齡相仿的男人只想找嫩妹，而年輕男人只想跟朋友炫耀說跟熟女在約會。更年長的男人都已經結過婚生過小孩了，所以更沒興趣了。我還有什麼選擇？」

「芙莉，妳不是說妳想結婚生小孩嗎？但是西蒙不想結婚生小孩，他親口跟我說的。所以為什麼還要留在他身邊？找別人才更有機會啊！」

「但是這個節目就是要協助我說服他。而且我無法設想另外一種狀況。要不是西蒙，我就只是個四十二歲的單身女子，孤單一人。一輩子都孤單一人。我把三十幾歲的日子浪費在事業上，完全沒顧到我的私人生活。然後有一天我眨眨眼，突然發現如果我現在不開始顧好我的私人生活，就可能再也沒有機會了。可以說是西蒙拯救了我。」

這是拯救，還是囚禁？艾咪不禁自問。

三十三

叮咚……。

四人停下正在咀嚼的嘴，隔著餐桌面面相覷。沒有人通知說今天早上會有訪客、挑戰或什麼任務。粉絲留言板上唯一的留言就是不同的男男女女告訴芙莉說她「保養得很好」，應該把西蒙甩了。

艾咪放下湯匙，站起來去應門。一個郵差站在門外，手裡抱著一疊信。

「參賽者們，請到客廳收取親友寄來的信件。」

其他三人大叫一聲，丟下手中的早餐，衝到沙發上坐下，此時電視螢幕亮起了。

「早安，各位參賽者！今天我們要好好款待妳們一番，也好好款待我們自己一番。現在我們已經進入最後一個星期，所以我們覺得該讓妳們聽聽來自親友的消息。我們特別請妳們最摯愛的親友跟我們連繫，我們已經等不及要聽他們怎麼說啦！是鼓勵的話語嗎？會有好消息嗎？女士們，拿好妳們的信件，找個位子坐下，準備好一盒面紙，然後清清妳們的喉嚨。我有預感我們會看到很多眼淚喔！」

觀眾發出「喔……」的聲音，亞當也在一邊坐下來。

艾咪緊緊握著自己的信封，感覺到雙手濕黏起來，心裡納悶裡面是誰寫給她的信。信封不是很厚，所以她鬆了一口氣，因為她懷疑自己是否能夠忍住整整一分鐘不哭。她覺得自己此刻就快哭出來了。芙莉把面紙盒傳給大家，大家則一臉擔憂地面面相覷。

「我真不知道這算是好事還是壞事。」潔姬邊說邊緊張地笑。「如果這是我爸寫給我的信，我可能會想立刻就走出那扇門。」

「我在這裡的時候一直努力不去想我的家人。」吉瑪輕聲說。「想到家人只會使我難過。其實只是幾星期，又不是一輩子，但是我總覺得我離大家好遙遠。」

「女士們，妳們為什麼全都哭喪著臉呢？」亞當大喊。「這是件喜事啊！提醒妳們有哪些人在外面等著妳們。我想看到微笑，看到妳們喜極而泣！好了，誰先開始？沒人自願？好吧，那我就隨便選一個。吉瑪，唸給我們聽聽……艾咪的親友寫了什麼。」

艾咪把手中的信封交給吉瑪，然後坐下來。吉瑪一打開信封，她就知道是莎拉的來信。她對那筆跡再熟悉不過了，熟悉的程度不亞於對自己的筆跡。大學時代放假期間，她們總互相寫信，儘管兩人相距不過一個小時的車程。這樣很好。莎拉的信不會過分誇張，她會風趣而積極，這正是她此刻需要的。如果是她媽寫的信，她恐怕才聽到第一個字就崩潰倒地了。

吉瑪清清喉嚨，開始大聲朗讀。艾咪一動也不動地坐著，雙眼緊閉，雙手在顫抖。

艾咪：

我的老天爺啊！

艾咪聽了不禁笑起來。這絕對是莎拉。

我真不敢相信妳決定參加這節目，真是太瘋狂了。我總覺得我沒辦法再更愛妳了，但是妳現在是名人啦，所以我現在真的更愛妳了。妳什麼時候可以把我介紹給丹尼爾．克雷格啊？

所以啦，傑米是個徹頭徹尾的蠢蛋，對吧？他今天早上出現在《都會》的封面，於是我把沿路看到的每一本《都會》全偷走，然後丟到辦公室裡的資源回收桶。我還叫妳爸媽也照做。我現在因此腰瘦背痛，但是很值得。

艾咪喉嚨裡出現一團大腫塊，但是她的笑聲就和腫塊一樣大。

撇開報復跟玩笑不談，回到正題：艾咪，我真為妳感到驕傲。我無法想像這一切對妳來說有多艱辛，但是妳處理得再得體不過了。勇敢、坦率，而且無比真實。就好像妳蛻去了過去兩年來在男女關係中所披上的層層外皮，讓我們終於再次看到最真實的妳。別哭了。

笑聲停止了，她的嘴唇開始顫抖。芙莉靠過去，摟住她的肩。這個舉動是很貼心，但是如果芙莉再多用一點力摟緊她，她鐵定再也忍不住了。

芙莉真的摟緊她。

艾咪抓起一張面紙，截住一滴正準備從臉頰上流下來的眼淚。她把面紙放在嘴前，用力往裡面吐氣，同時眨眼止住眼淚。幾秒鐘後，她終於勉強平靜下來。

這可能是我說過最傷感的話了，但是我好愛妳、好想念妳！對著電視裡的妳大叫、說話、指指點點、大笑，跟妳就坐在桌子對面時完全不同。我的鄰居一定以為我有一個幻想出來的朋友或是一個熱情的祕密情人。

艾咪，我真的好高興妳終於開始為自己做點什麼，並且把妳自己的幸福擺在第一位。妳已經太久沒為自己好好著想了。我知道妳一定會大有所為，而這只是妳下一段精彩、獨特、大膽、刺激的人生旅程的開頭。繼續做妳自己。做妳自己已經使妳撐到最後一週了，我知道這樣繼續下去，妳一定會進入決賽。只剩不到一星期了！到時我會跟妳爸媽一起在電視的另一邊看著妳，為妳大聲加油到連妳都不敢承認自己認識我。

永遠愛妳的，莎拉

附註：希克醫師還單身嗎？能為我說點好話嗎？

又：保持勇敢，記得呼吸。只剩一星期了。

艾咪笑出來，抹去眼中的淚水，從吉瑪手中接過信，想著莎拉正在電視上看她。她抬頭望向攝影機，送給莎拉一個飛吻。

「噢，天啊，我沒哭喔，是妳們在哭喔！」亞當開始假裝嚎啕大哭，徹底破壞此刻的氣氛。「芙莉，能為我們唸唸潔姬的信嗎？」

芙莉接過潔姬的信，坐直身子。

我最心愛的潔姬：

我真為妳驕傲，我優秀的女兒。我一直都為妳感到驕傲。我從小就教妳要無所畏懼，爭取公平正義，妳也從來沒讓我失望過。我真不知道我做了什麼好事，才能擁有一個如此堅強、聰明又漂亮的女兒。

潔姬仍舊盯著自己的雙腳。「天啊，**堅強**？應該說可悲吧。潔姬，喝杯水泥吧。」她緊張地笑出來，聲音在發顫。

「要我繼續唸嗎？」芙莉問。

潔姬點點頭，又低頭看雙腳。

我想念妳來拜訪我的日子，但是我也很高興能夠每天在電視上看到妳。我很高興妳終於也花點時間照顧妳自己，而不總是在照顧我。我喜歡妳來看我，但也希望妳擁有自己的生活。

我在教會的朋友在大廳裡掛起一張妳的海報，有時候我們還會用社區的投影機一起看節目。等妳回來的時候，他們還想舉辦一場「歡迎歸來」的派對。這一年對我們來說都很艱辛，但是好人有好報，上帝一定為妳預備了精彩的計畫。記住，不管妳選擇什麼樣的路，我都支持妳。

我看到妳在下午茶派對上跟朋友笑成一團時，心裡高興得在歌唱。我當時看了也跟著大笑起來。妳從學校畢業後，我就沒看過妳這樣笑了。無論妳長多大，妳永遠都是我的小女兒，總是笑到眼淚都流出來了。我畢生的願望就是我的小女兒過得快樂。此外也許還有不要太常喝酒或咒罵，因為這樣不是很符合基督教的信仰。

我愛妳，我的明星女兒。我每天都在電視上看妳，也祝妳在這個興奮的人生階段中好運連連。妳六天後回來時，我會張開雙臂迎接妳。

上帝保佑你。

爸爸

芙莉把信摺起來，只見潔姬站起來走到玻璃門邊。從玻璃門上的倒影可看到她雙頰泛著淚光。艾咪自問潔姬來到這裡後有沒有想過她媽媽，她會不會也在電視上看著潔姬？她會知道潔姬是她女兒嗎？

「再見囉，爸爸！真是太感人了，我真希望他是我爸爸！」亞當說。「不要吃醋喔，老爸，我也愛你。現在，芙莉還是吉瑪，芙莉還是吉瑪，芙莉還是吉瑪……吉瑪！艾咪，妳選吧！」

艾咪大聲嘆口氣。

「吉瑪，妳願意讓我讀妳的信嗎？」艾咪問。

「當然。反正我也知道內容是什麼，我已經聽過太多次了。」吉瑪大聲嘆口氣，翻個白眼。

親愛的吉瑪南瓜：

我們為妳感到再驕傲不過了。因為妳有勇氣參加這節目，因為妳去年一整年來在IG上一手開創了自己的事業。

到目前為止，吉瑪還沒什麼反應。

我們非常想念妳，吉瑪，而且不是在妳參加這節目後才開始。我們也想念過去的妳。

吉瑪又嘆一口氣。「來了。」

我們想念過去的吉瑪。跟她講話時會看著我們的吉瑪，週日午餐聚會時會把手機留在包包裡的吉瑪，會加入大家的對話的吉瑪。跟家人在一起的時間過去對妳來說如此重要，吉瑪，我知道現在一定仍是如此。我覺得妳現在只是困在一個陷阱裡，掙扎著找到平衡點。但是我們可以幫助妳。我們只想給妳最好的，我們全都是，包括杰森也是。

吉瑪的嘴唇開始顫抖。

妳知道杰森跟我們說他想為妳報名參加這節目嗎？他想知道我們贊不贊成。我們自始至終完全支持他。他是個好男人，吉瑪。不要責怪他。他只是暫時把妳推走，好把妳再爭取回來，不是因為他不愛妳了。妳仍舊是我們一直深愛的吉瑪。而現在我們在節目上可以看到舊的吉瑪慢慢回來了。一個貼心的朋友。堅強、善良、體貼。無論在何種場合上，都是靈魂人物。我們很高興看到真實的妳又開始綻放光芒，而非只是在妳盯著手機時只看到妳的頭頂。

杰森愛妳。我們都愛妳。我們等不及歡迎妳回家了。莫琳正在籌備一場街頭派對呢！

愛妳的媽媽

「真感人，吉瑪。」艾咪說完把信交還給吉瑪。

吉瑪把信摺成兩半，用手壓平摺線，一邊低頭看著自己的大腿沉思。

「我知道他們有他們的理由。」吉瑪慢慢地說。「但是他們不知道我現在承受的壓力。我知道要取笑像我這樣的人很容易，但是妳每天至少要刊出三篇新的貼文。或是回覆每一則留言，而粉絲的留言有成千上百條。如果我錯過一則留言沒回覆，後果不堪設想。」

「妳還好嗎?吉瑪南瓜?」潔姬問，一邊微笑著回到沙發上。

之前還在發顫的聲音，開始倔強起來。

「哈哈。我還好啦，我會想通的。」

「好啦，我們還有最後一位參賽者。」亞當大喊。「潔姬，妳可以打開芙莉的信，告訴我們是誰寫的嗎？」

「我確信一定是西蒙。」潔姬打開信時芙莉說。「他總會寫短短的情書給我，留在我的梳妝台上。」

潔姬一眼掃到信尾。

「不是耶，抱歉了，親愛的。這封信是個叫艾瑪的人寫的。」

「噢，我以前診所的合夥人。我們是大學同學。哇，真……貼心。」她邊說邊瞪著信紙。「也許西蒙太忙了。」

「噢，西蒙稍後恐怕會被罵得狗血淋頭喔，是不是，各位觀眾？」亞當大喊。「好啦，潔姬，開始唸吧。」

親愛的芙莉：

這節目播出第一集時，我們都很震驚看到妳！西蒙跟我們說過了，但是我們仍舊難以置信。妳看起來美極了，但是我也不意外。診所裡每個人都全力支持妳，我們會大力投票讓妳進入決賽，成為最後的完美嬌妻。診所裡的小孩也都很想念妳喲！

芙莉，妳是我見過最勤奮的人了，無論妳決心做什麼，都會做得出類拔萃。我並不吃驚看到妳幾乎每個挑戰都贏了。妳以前在班上總是名列前茅。妳有資格獲勝，芙莉。妳有資格為妳付出的努力獲得肯定與回報。該是妳為自己的奉獻得到獎賞的時候了，而且我不只是在講這個節目。有時候我覺得西蒙不知道自己有多幸運。上面這句話恐怕會給我惹來不少麻煩！

我們全都惦記著妳，大家都希望妳一切安好喔！

艾瑪

始終保持鎮靜沉著的芙莉從潔姬手中接過信，走去花園，留下其他人靜靜地坐在沙發上。

「希望她還好。」吉瑪喃喃道。

「對啊。」潔姬嘆口氣。「我以為這些信會讓我們感覺好一點。」

「嗯，反正我們也快回家了。」艾咪說。

莎拉的信帶給艾咪很大的鼓舞。她想堅持到底。她想活出莎拉在信中講到的那個勇敢、坦率、無比真實的人。

「謝謝大家的收看！」亞當一邊大喊一邊對著鏡頭揮手。「別忘了明天繼續準時收看，因為明天我們的參賽者將會經歷這節目播出以來最困難的挑戰！我保證我們一定會看到尖叫、流淚、心碎的碎片灑了滿地的畫面！」

三人聽了全都皺起眉頭。

三十四

「唉，我好累。」隔天早上潔姬嘟噥道。她穿著睡衣躺在地毯上，一臉睡眼惺忪的樣子。「我一整晚都沒睡好。我一直在想我爸，擔心他是不是真的很好。」

「我一直在想我流血破碎的心灑了滿地的畫面。」艾咪說，「這節目是有點恐怖，但也不是真的恐怖片啊。至少我希望不是。」

大家正坐在沙發上吃早餐。咖啡桌上擺著四張卡片，每張卡片都寫著一個名字，還有四枝簽字筆。電視螢幕亮起來，開始播放節目的開頭片段。

「參賽者們！」亞當．安德魯大喊。

潔姬把一個靠枕壓在頭上，開始呻吟。

「今天大家都好嗎？噢，我看到潔姬了——看起來精神抖擻喔！」

潔姬對著攝影機舉出中指，靠枕仍壓在頭上。

「好了，女士們，所以妳們今天會面臨這輩子最艱鉅的挑戰之一。嗯，如果是我，我一定會很掙扎，你也會嗎，希克醫師？」他邊說邊轉向坐在沙發上的希克醫師。

「當然了，亞當。這個挑戰最困難的部分就是要有勇氣直言不諱。這過程會非常不自在，我覺得參賽者們恐怕不會喜歡。」

「聽起來真神祕耶！」吉瑪邊說邊坐下。

「妳現在覺得怎麼樣，吉瑪？」芙莉問。

「還好，只是還是有點不爽快。」吉瑪嘆口氣，在沙發上往後靠。艾咪注意到芙莉一直盯著吉瑪。

她們全又轉向電視，繼續聽希克醫師說話。

「他還在講話？」芙莉喃喃道。

「……所以我覺得這個挑戰真的會得到一些很驚人的結果。」希克醫師總結說。

亞當跟觀眾一片死寂。

「我說完了。」希克醫師說，然後一臉困惑地環顧一圈。

「噢，好，對不起。」亞當說完站起來。「一起鼓掌謝謝我們的希克醫師！他不只喜歡棕色衣服，還喜歡長篇大論！」他邊說邊把背部轉向希克醫師，然後裝出打瞌睡的模樣，惹得現場觀眾哄堂大笑起來。

「喂！別欺負希克醫師了！」吉瑪提高音量說。

「要不是他，我第一週早就離開了。」艾咪也說。

其他人也點頭表示贊同。

「好了，親愛的參賽者們和電視觀眾，我們今天為你們準備了一個天大的驚喜，就叫做《真相會傷人》。」亞當走向觀眾，示意一位坐著的觀眾站起來。他在那座位上坐下，身後的觀眾全在揮手跟做出粗俗的手勢。

「好，誰想知道是什麼驚喜啊？」他大喊。「妳想知道是什麼驚喜嗎？」他問坐在旁邊的青少女，那女生興奮地直點頭。「你想知道是什麼驚喜嗎？」他又問坐在青少女前面的年輕男子，那男子豎起大拇指。「你們想知道是什麼驚喜嗎？」他指著鏡頭問。

「繼續賣關子吧！你這白癡！」潔姬大叫。

「好，大家準備好了，這個驚喜就是……」一陣鼓聲，現場觀眾全安靜下來。

「……我們的參賽者要自己投票決定淘汰誰！」亞當在觀眾的尖叫聲中大喊，一邊用一隻手遮住嘴。

「沒錯，參賽者們，今天妳們要坦誠相待了。不再假裝喜歡妳其實很討厭的人，不再躲藏在微笑跟甜言蜜語後面，不再當人見人愛的好女孩。」

「但是我沒有討厭誰啊。」吉瑪看看大家說。「相信我，如果我討厭妳們當中的哪個人，妳們一定會知道。」

「好，女士們，我確定妳們一定急著知道這怎麼進行。做法就是這樣：妳們有一個小時的時間決定想淘汰誰。在妳們面前的卡片上寫下妳的選擇，然後丟到交談室裡的信箱裡。等我們叫到妳的名字時，請站起來說明妳的決定！還有記得，不能互相討論！」

大家轉頭，驚恐地面面相覷。

亞當搖搖頭，一手插腰，說：「我們很殘忍，對不對？」

在淋浴間裡，艾咪試著理性思考，決定該淘汰誰，還有為什麼。

芙莉。

潔姬。

吉瑪。

她無法忍受芙莉回到那個自私的混帳西蒙身邊。而且她的故事觸到了艾咪的痛處，因此艾咪急著想說服她離開西蒙，跟自己現在一樣當個快樂的單身女子。但是芙莉的幸福真的關她的事嗎？或者說是她的責任嗎？芙莉並未自願成為艾咪的任務。也許只有芙莉自己能夠救她自己。

然後是吉瑪，這群人之中的小太陽。要是沒有她，這裡一定會更陰沉。如果艾咪自私一點，她就會投票給吉瑪。畢竟在人氣排行榜上，吉瑪是她最大的競爭者。但是從一開始，吉瑪就一直對艾咪很好。她不能這樣對待她。

最後是潔姬，參賽者中最強悍的鬥士。最急於得到錢協助爸爸、控告公司、為自己伸張正義的參賽者。但是她也是最痛恨這裡的參賽者。而且她似乎真的很想念她爸。如果艾咪選她，算是幫她一個忙嗎？就跟潔姬自己說的一樣，要是她離開了，她還是可以靠她現在的知名度賺筆錢，她還是可以達到她決意達到的目標。也許不是一百萬英鎊，但是也許也足夠了。

「參賽者們，妳們還有五分鐘的時間可以投票。投完票請回到客廳。」

糟糕糟糕糟糕糟糕糟糕糟糕糟糕。就這樣了，她想，一邊慌張地跳出淋浴間。**無論妳選擇了誰，最後都會失去一個朋友。**

回到客廳，等著節目再開始播出的空檔，大家瞪著粉絲留言板上出現的留言。

@神力女超人　我會投潔姬！反正她只是在惹大家生氣　#分手生存戰

@淘氣男孩　吉瑪，妳該回家健身了！　#開玩笑的　#分手生存戰

「這是我朋友耶！真厚臉皮。」吉瑪邊笑邊站起來，低頭看著自己的小腹，吐了一口氣。

電視螢幕亮起來，節目又開始了。

「歡迎繼續收到我們的節目！」亞當對著手中的麥克風大喊。他面對鏡頭站在舞台上，身上穿著一件T恤，上面印著**吉瑪加油**。

「耶！」吉瑪對著螢幕大叫，雙手舉向空中。

「他可以這樣嗎？」芙莉問。

亞當把麥克風丟到沙發上，脫掉T恤，露出下面印著**潔姬加油**的T恤。現場觀眾大笑起來。

「好啦，所以我剛剛說……」亞當停頓下來，又把身上的T恤脫掉。這一次露出印著**芙莉加油**的T恤。

「我的老天啊，」潔姬說，「他為什麼要這樣拖拖拉拉？」

「抱歉，這件其實我不喜歡。」亞當說，觀眾又大笑起來。最後他露出印著**艾咪加油**的T恤。

「親愛的觀眾朋友，我實在不知道怎麼決定，太難啦。但是還好我不需要決定。所以囉，我們現在把鏡頭轉向我們的參賽者們！第一個要跟我們說明她想把誰從《分手生存戰》淘汰掉的是潔姬！」

亞當從一位工作人員的手中接過潔姬的卡片，打開，揚起眉毛。

「各位觀眾朋友，我一點都不訝異。潔姬選擇的是芙莉！潔姬，請跟我們解釋一下。」

潔姬自信地站起來。「真的很抱歉，芙莉。我很享受我們一起吃的那頓晚餐，而且我真的很高興我們利用那頓晚餐的時間好好互相認識，並接受我們之間的歧見。我之所以會如此選擇，只因為我們太不同了，而且我們永遠都會如此不同。我知道根據這節目的理念，妳是完美的完美嬌妻，但是我根本就反對這些理念。我希望最後的完美嬌妻不是像妳這樣的人。我想證明這節目的製作人錯了，而且我想讓每個看這節目的人看到。我希望最後的完美嬌妻是一個他們從來沒想到的人。希望妳能夠理解。」

芙莉點點頭，伸手過去輕捏潔姬的手。

觀眾狂熱起來，有些在歡呼，有些在喝倒采。

「喔……好感人呦！」亞當大笑起來。「謝謝妳，潔姬，妳的說明非常清楚。所以，芙莉現在得到一票。說到芙莉……芙莉！請站起來，跟我們說明妳為什麼希望……」

亞當看看手中的卡片，揚起眉毛。

「……艾咪被淘汰掉！」

艾咪動也不動，驚愕地繼續盯著電視螢幕，然後從眼角看著芙莉站起來，撥平裙子，咳嗽一聲。她們昨天早上才促膝談心過一番，她現在怎麼能夠選她呢？艾咪領悟到自己選錯人了，不禁感到一陣反胃。

「這不是出於個人因素，純粹只是我的策略。很抱歉，艾咪，但是妳在人氣排行榜上是第一位。除了選妳，我還有什麼選擇？我當然想獲勝。我們應該都想要獲勝，否則我們在這裡做什麼？」

「噢，真無情啊！艾咪，輪到妳了。但願妳選的是芙莉，不然就超尷尬了！」

亞當打開卡片，臉沉下來。

「妳選的是……」

艾咪把臉埋在膝上。她真想找到一個地洞鑽進去。

「潔姬？」亞當一臉不解地抬起頭。

吉瑪倒吸一口氣。「艾咪！」

艾咪站起來時，根本無法看著潔姬，但是她知道潔姬有權知道她的理由。她轉過身，看著潔姬的眼睛。一對上潔姬的眼睛，她就看到潔姬的眼淚已奪眶而出。

「很抱歉，潔姬。妳知道我有多愛妳。」艾咪說，聲音都快啞了。「這就是為什麼我選了妳。我想要妳快樂，而妳在這裡不快樂。妳痛恨每個任務，妳抗拒每個挑戰，妳不照規則進行。這沒關係，因為這是妳的選擇，但是我真的以為妳可能會很高興能夠離開這裡，回去跟妳爸爸相聚。妳能夠理解我的理由嗎？即使只是一點點？」

「這女孩說得有道理。」亞當插嘴道。

「妳忘了我們的約定了嗎？」潔姬盯著她輕聲說。「我知道這是比賽，但是我以為我們在同一陣線上。」

潔姬跟艾咪，最先進入這節目的兩位參賽者。一個新的、改良過的#潔咪，前幾天她們還對這個新稱號開懷地大笑一番。艾咪的喉嚨裡苦澀不堪，髮線上冒出滴滴汗珠。十分鐘前，這番話在她腦中還顯得很有道理。她真的笨到以為潔姬會因此感激她。

應該選芙莉的。應該選芙莉的。應該選芙莉的。

「我們的確是在同一陣線上，潔姬。請不要覺得我不支持妳。我選了妳，是因為我真的以為妳不介意離開。妳可以在外面繼續達成我們的使命。吉瑪跟我可以在這裡面繼續達成我們的使命。我發誓我們可以為妳做到。」

「我真幸運啊。」潔姬瞪著電視螢幕說。

「呃，艾咪，恐怕辦不到。」亞當說，一邊看著下一張卡片。

「什麼？」艾咪說。

「五分鐘後，就沒有艾咪和吉瑪了。」

艾咪皺起眉，轉向吉瑪。吉瑪一定是選了她。她在沙發上坐下，把臉埋到膝上。

艾咪的節目結束了。

三十五

吉瑪站起來，走到電視螢幕前。「妳可以繼續達成我們的使命，艾咪。是我不能繼續達成我們的使命。」

「到底怎麼一回事？」潔姬問。

「要離開的人是我。而且因為我決定離開了，所以妳們的投票都無效。妳們的投票一點作用也沒有。妳們全都可以留下。」

「吉瑪，為什麼？妳不需要離開啊！」潔姬站起來，抓住吉瑪的手臂。「我們就只剩下幾天了——我需要妳在這裡。不要丟下我跟她們在一起！」

這話有些無情，但是在這狀況下很合理。

吉瑪露出微笑。「潔姬，外面恐怕有人更需要我。」

「杰森？他是成年人了，他不會有事的！我的老天啊，就只剩一星期了，他有什麼好哭的？」

「八個月後會有更多淚水，我可以先告訴妳。」

「噢，我的天啊，妳懷孕了！」艾咪輕聲說。「對不對？吉瑪，妳懷孕了？」

吉瑪看著她們三人，點點頭，抱著自己的小腹。

艾咪跟潔姬立刻從沙發上跳起來，摟住吉瑪又親又抱的。道賀的聲音此起彼落，大家突然忘了幾分鐘前的緊張氣氛，也忘了恐怕已興奮到發狂的幾百萬名電視觀眾。

「妳跟杰森說了嗎？」等大家稍微平靜下來後，艾咪問。

「我一小時前在交談室裡跟他在電話上說了。芙莉幫我確定的。」吉瑪伸出手，揉揉芙莉的手臂。「儘管我確定她一定很吃驚我還沒結婚就懷孕了。杰森會是個很棒的爸爸。我覺得這會使他更成熟。而且我覺得我在生活裡還會再做出幾個其他的改變。也許我會給我的家人比去年一整年更多的時間。」

芙莉在微笑，但是吉瑪懷孕的事實恐怕也無情地提醒她，她自己沒有懷孕，而且也許永遠也不會有機會懷孕。

「所以你們要復合囉？」潔姬握著她的手問。

「我們一直都想復合。」吉瑪微笑說，摸摸小腹。「現在有了這個小不點，我就更愛他了。」

水，我需要水。

艾咪坐起來，立刻就後悔了，於是又倒回枕頭上，伸手壓在太陽穴上。她的頭陣陣作痛，嘴裡有一股像是酸牛奶的味道。

我在哪裡？

她抬起頭，眨眨眼睛。她躺在地上，就在潔姬的床邊。她暗中希望自己昨晚還保有在身旁留下一杯水跟兩顆止痛藥的理智，但是這希望很渺茫。

昨天午飯過後，她就沒再吃東西了，現在她的雙手在顫抖。喝了九杯的普羅賽克氣泡酒就是會有這種下場。還是十杯？

我可以趴著用腳把自己推向浴室嗎？她自問，一邊思考如何用最少的力量移動到水龍頭那。

「潔姬？」她輕聲喊。

沒人回話。

「芙莉？」她又輕聲喊。

還是一片寂靜。

她終於找到足夠的力氣坐起來。她的腿為什麼這麼痛？

「咪。」她在身邊聽到一陣嘟噥。

「潔姬？」艾咪沙啞地說。

「咪。」潔姬說。

艾咪抬頭望向床邊，看到潔姬從床緣探出一隻發紅的小眼睛。

「我為什麼躺在地上？」艾咪問。

「妳什麼都不記得了嗎？」潔姬呻吟，在被子下挪動了一下。「妳說要睡在我旁邊，證明妳對我的愛啊。」

片刻的沉默，然後兩人大笑起來，接著馬上是一陣呻吟，因為她們發現大笑是此刻最差勁的主意了。

「我們喝了多少酒啊？」艾咪問。

「我覺得我們終於把那個水龍頭喝光了。」潔姬說。「妳的膝蓋上為什麼有一塊大瘀青?」

「各位參賽者，現在請到客廳。」

艾咪跟潔姬抱住頭，哀號起來。

「嘖，嘖，嘖，女士們。」亞當．安德魯說，同時對著鏡頭猛搖頭、翻白眼。

「潔姬跟艾咪，妳們昨天晚上到底在搞什麼鬼?」他問，然後螢幕切換到昨晚屋裡的畫面。

艾咪尷尬地把自己埋進沙發。

影片上可以看到場景是客廳。芙莉端著一杯茶坐在沙發上，正在看粉絲留言板。她身後有人影在動，突然艾咪跟潔姬就出現在畫面上。

噢，我的天啊。

兩人在互相大吼。

兩人在互相擁抱。

兩人在哭泣。

兩人在咖啡桌上跳著「騷貨蹲」的舞步，芙莉則離開客廳。

然後兩人從咖啡桌摔到地上，狂笑成一團。

鏡頭切換到亞當的臉，亞當揚起一道眉毛。

「非常成熟，女士們。」他說。「芙莉，享受妳的大腿舞嗎?」

芙莉露出微笑。「一定沒有她們兩人那麼享受。」

「好，那我們趕快繼續進行節目內容吧！」亞當大喊。「熱烈歡迎希克醫師來到舞台上！所以，希克醫師，你今天晚上為我們三位參賽者準備了非常精彩的內容，對不對？」

希克醫師在他往常的座位上坐下來。「沒錯，亞當，今天晚上，我們將邀請她們到夏威夷風情酒吧跟二十位優質單身漢共度一個放鬆的夜晚！這不是挑戰，而是她們辛苦了這麼長一段時間後應得的獎勵。」

想到還要再喝酒，艾咪的臉都綠了。

幾個小時後，她們聚在夏威夷風情酒吧，被一堆對她們瞭若指掌的陌生男子圍繞。艾咪跟一名叫做艾德的男子幾乎已經整整聊上一小時了，一邊慢慢啜飲義式調酒 Aperol spritz，一邊努力把酒留在胃裡。

艾咪並不是真的喜歡艾德。她喜歡的是他的生活。她問他做什麼工作時，他一句「我是個數位遊牧民族」就立刻引起了她的興趣。然後他繼續解釋說，他是個科技作家，半年住在新加坡，半年住在香港，從異地為不同的雜誌寫作。她想知道所有的細節，想知道她怎麼樣也可以成為這樣的旅遊作家。

艾德並不是不吸引人。如果艾咪此時處於另外一種心境，她大概會喜歡上他凌亂的棕髮、針織毛衣跟他那約翰・梅爾般的氣質。他的個性看起來不慌不忙，而且很愛笑，每次笑的時候都會低頭看自己的腳。

「艾德，跟你聊天真的很開心。」艾咪微笑說。「謝謝你跟我分享你的遊牧祕密。說不定明年我會在泰國的海邊遇到你喔。」

「好啊。等妳離開這節目後，也許我們可以繼續保持聯絡。」他在一張卡片上寫下自己的電話號碼。

離開酒吧時，艾咪環顧四周。潔姬正又高聲議論又比手畫腳地對著三個聽得入神的男子發表政治觀點。芙莉正帶著微笑跟一位英俊的中年男子說話，一邊把頭髮撥到耳後，裝出一臉靦腆的樣子。

緊張了吧，西蒙，艾咪經過他們時心想，一邊聽芙莉說自己是個傳統的宅女，而對方每字每句都聽得陶醉入迷。

「艾咪？」一個輕柔的聲音叫她。她轉身，看到一個矮小健壯的金髮男子，眼神溫柔，手裡拿著一杯義大利調酒。

「妳好，我是查理。我發現妳也愛喝 Aperol spritz。」他輕聲說：「這也是我最愛喝的酒，但是千萬別告訴我朋友，因為他們以為我最喜歡喝艾爾啤酒，唉。」他的酒窩實在太可愛了，使艾咪舌頭都打結了。

「你好，艾咪，呃，不對，查理。我是艾咪，我怎麼搞的！」她尷尬地笑起來。「謝謝。」她接過那杯調酒說，然後慢慢啜飲一口，暗中希望他會說點什麼，因為她此刻腦中一片空白，只能想到那對酒窩有多可愛。

查理開始閒聊，艾咪鬆了一口氣，因為這樣她就可以只聽他說話，不需要聊自己的事。他本來是個城市人，後來轉型成鄉下人，現在跟他媽媽在德文海岸附近他們家的農場養乳牛。聽起來生活很恬靜。

「哇，真是太不真實了。」他笑著說，「我從來沒想到我會被選中。而且我是這節目的大粉絲，尤其是妳的大粉絲。」他立刻低下頭。「對不起，我說錯話了。我剛剛大概讓妳覺得超級尷尬。我發誓我不是那種會跟蹤妳的變態。這對妳們大家來說太不公平了，我覺得我對妳們好了解，但是妳對我卻一無所知。」

「嗯，那就再跟我聊聊你自己吧。像是你怎麼會這麼愛看這節目？你看起來不像那種人。我覺得我們應該不會有很多農夫粉絲。」

「是有點奇怪，對吧？我朋友都在笑我，那群混蛋。但其實是因為我媽。我爸爸幾年前去世了，她一人照顧起農場，但是現在她年紀有點大了，需要體力的工作有點做不來。我這樣說她一定會恨我。去年她摔斷髖關節，於是我就離開城市，回到鄉下幫忙。在鄉下我其實過得很開心。總之，長話短說，我媽以前沒有電視。漫長的夜晚只要有收音機跟書她就很滿足了。但是打了石膏整天關在家裡，她簡直快無聊死了，於是我就買了台電視給她。《分手生存戰》是我們第一個一起看的節目，一看她就迷上了。我們每天晚上吃完晚餐都會一起看精彩片段重播。這節目簡直就是她這輩子遇過最棒的事了。我們以前總是聊給乳牛擠奶的事，現在我們會聊誰會成為最後的完美嬌妻。」他把手中的啤酒指向花園，然後靠過來在她耳邊低聲說：「我們打賭一定會是妳。」她聽了全身興奮地發顫。

「如果我現在哭出來，然後擁抱你，會不會讓你覺到不自在？」艾咪問，感覺到雙眼已模糊起來，手指真想去捏他的臉頰。

「當然不會囉。這就是典型的艾咪啊！」他笑著說，手中的啤酒叮噹一聲去碰她的酒杯。

艾咪咧嘴笑出聲。「呵呵！」

「總之，這就是我成為這節目粉絲的原因啦！我是我媽媽的好兒子，而且引以為傲。我痛恨城市。我痛恨錢，所以之前的工作做得實在很糟。我應該成為老師的，我一直都想當老師。但是我的朋友都進入金融界了，所以我就覺得我也應該進入金融界。真是有夠笨。」

善良。

風趣。

英俊。

住在德文郡的農場裡。

愛他媽媽。

可以支持跟供給我對乳酪的狂熱。

到目前為止，查理似乎可以成為艾咪的白馬王子。是適合當短暫熱戀、男友、老公跟爸爸的完美對象。

稍後，粉絲留言板上滿是查理女性粉絲的留言，有人甚至已設立起一個「農夫查理」的網頁。艾咪並不怪他們。查理是真的很理想。

她知道自己完全沒有興趣加深跟查理的關係，心中不禁感到有些難過，但是同時，她也充滿希望，因為她知道等她準備好時，這世界上有很多的查理會帶給她幸福。

如果她哪一天真的準備好了。

三十六

艾咪的眼瞼黏黏的。這是連續太多晚太晚睡的跡象。從開始跟傑米約會以來，她已經很久沒有連續兩晚熬過夜了，而且她昏迷的腦袋跟遲緩的動作都在痛苦地提醒她，她早已不是二十五歲了。她強迫自己睜開眼睛，沿著枕頭往上爬，最後終於半坐著看到房裡其他人。潔姬在打呼，芙莉的床鋪已經整理好了。只剩下她們三人，這臥室感覺起來好空曠。

她當初有預測到她們會成為最後三名參賽者嗎？芙莉的話，當然。而她跟潔姬，就不是那麼有把握了。她從一開始的戰略就是保持低調，不要惹事生非。潔姬的戰略則是有話直說，盡可能大唱反調。兩種戰略似乎都奏效了，儘管她不由自主地覺得應該是吉瑪在這裡。

艾咪踢開被子，把腳甩下床緣。她很清楚自己今天需要什麼。

什麼都不需要。

她先為自己敷個面膜。**海灘炸彈：在太陽底下待了一天之後為皮膚滋養的絕佳良伴**。這面膜是個又苦澀又甜蜜的提醒。接下來洗個熱騰騰的澡，把頭皮好好抓了一番，還用她本來帶來是要磨去角質好使皮膚更容易曬黑的迷你絲瓜刷刮去全身的角質。又算是一樣白花錢買來的東西，但是她很享受刮完後皮膚上那種暢快的感覺，像是過去兩天累積在身上的毒素都被洗掉了。最後她在全身塗上一層厚厚的乳液，還含了一杯李施德霖亮白漱口水在嘴裡很長一段時間，直到舌頭刺痛、眼角泛淚。

今天不是個需要化妝做頭髮的日子。於是艾咪只是把頭髮往後梳成一個髻，紮上髮帶，不讓任何一根頭髮去騷擾她的額頭，然後穿上彈性緊身褲、超大的連帽運動服跟家居室內襪。這一天的裝扮就完畢了。她心裡很清楚自己只是又換上另一套睡衣，不過她不在意。

她花了很長一段時間才敢開始在傑米面前這樣穿著。她第一次這樣穿的時候，傑米調侃說她這樣穿有點太舒服了，一邊還瘋狂地大笑，她當時很熱愛他這樣的笑，現在則只感到痛恨。之後，她又開始每天早上都梳妝打扮，就怕他真的以為她不注意自己的外表了。然後有一天，他們兩人都宿醉到不行，他似乎就接受她這樣的穿著了。

她把鏡子上的霧氣抹掉，望著自己素淨的臉龐。這將是她來到這裡後第一次沒塗粉底。

好啦，世界，這就是我。無比真實。

她看到潔姬還在熟睡，芙莉正準備進泳池游泳，心裡鬆了一口氣。至少接下來半小時，她不用跟任何人說話。

她在廚房裡為自己泡了茶，加了兩顆方糖——款待自己一番——然後把四片吐司麵包丟進烤麵包機。沒錯，四片。塗上厚厚的花生醬跟果醬，切成三角形，因為不知道為什麼，這樣感覺比較好吃。把甜茶跟堆積成一座小山的吐司端到客廳後，她在沙發上坐下來，盤起腿。她從來沒像此刻般更想念網飛了——或是手機，但是現在她只能將就去看粉絲留言板了。

@壞脾氣先生　肚子太餓了吧？艾咪？　#分手生存戰

噢，滾蛋吧。

她咬了一大口吐司麵包，然後最不應該發生的事情就發生了。

「艾咪，現在請到治療室。希克醫師想跟你會談。」

「艾咪！很高興見到妳，我覺得已經有一陣子沒看到妳了。」希克醫師笑容滿面地坐在他的扶手椅上。「妳現在覺得怎麼樣？只剩三天囉！」

艾咪沒立刻回答，只是慢慢在沙發上坐下來，往後靠。

「我今天覺得很累，希克醫師。我覺得我今天沒什麼可講的。」說完她故意假裝皺起眉頭。

「沒關係，我們今天也不需要用完整個小時，只要看看我們的進展就夠了。不過在開始之前，我想先給妳看個好玩的東西，我覺得妳應該會很喜歡。」

他把平板電腦遞給她。螢幕上是個女人戴著太陽眼鏡，太陽眼鏡則是紅旗的形狀。

他輕聲咯咯笑起來。「好笑吧？」

艾咪嘆口氣。「希克醫師，這整個紅旗風潮變得有點太荒唐了。我覺得很尷尬，因為紅旗的符號又不是我發明的，而且網路上大概有上千篇類似的文章。我根本沒資格把這風潮歸功於我，更別說什麼爆紅的主題標籤跟太陽眼鏡了。」

哇，她今天心情真差。

「為什麼那件黑金色洋裝會流行起來？為什麼那首鯊魚歌會突然爆紅？享受妳的成就吧，艾咪。享受屬於妳的時刻。不過如果妳覺得這話題令妳不自在，我們也不需要繼續下去。從上次我們會談以來，發生了很多事。我想先談談那頓道歉晚餐。上一次會談時，妳想直接退出節目。我很高興妳最後沒退出。現在跟我聊聊晚餐進行得怎麼樣吧？」

「晚餐之前我很緊張，但是之後就沒什麼感覺了。他的樣子變了，但是仍舊是以前的傑米。總之，他給了我幾個答案，但是我還是不認同他說的什麼『妳對我默默施加壓力、我才是真正的受害者』的說法，而且我覺得他根本就是懦夫，沒膽親自跟我分手。」

「妳很高興自己還是去了那頓晚餐嗎？」

艾咪大嘆一口氣。

「當然。之後我就覺得沒什麼了，而且那頓晚餐也沒改變我對他的觀感。但是我猜這頓晚餐應該算是好事，因為我見到他時並不生氣，只覺得漠然。也許這表示我已經繼續前進了。至少我再也不怕會碰巧遇到他了。也不是說我真的會碰巧遇到他，但是如果說我們不小心出現在同一間酒吧或同一輛地鐵裡。」

「很好，艾咪，我覺得這是很紮實的成果。現在我們來談談妳這週的另一場約會，跟西蒙・艾許的約會。說來聽聽吧？」

「太可怕了！我簡直嚇壞了，因為如果我繼續跟傑米在一起，那就是五年之後的我。我甚至還開始感激自己能來到這裡，這真是頭一遭。我一直以為自己跟芙莉沒有任何共通點，但是見過西蒙，隔天又跟芙莉促膝長談一番之後，我就改觀了。我只覺得太可悲了。她等他等了那麼久，他用虛假的承諾與謊言浪費了她那麼多時間。而且她這輩子最大的願望可能永遠也實現不了。我只是無法相信這麼自信、這麼聰明、這麼完美的芙莉依舊覺得西蒙是個好男人。」

「那麼，妳們促膝長談後隔天，她在《真相會傷人》裡投票給妳時，妳有什麼感覺？」

「對啊，我那時真的很吃驚。沒錯，我以為她會選吉瑪或潔姬，畢竟她過去跟她們兩人有不少摩擦。我覺得她不會選我，因為我是在這裡跟她最親近的人。不過你知道嗎？無所謂了，都沒關係。」

這還真是相當有說服力。

「妳當時不想當面問她嗎？就像潔姬當面問妳一樣？」

「不想。」艾咪嘆口氣。「問了又有什麼用？她做出了一個理性的決定，我不能把這個決定視為是針對我個人。我們只能繼續前進。做個雨瓊，然後忘卻。」

「但是妳跟潔姬就好好談了一番，而且看起來妳也沒覺得不好。也許妳對潔姬甚至已經釋懷了，但是對芙莉還沒有。」

「好吧。」

「艾咪，**人應該把心中的感覺說出來**。如果這件事妳還掛在心上，妳想知道為什麼芙莉沒選吉瑪或潔姬，卻選了妳，那妳就應該跟她談一談。深吸一口氣，跟她談。直接面對衝突的藝術是不太容易駕馭，但是值得努力一試。妳有麼好怕的呢？」

「我沒在怕什麼。其實我實在懶得去問。去問芙莉為什麼選我又有什麼好處？一星期後我們就離開這裡了，我們又不會成為一輩子的朋友。我們會一一回到舊有的生活，就彷彿我們從來沒認識過彼此。再說，她已經解釋說為什麼選我了，而且她的理由也很合理。我在人氣排行榜上是她最大的競爭者。她是醫生，這是理性的科學思考。」

「艾咪，我是在用妳跟芙莉的狀況說明妳對接面對衝突的恐懼，我覺得在這一點上我們還要努力。」

沒錯，我知道，醫師，但不是今天。

「這在男女關係裡特別重要。**妳需要有勇氣去質問對方，同時不擔心對方會吼回來、衝出去或是跟妳分手**。有勇氣去質問妳的另一半，在妳下一段關係裡會非常重要，這是一項妳要培養的能力。我覺得妳能克服這個恐懼的方法之一，就是跟像芙莉這樣的人練習。如果在男女關係有什麼使妳非常不愉快，妳越早去質問對方，就能越早確定對方適不適合妳。如果對方因此跟妳分手，就表示他不適合妳，妳也可以對此感到慶幸，因為這樣妳就不用再浪費時間在他身上。不過，我的意思不是說妳應該每個小問題都去質問對方。我的意思是重要的事情，是有深度的對話。就像芙莉一樣，妳以為妳們很親密。或者是傑米，妳以為他是妳的真愛。」

艾咪盯著他好幾秒鐘。

「所以你的意思是，如果有人做了什麼使我非常不開心，我就應該直接跟對方說？」

「一點都沒錯。」

「好，希克醫師，現在跟你進行這場對話使我非常不開心，我現在真的沒心情。」

「我看得出來妳現在沒心情聊，艾咪，但是還是謝謝妳來。」他露出微笑，拿起平板電腦，站起來。「我們只需要妳再做一件事。」

一個熟悉的臉龐進入治療室，手裡拿著幾張紙。

三十七

「這是什麼？」艾咪問，只見節目製作人山姆讓希克醫師從側門離開治療室。山姆露出微笑，示意要艾咪坐下，然後把手上的紙跟筆遞給她。

「考試？」艾咪問，低頭看第一頁。

艾咪・郝：進展評估

「我們想測驗一下妳在這節目上學到了什麼。」山姆說。「這樣可以給我們一個機會確定妳是不是真的有資格獲得完美嬌妻的頭銜，假設三天之後投票的結果有利於妳。如果妳在這裡根本毫無進展，要發給妳一百萬英鎊的獎金就有些困難了。對一無所獲的參賽者來說，這是很大一筆獎金。」

「最後的結果不是由觀眾決定嗎？」艾咪問，一邊翻閱手中那幾張紙。

「嚴格來說，沒錯。但是現在接近節目尾聲了，所以我們需要開始做些篩選。下星期的決賽裡我們不能還有三位參賽者。所以現在妳們三人都要寫這份考卷，分數最低的人就會被淘汰，就在今天晚上。」

「等一下，什麼？你為什麼之前不先跟我們講？」艾咪驚叫。「你至少也要給我們一點時間……誰知道……複習一下什麼的。」不過她把紙張轉過來，看到考卷有多短時，聲音便逐漸變弱了。

「妳有十五分鐘的時間回答這些問題，而且妳馬上就可以看出來妳根本不需要複習。」山姆已開始走向門口。「有些單選題其實很……荒謬。」

在他開門準離開治療室時，他又轉過來面對艾咪。

「艾咪，我只想說，我們並不全都像妳在粉絲留言板上看到的男人，也不全都像妳們的前男友或前夫。而且我覺得妳們在這個狀況下處理得都很好。我衷心希望妳離開這裡的時候，不會仍然覺得所有的男人都是混蛋，覺得一點希望也沒有。這不是我們的初衷。我們的初衷是幫助妳們跳脫不好的男女關係，讓妳們有機會好好思考什麼才會讓妳們快樂，最後懷著積極的心態離開這裡。我覺得這有一部分並沒有成功做到，我個人為此感到非常抱歉。這一路上有些決定可能並不十分妥當。」

艾咪盯著他。「我們很好，山姆。我們自己應付得來，不需要你來為我們擔憂。」

山姆也盯著她好幾秒鐘，然後才在身後關上門，留下艾咪一人瀏覽考卷內容。

第一部分：實習評估

單選題

1. 噢，寶寶！

妳的寶寶不睡覺，但是妳累壞了。妳會怎麼辦？

A. 打開電視，蓋住寶寶的哭聲。

B. 離開屋子，尋找一點安詳寧靜。

C. 繼續依照妳設定的生活規律，寶寶睡著時，自己也睡覺。

別開玩笑了。

2.保持冷靜

妳的男朋友跟朋友出門了。他說晚上七點鐘會回來跟妳一起吃妳特別準備的晚餐，但是到了晚上十一點都還沒回家。妳怎麼辦？

A.把他的晚餐丟到垃圾桶，在冰箱上留下一則憤怒的留言。

B.睡一覺想想怎麼反應，隔天早上要他道歉，然後讓這件事而此為止。

C.吃掉他的晚餐，在黑夜裡等他返家，然後大發雷霆。

真想知道潔姬會選什麼。

3.美妝學校士兵

化妝有什麼力量？

A.阻止老公為了更年輕的女人離開妳。

B.強調妳天然的特質，使妳更有自信。

C.掩藏妳真正的臉孔，這樣妳就可以假裝是別人。

哈哈哈。

4. 捉住他的心

要留住男人有八條規則。下列哪一條除外？

A. 放鬆。

B. 在床上多努力。

C. 更常說『我愛你』。

最後一項是傑米最常使艾咪不滿的一點。她總先說「我愛你」，但是他從來不對她說。如果他真有反應，頂多也只是像個機器人說一句「我也是」。有一次她因此調侃他，結果他說，如果妳老是說「我愛你」，這句話就一點意義也沒有了。她當時真想回他，但是你從來都不說，所以偶偶說說總是有意義吧。但是她忍住了。

5. 捉住他的心

根據我們的調查，哪一條是最重要的規則？

A. 不要疏忽外表。

B. 不要嘮叨、不要控制、不要冷落。

C. 在床上多努力。

6. 她不美嗎？

妳認識了一個有潛力成為老公的男人。第一次約會時妳要穿什麼？

A. 袒胸露背的迷你洋裝。

B.寬鬆的T恤、寬鬆的牛仔褲跟球鞋。

C.合身的及膝白色洋裝，領口不要太低。

7.她不美嗎？

用餐完畢時，刀叉應該怎擺？

A.擺在六點三十分的位置

B.擺在盤子外

C.我懶得管

8.她不美嗎？

怎麼吃豆子才正確？

A.用湯匙吃

B.用叉子一粒一粒吃

C.用叉子背面碾碎，或是跟馬鈴薯泥一起吃。

這些考題是有些荒謬。自從來到這裡後，艾咪意外地學到了非常多，不過都跟這張考卷沒關係。她學到她一個人也可以很快樂。而且離開這裡時——無論是今晚或週五——她有好多事情可以期待。一想到自己已經距離決賽這麼近，而且馬上她就自由了，可以坐上那班飛機，她肚子裡就不禁興奮地翻騰。

三十八

「該稱讚的就是要稱讚，芙莉。」潔姬說完把刀叉擺在盤子上，呈現出指針在五點十五分的位置。「妳的觀點可能是很過時，不過妳這道摩洛哥燉肉真的是我這輩子吃過最好吃的燉肉。我真想勸妳少說點話、多做點飯，但是這樣我就會聽起來像西蒙一樣。」

「妳為什麼一定要用最後那句話糟蹋這麼甜美的稱讚？」

「所以妳們覺得我們昨天表現得怎麼樣？」艾咪問，模仿凱西轉移話題。「那個小考。」

「考題簡單到可笑，」芙莉說，「兩歲的小孩都可以答對。」

潔姬晃晃手中那杯氣泡酒。「妳本來就是完美嬌妻了，在這裡怎麼可能還學得到東西？」

「其實我覺得我還是學到了些什麼，但是跟當完美嬌妻無關——因為啊，妳說得當然沒錯，我已經是完美嬌妻了。」芙莉微笑說。「我學到的東西跟我自己有關。妳們聽了一定會很吃驚：我學到的就是，我想念我的診所，我想念我的病人。」

「妳想念妳的工作？」艾咪問。

「沒錯。在幫吉瑪看病時使我開始意識到這一點。然後是艾瑪的信。我想念照顧病人的感覺。所以我現在在考慮回去診所。不用上全天班——也許一週只上幾天。我覺得這樣就可以平衡一下。當然我先要跟西蒙討論一下。討論回去上班的事，也許還要討論幾件其他的事。」她啜飲一口咖啡，瞥向艾咪。

「然後接下來妳就會舉著海報在國會廣場上遊行。」潔姬說。

「嗯，我在這裡學到夠多愚蠢的規則了，像是怎麼捉住男人的心啊，或是喝下午茶該穿什麼衣服。」艾咪說。「但是我學到最重要的一件事，就是我可以當我自己。要是哪一天我又交了一個男朋友，我絕對不會為了討對方喜歡，就開始掩飾自己，甚至是因為怕被甩掉所以假裝不在意。如果我對什麼非常不滿意，我一定會說出來，因為如果對方適合我，他就不會因此被嚇跑。因為他喜歡的是真正的我，喜歡我的優點，也接受我的缺點。」

「一點都沒錯。」潔姬說。「我學到的是我爸也許並不需要每天見到我，也可以過得下去，還有我不需要老是因為他而感到愧疚。你們也聽到他說他跟他教會的朋友過得可開心了。如果我真的認識了哪個男人，如果我哪天真的運氣這麼好……」她停頓下來，看著艾咪。「那他就得有足夠的自信，能夠忍受我花時間跟我爸獨處，而不是覺得被冷落。」

「其實，想回診所工作並不是我在這裡學到的唯一一點。我還學到無論妳為某個人付出多少，無論妳犧牲多少，」芙莉的聲音變成了低語，「妳還是沒辦法強迫對方去做他們不想做的事。妳沒辦法強迫某個人愛妳。」她閉上眼睛試著止住淚水，花了一分鐘才冷靜下來。「妳可以給對方無限的關注，妳可以滿足他們所有的需求，妳可以竭盡所能照顧自己的外表——但是這並不表示對方就不會打破他們對妳做出的承諾。」

「芙莉，妳已經盡全力了，妳最多也只能做到這樣了。」艾咪握住芙莉的手。

「參賽者們，請立刻到客廳。」

亞當一身畢業禮服與畢業帽，站在舞台上一個演講台後方。

「各位觀眾朋友，還有二〇二〇年的參賽者，歡迎歡迎。請坐下來，因為今天晚上有些人將會獲得冠冕，有些人則會丟人現眼。我非常榮幸能夠宣布今年最優秀的學生是——妳們大概已經猜到啦——芙莉絲堤．賓波小姐！芙莉絲堤，請站起來。」

芙莉嘆口氣站起來。

「非常好，賓波小姐——妳得了一個A喔。妳一定知道這是什麼意思吧？這表示妳進入明天的決賽啦！」

五彩繽紛的紙片從上空落到舞台上，現場觀眾全歡呼起來。

「沒錯——妳現在可以安心了，因為妳所有的努力都值得了。現在，各位先生女士，我們就只剩下兩位參賽者了，但是只有一位可以進入決賽。一切就取決於她們小考的成績，我現在就來跟大家宣布：艾咪，妳小考的結果是中等。拜託，每個人都知道吃豆子的時候要不就是要把豆子碾碎，要不就是跟馬鈴薯泥一起吃啊！」

真的嗎？

「好，我們最後一位參賽者是潔姬。」

亞當把他的假眼鏡摘下來，放到演講台上。

「潔姬，妳的答案都是妳自己胡編的。妳不能把刀叉扔到身後。妳也不能像個吸塵器一樣低頭去把豆子吸進嘴裡。妳更不能去抓著男人的睪丸留住他。所以妳的小考成績是零分，妳是班上最後一名。所以呢，各位先生女士，今天晚上的選擇就如此決定了。我跟你們說，這決定太容易啦。」

他走到舞台前，看著鏡頭。「今天晚上要離開我們的，是無情挑戰所有挑戰、大力批評所有任務的參賽者。今天晚上，我們將最後一次跟我們令人生畏、愛找麻煩的潔姬．阿杜說再見！」亞當舉起雙手鼓掌。

對於節目裡這位最具爭議性的參賽者，觀眾給予的掌聲驚人地響亮。鏡頭轉向現場觀眾時，艾咪很興奮看到一群上百位的女性舉著牌子支持潔姬跟她的理念。

挽救潔姬

我們支持潔姬

對話並不結束於此

「好啦，女士們，我是要離開了，」潔姬轉過來面對她倆，雙手放在她昨晚就打包好的旅行箱上，「不過看來我在外面還有工作要做。」潔姬嘆口氣，露出微笑。「艾咪，」潔姬邊打開屋子的門邊轉向艾咪，「這節目在我身上永遠都不會奏效，因為我永遠都不會變。我就喜歡做我自己。這就是我，這就是我想成為的人。」

艾咪想起她們初識的那一刻。艷紅的嘴唇，遠遠就可看到的微笑，還有從更遠處就可聽到的笑聲。

她從來沒想到會在節目上待這麼久。上個月她還是平凡的艾咪，過著自己的生活，在平凡無奇的生命旅途上穩定前進。現在她是知名的艾咪．郝，《分手生存戰》的冠軍候選人。儘管她很自豪自己撐到了最後，而且很興奮馬上就可以離開，看到潔姬離去還是使她突然滿心畏懼。她已經習慣了這屋裡的安穩舒適。明天，她也會離去。無論是作為贏家或輸家，她完全不知道自己會走進什麼樣的風暴。

門砰地一聲關上了。

現在只剩下兩個人了。

三十九

「我真不敢相信我們進入決賽了。」芙莉坐在沙發上對艾咪說，一邊撥弄碗裡的麥片。艾咪也早已緊張地失去胃口了。

「我們還有幾個小時，誰知道還會發生什麼事？」艾咪從客廳的玻璃門往外望。也許她聽起來很鎮定，但其實過去十五分鐘以來，她一直在數在花園裡能看到的每一樣東西，就跟莎拉教她的一樣。

「艾咪、芙莉，請坐到客廳的沙發上，迎接妳們最後一個挑戰。」

電視螢幕亮起來，只見亞當．安德魯走下一個舞台，身後緊緊跟著一位攝影師。這舞台蜿蜒於攝影棚外一個空的停車場上，鬧哄哄的滿是工作人員與攝影器材，還有技術人員忙著在不同的地點設立螢幕與喇叭。亞當一邊閃躲一邊對著手上的麥克風講話。一位工作人員從他身邊跑過去，一陣小型煙火突然從地上冒出來，差一點把亞當絆倒。

「喂，小心點，約翰！」他往麥克風裡喊。「攝影師，小心點，跟緊我！」

「妳也聽到了嗎？」艾咪看著芙莉問。一陣低沉的嗡嗡聲從外面傳來。

芙莉站起來，走向玻璃門，拉開。人群尖叫、大喊、吹口哨的聲響湧進客廳。

亞當走到舞台盡頭，轉過來。

「這樣就在我身後，對不對？」他對著鏡頭說。

鏡頭放遠，顯示出一大群人聚集在停車場的大門外。群眾看到自己上鏡頭時，全歡呼起來，把各種牌子舉到空中。

我們都很郝！

給我芙莉！

「我覺得聲音就是從那來的。」芙莉說，神情有些緊張。

亞當走向鏡頭，畫面中亞當的臉開始放大。

「哇！」他對著鏡頭喊，然後又轉身，跑回舞台上，讓艾咪與芙莉一眼看清群眾的規模。成千上百的人在排隊等著進場，全都舉著**#艾咪加油**或**#芙莉加油**的牌子。

「我的天啊！」艾咪低聲說。

「那是帳篷嗎？難不成有人還露營過夜排隊？」芙莉問。

電視螢幕切換到亞當跑上攝影棚的舞台，然後轉過身來喘氣。

「大家好！」他大喊。「奇怪，是只有我這麼覺得，還是是真的好像有大事要發生了？」他把一隻手指舉到嘴唇邊，假裝思考幾秒鐘，等觀眾安靜下來。「沒錯，我想起來了，是《分手生存戰》的決賽現場直播！」

節目的主題曲從喇叭裡響起來，現場觀眾在座位上手舞足蹈起來，亞當在舞台上揮舞雙手，帶動觀眾。

音樂突然停止後，亞當坐下來，看著鏡頭。

「親愛的觀眾朋友，我們的節目還沒結束喔。今天，在現場投票開始前，我們的參賽者還有最後一次機會爭取觀眾的選票。做法就是，我們的兩位決賽者會在花園裡發表一篇演講，告訴全世界為什麼你們今晚應該投票給她，就跟總統選舉一樣，但是更優秀、更聰明，而且更有趣。好了，兩位參賽者，去前門拿妳們的紙跟筆，開始掏心挖肺吧。我們兩個小時後會回來聽妳們演講，現場還會有幾位特別的 VIP 來賓喔。」

叮咚。

「恭喜妳們，親愛的！」一個熟悉而友善的聲音尖叫。「我真不敢相信妳們兩個進入決賽了！其實是可以相信啦，因為妳們兩個都這麼美麗動人，得到幸福是應該的。」

「凱蒂！」

凱蒂在艾咪與芙莉的兩頰上誇張地送上飛吻。

艾咪也跟著大聲地回吻她一下。「妳怎麼會在這裡？」

「我怎麼會在這裡？妳說呢？我當然不能錯過妳們的大決戰啊。該給妳們塗點腮紅、抹點粉，讓妳們為這輩子最盛大的一晚做好準備囉。妳們沒聽說嗎？他們說今天晚上會達到真實電視台有史以來最高的收視率呢。」

艾咪轉向粉絲留言板。飛速增加的留言快到根本讀不了。

當天下午，兩排保留給 VIP 的座椅跟一個巨大的戶外螢幕粉碎了艾咪的希望：她本來以為她只需要對著芙莉跟地精演講的。花園的四面牆壁遮擋不了外面三千名觀眾偶爾發出的歡呼聲。每一陣歡呼都使艾咪擔憂地全身冒汗，更別說每一次突然爆發的吼叫聲。

凱蒂給艾咪穿上一套黑色的男士晚禮服，搭配一件潔白的襯衫與一雙細跟高跟鞋，鞋尖從時尚的寬大褲腳下露出來。嘴唇塗成鮮紅色，頭髮平整地梳成一個高高的髮髻，看起來就像她離開這裡後等不及要去吃的巧克力甜甜圈。

「這樣很有葛妮・卡戴珊的風格。」凱蒂堅持說。

芙莉則穿著一件天藍色的繞頸洋裝與相襯的高跟涼鞋。

「我覺得我們兩個好像要去結婚了。嘿，妳看，是吉瑪跟杰森耶！」艾咪叫，然後用手敲玻璃門，揮揮手。吉瑪抬頭看到她，立刻眉開眼笑地跟她揮手，然後用手肘去碰杰森，要杰森也揮手。

「艾咪，現在請到治療室。希克醫師在等妳。」

「艾咪，」希克醫師說，一身的斜紋軟呢西裝使他看起來比平常更時髦。「請進，我們只需要五分鐘。」

艾咪最後一次環顧四周，吸收這個房間苦中帶甜的感覺。

「我有個東西要給妳。」希克醫師轉過來，手裡拿著一份證書。

「這是什麼？」艾咪邊接過來邊問。

「這是一份證書，證明妳通過這節目的測驗了。這不表示妳已經是完美嬌妻，但是能夠到達這個階段，表示妳很多事情都做對了。我們想藉此正式認可和慶祝妳在這節目上的參與跟進展。」

「芙莉也會有嗎？」她問。

「當然。」希克醫師微笑說。「我覺得她也找到自己的路了。」

「謝謝你，希克醫師。」艾咪自問他跟芙莉會談時都談了什麼，在男女關係上他又給了芙莉哪些建議。「如果不是你，我真不知道自己有沒有辦法度過當初的難關。我確定——應該說我知道——我們全都有這個感覺。」

「別胡說了。是妳自己找到了自己的路徑。我知道妳會自己找到的。記住，我們全都比我們自己想像的更堅強。妳還在計畫去泰國探險嗎？」

「當然。」艾咪露出微笑，盯著自己的證書。

「誰知道呢，說不定妳在那裡會遇到一個意氣相投的男人。」

「我可不希望。」她抬起頭，「我有太多屬於自己的時間要享受了。」

四十

艾咪站在演講台邊，開心地對著花園裡坐在後排VIP座位的爸媽微笑。在自信的外表下，她可以感覺到一股緊張的炙熱緩慢爬上手臂，在胸前擴散開來。但是看到她媽媽誇張地越過整座花園斜眼瞪去瞪傑米，因為傑米正忙著跟VIP來賓發名片時，艾咪忍不住又想笑出來。

「這個欠揍的混蛋來這裡是想幹嘛？」稍早她媽曾說，那時傑米正走向她。一發現她是艾咪的媽媽時，他立刻躲到一個花園地精後面。

除了她爸媽之外，艾咪還跟來賓裡幾張熟悉的臉孔開心地打招呼，猶如見到了久未碰面的好友。艾咪認識潔姬、吉瑪跟海蒂只不過幾星期，但是感覺起來卻像一輩子。蘿倫此刻在伊維薩島上有表演，而凱西也不能來。她去希臘一間五十單身俱樂部度假了——慶祝她跟杰瑞米兩人終於同意賣掉房子，平分收益。

「艾咪！」潔姬跑過來，等不及想把話一口氣全說完。「妳絕對不會相信有多少人支持我們，有多少人支持妳。我覺得我們發起了一個很重要的運動，一個我們可以引以為豪的現象。很多年輕女性觀眾都開始把單身視為一種積極正面、值得追求的狀態。她們把單身狀態稱為#戰勝生活，哈！這就是我們當初所希望追求的啊！我好興奮，我真的很想利用這個機會做點什麼，也許某種網路社團。妳是寫手，一起加入？」

「當然沒問題。」艾咪說。

三位前參賽者在前排 VIP 座位坐下來後，立刻開始像高中女生一般竊竊私語、又說又笑的。

「妳們三個別再笑了！這樣讓我好緊張！」艾咪壓低聲音對她們喊。

「想像一下她們又給我什麼樣的感覺。」站在她身邊的芙莉咕噥。「她們絕對不是在祈禱我贏。她們說不定在笑我。」

「她們不是在笑妳，我保證。我覺得她們也不知道該希望誰贏。其實我覺得她們是因為剛剛潔姬假裝用傑米的名片擤鼻涕，然後抹在吉瑪的洋裝上，所以才在笑。」

西蒙坐在花園後端的一角，遠離大家。之前艾咪與他目光相交時，他馬上把頭轉開。這使她有些惱怒，因為她實在很想好好瞪他一眼。她看到之前西蒙坐下來時，芙莉怎麼跟他打招呼的：她在他臉頰上冷冷地親一下，然後就是一陣尷尬的沉默。他們的關係能否度過這場考驗，在她看起來突然沒那麼有把握了。如果芙莉之前不久說的話是真心的，那麼但願他們的關係真的不會繼續下去。

「艾咪，妳看他，坐在那裡一副什麼都不用擔憂的樣子。像是在等著我停止胡鬧，回家為他煮飯。」芙莉低聲說。

「芙莉，請站到講台前，告訴我們為什麼妳應該成為完美嬌妻。」

艾咪鬆了一口氣，因為她不需要先開始。

芙莉走上台，把演講稿放在講台上，然後環顧四周。她散發著強大的氣場，但是開口說話時，卻沒有剛到此地時的那份自信。她的聲音裡有一種艾咪以前從沒注意到的謙遜。

「我參加《分手生存戰》這個節目，是想證明我是完美嬌妻。我相信我也達到了這個目標。我認真完成每個挑戰，我幾乎每個任務都表現最好。我證明了我願意、也能夠為一段感情付出我的所有，同時把我自己在意的事情擺到一邊。如果這是《分手生存戰》的目的，那我覺得我贏了才公平。但是就算我沒贏得觀眾的選票，我在內心深深知道，我走進這屋子時是完美嬌妻，離開時也是完美嬌妻。」

「我沒有一次背棄自己的理念。幾星期前我走進這屋子的前門時，我覺得自己像是進了獅子的洞穴。我知道我在這群參賽者之中不會成為最受歡迎的人，但是我還是冒險一試，而且沒有在壓力下屈服。我在這裡是為了證明我是理想的結婚對象，我不會讓任何事或任何人改變我。」

「艾咪是個心地很好的人，才認識她幾星期，我就愛上她了。儘管我們在許多方面看法不同，她仍舊對我展現出理解、體貼與憐憫，其他人卻不其然。但是根據這個節目的標準，她不是完美嬌妻。如果你們把她封為完美嬌妻，就是對我跟世界上上百萬名跟我一樣辛苦持家的家庭主婦傳達出錯誤的訊息。上百萬名因為她們的選擇、而且儘管她們做出犧牲、卻往往被迫覺得自己地位低人一等的女性。」

「如果不讓我獲勝，就太不公平了。」

她停頓下來，然後抬頭凝視西蒙。

「如果你，西蒙，不給我你四年前承諾給我的東西，也一樣不公平。婚姻、家庭，房屋貸款上加上我的名字。一個不只是只有你、我跟你那上等紅酒收藏的家。我幾年前就證明給你看了，我可以成為完美的妻子與母親。我把你服侍得無微不至。我滿足你所有的需求，同時犧牲我自己的需求。我唯一要求的，就是你為我做出的犧牲表現出一點感激。」

「而我現在唯一要求你的，西蒙，就是在大家都在看的此刻，告訴我：你要娶我嗎？你要跟我生小孩嗎？就如同你承諾的。答案只有『好』或『不好』。」

做得好！芙莉！

艾咪看到一個滿臉通紅的西蒙坐在花園後端，冷冰冰地瞪著芙莉。

「芙莉絲堤，我們晚一點再談這件事。」

「好或不好，西蒙。」芙莉一臉鎮靜地說。「你已經有四年的時間去思考這問題，而我再也不會讓你浪費我更多時間了。」

西蒙看到大家都盯著他看，開始緊張起來。

「我的老天啊，不要這麼歇斯底里好不好。這一點都不像妳啊。妳到底在幹嘛？」

芙莉對他露出微笑，然後低頭看演講稿。她把其中一張紙丟到地上，艾咪可以看到紙上的標題。

如果他說好。

「各位來賓，各位觀眾，我幾年前就已經對某個人證明了我是結婚的理想對象。但是現在，**全世界**都可以看到我是結婚的理想對象，然而我想證明給他看的唯一一個人卻看不到。如同我一開始說過的，我走進這屋子時是完美嬌妻，離開時也是完美嬌妻。我知道我有一天可以當一個好妻子、好母親。所以我現在很高興能夠宣布，潛在男友的職位現在開放應徵！體貼、公平、遵守承諾的人都歡迎來應徵。」

聽眾聽了又大笑又拍手。西蒙一臉怒不可遏地看著芙莉在前面一個座位上坐下來，就在潔姬旁邊，而不是坐到後面，在他為她留下的位子上。

「做得好，芙莉！」亞當大喊。「說得太好了！妳可能需要一個私人助理幫妳處理那些應徵函喔！為芙莉熱烈鼓掌一番！西蒙，老兄啊，我們還能說什麼呢？你錯過你的機會啦！」

聽眾又大笑起來，只見西蒙站起來，離開花園，走的時候還回頭瞪了一眼。

艾咪走到講台前，低頭看著地板，心臟砰砰直跳。

她深吸一口氣，看著演講稿的第一行，然後開口。

「這是一封信，是我寫給十六歲的自己的。內容大概如下。」

親愛的艾咪：

我有個壞消息。妳三十二歲的時候不會嫁給李奧納多．狄卡皮歐，住在他洛杉磯的豪宅裡。其實，妳根本就還沒結婚。不過妳不需要慌張。妳會跟一個永遠都不會離開妳的人恩愛忠誠地在一起，一個時時刻刻都為妳著想的人。

也就是妳自己。

妳自己一人就足夠了。如果妳準備好了，或者等妳準備好了，妳就會敞開心胸，讓一個完美合適的人進入妳的心坎。

妳不需要男人，才能完整。

妳已經很完整了。

妳已經很足夠了。

對妳自己仁慈一點。妳生命中幾場最艱困的對話，都是在妳腦中進行的。對他人也仁慈一點，甚至是對妳不仁慈的人。畢竟妳不知道他們曾有過哪些艱難的經歷。謹慎選詞用字，文字可以擁有毀滅的力量，留下終生的傷痕。不要辜負妳自己。

艾咪，我還有更多的壞消息。妳的樂團Take Two永遠也不會在溫布利球場上表演，儘管妳們練得那麼勤勞。但是有一天妳會出名。妳會站在自己的舞台上，對著電視前的十六歲青少女傳達重要的訊息。如前所述，謹慎選詞用字。

在交男朋友這方面，妳會做出幾個很糟糕的選擇。是真的很糟糕的選擇。但是妳要先熬過這幾段經歷，才能到達妳最後需要到達的位置。不過我還是希望能阻止妳去跟史蒂夫喝酒聊天。因為之後妳浪費了整整八個月，假裝愛吃墨西哥菜跟重金屬音樂。

為妳得到的每一個機會心存感激。記得謝謝爸媽的付出，使妳得以走到這段路上。努力仿效他們，但是保持妳自己的獨特。妳的身分只屬於妳自己，要保護好。

最後，別再捏了。我可以看到妳在做什麼：也就是放學後在玄關的鏡子前捏妳屁股上的肉，把臉頰吸進去，想看起來跟凱特摩絲一樣。別老是把自己跟超級名模相比。她們生來就是她們那樣；而妳生來就是妳自己這樣。為妳漂亮的外表感到自在。擔憂心胸的大小，不要擔憂蛋糕的大小。把那片蛋糕吃了吧。

愛妳的自己

「各位先生女士，」艾咪說，挪動手上的演講稿，「芙莉說的沒錯。根據這節目文字上的定義，她是完美嬌妻，我不是。我沒有在每個挑戰遵守所有的規則，也不是班上的第一名。我很高興現在自己單身，而且我很期待花更多時間自己一個人過日子。《分手生存戰》並沒有把我為某個潛在對象準備好——《分手生存戰》把我為我自己準備好了。此時此刻，我無法把我的所有奉獻給別人。此時此刻，我還沒準備好去犧牲會使我快樂的事物。」

「無論獲勝與否，我都發誓要對自己更好一點，要照顧自己，保護我自己的利益。我永遠都不會再次忘記我自己的利益，或是棄之不顧。而這封信就是要提醒我，從今天起，我就是我自己的完美嬌妻。我想對正在看這節目的所有年輕女孩說：妳們有一天也會心碎，沒有人能夠避免。但是就跟我一樣，妳們也足夠堅強，妳們也值得擁有生命中所有妳們想擁有的事物。妳們每一個人都應該當妳們自己的完美嬌妻。」

艾咪跳下舞台，節目開始穿插廣告。她衝向爸媽，在現場來賓的注視下緊緊擁抱他們整整三分鐘。

「親愛的，說得太好啦！」吉瑪從前排喊。

她現在急需跟某人講話。

傑米看到艾咪直接向他走來，立刻張開雙臂。

「小豬！這西裝真帥氣。對男人不感興趣了，是嗎？」他笑起來。「開玩笑的。」

「傑米，你為什麼在這裡？」

「妳的演講我怎麼樣也不能錯過啊。他們用電子郵件寄了張邀請函給我，而且我想說可以利用這機會為公司做宣傳。怎麼了？妳不介意我在這裡吧？我以為我們還是朋友？」

「我不介意你在這裡。其實我很高興看到你在這裡，因為我還有幾件事想跟你說，你在這裡我就不用出去後又要聯絡你。」

「嗯，我很高興妳當初決定留下來，花點時間為自己理清思緒。不過我有一點點失望妳在演講時沒提到我。妳不該謝謝我幫助妳找到幸福嗎？」

「我不是來謝謝你的，我是來原諒你的。」

「原諒我什麼？」

「所有的事情。原諒你過去一年半以來是怎麼對待我的。原諒你總讓我覺得在你家只是個訪客。原諒你總讓我覺得自己胖，儘管其實我的身材根本沒什麼大問題。原諒你總讓我覺得自己太依賴你，但是其實只是因為你的訊息前後不一混淆了我。每個人都會被你那樣的訊息所混淆。原諒你使我看起來跟感覺起來像個腦筋不正常的前女友，對你施加壓力想逼你結婚，儘管事實並非如此。」

「原諒你扮演受害者的角色，儘管真正受傷害的是我。原諒你講得像是我們有未來，然後當我想認真跟你談時你又一口回絕。我決定原諒你，不是因為我軟弱，而是因為我堅強。原諒你之後，我就可以切斷我們之間的牽絆，放開你，繼續前進。跟你、跟我們之間的關係、跟這整段經歷道別。所以我來這裡不是要謝謝你的，傑米。我來這裡是要原諒你的。所以，我現在原諒你。」

傑米目瞪口呆地瞪著她好幾秒鐘。

「我……」他停頓下來，用手去梳頭髮，清清喉嚨。「呃，好，說得好。呃，那我們晚一點應該聊一聊嗎……？」

「不了，傑米。我們就這樣分道揚鑣好嗎？」艾咪微笑。「祝你好運。」

「妳也是，小——艾咪。也祝妳好運，艾咪。」

「艾咪跟芙莉，請回到舞台上。各位來賓，請就座。」

這就是結局了，艾咪心想，深吸一口氣，往舞台走去。她又擁抱爸媽一次，然後走上舞台。

花園裡的燈關掉了，只剩下電視螢幕的亮光。突然間，螢幕上的觀眾全部沸騰起來，只見亞當．安德魯穿著一雙綴著水鑽的牛仔靴走上舞台。他邊向觀眾揮手邊走下走道，偶爾彎腰跟旁邊的觀眾擊掌。節目的主題曲從來沒這麼響亮過，但是艾咪仍可以聽到自己的心臟在胸膛裡砰砰作響，氣息隨著每一次吸氣都更短促。

吸氣，吐氣，馬上就結束了。

「哈囉，大家好！歡迎收看《分手生存戰》總決賽的現場直播，我們馬上就要揭曉你們把誰封為我們的完美嬌妻了！」

觀眾歡呼起來。

「我的天啊，這個月真是一波三折、多彩多姿啊！我們經歷過高峰、低谷、一百八十度急轉彎，還有幾場不小的衝突。我們就來看看幾段精彩回顧吧？」

花園裡的螢幕上開始播放過去一個月來的精彩片段剪輯。

他們看著參賽者們初次見面。慢動作的影片配上悲傷的小提琴曲調，使艾咪的喉嚨裡立刻出現一團腫塊。螢幕上出現潔姬用水管去沖寶寶的畫面，一邊還對著攝影機伸出中指。吉瑪在花園裡對著在健身鍛鍊的海蒂發號施令。海蒂跟艾咪在餐廳裡一起深呼吸。艾咪跟潔姬從咖啡桌上摔下來；蘿倫自願退出節目；凱西抱著寶寶在哭，吉瑪宣布自己懷孕。潔姬魔性的笑聲在下午茶派對上惹得所有人整整狂笑十分鐘。

然後是潔姬的告別，接著芙莉與艾咪突然領悟到她們是最後兩人時那酸楚的一刻。三人在門前的擁抱，淚水從她們的臉頰流下。

影片結束，花園裡一片漆黑。

「各位先生女士，」亞當用緩慢低沉的聲音說。「時間到了。」

「我們的觀眾朋友已經做出決定，選票也計數確認過了。」亞當大喊。

螢幕上開始出現倒數計時的數字，照亮花園中的椅子。

五……

「我已經得到製作單位的確認，可以跟大家宣布我們全都迫切想知道的結果。」

三……

「《分手生存戰》史上第一個完美嬌妻是……」

一……

螢幕上開始煙火四射，照亮天空。

螢幕上的觀眾看起來全在以慢動作移動。一個個牌子被拋向空中，猶如畢業典禮上的學士帽。艾咪低頭看台下的來賓，做好不被衝向台上的人們壓垮的準備。

尾聲

要讓眼前的景象更完美，唯一的方法就是李奧納多・狄卡皮歐坐在我前面，艾咪心想，一邊把腳趾頭埋進炙熱光滑的沙裡。

但是如此一來，他就會擋住水牛城灣晶瑩璀璨海面上的日落。而且她就得剃腳毛。

帕延島的一景一物都使艾咪覺得自己像是放鬆地漂浮在水床上。寂靜的空氣處於完美的溫度，不會太熱，而且永遠不會太冷。從早上醒來的那一刻，這空氣就像柔軟的棉花包裹著她，然後從白天到晚上一路跟隨著愜意度日的她。

她已經發展出一套固定的作息，同時滿足她對安寧與工作的需求。早上她會先漫步在熱鬧的晨間市場，買她的早餐冰沙。裡面有香蕉、蜂蜜、杏仁奶跟大量的花生醬，所以這冰沙其實根本就是奶昔。但是她會撒進一點點羽衣甘藍，好覺得自己就跟在此處認識、已把這小島當成自己家的諸多養生部落客與IG紅人一樣注重健康。這市場偏偏是珍妮跟她推薦的。珍妮現在每星期都寄簡訊給艾咪，想知道艾咪什麼時候要回來，好給她舉辦一場「歡迎返家」的派對，還打算邀請幾位彼得公司裡條件不錯的單身同事。但是艾咪對這個問題還沒有答案。她買的是單程機票，而且無意馬上離開。

在熙熙攘攘的攤販之間蜿蜒前進，喚醒了腦子、感官與靈魂後，她就準備好可以在海邊她最鍾愛的咖啡店進行晨間寫作。她的書桌是浮木做的，椅子是張籐製扶手椅，鋪著柔軟的針織坐墊可以讓她整個人癱進去。喝了兩杯馥列白、研究了兩小時的新議題後，她會關上筆記型電腦，脫掉身上的沙龍布，沿著海灣來回游一圈，在腦中思考推敲她的寫作主題。之後，她會寫下所有在那輕柔的海浪中產生的想法。接近中午時，她就會回到她的別墅，擦乾身體、梳洗整齊，準備好回覆更多的電子郵件。

今天的日程也沒什麼不同。不過她在午餐過後打開信箱時，卻吃驚地見到一封來自一位熟人的郵件。

嗨，小豬：

希望妳很享受泰國的陽光。我真為妳感到高興。當初把妳送到節目上時，我就是想要讓妳快樂。我知道妳已經原諒我了，但是現在妳又有錢又出名了，也別忘了我啊！說不定我還可以抽成喔 :-) 開玩笑的。

我之所以寫信給妳，是因為我在想妳可能會想聽到我的消息。我決定把人頭總部先擱置一段時間，因為看來市場還沒準備好接受我能提供的服務。

總之，妳可能會想知道我現在準備展開一個新的企業，我在想這對妳來說是一個很棒的投資機會。在《分手生存戰》裡上過電視亮相後，我發現男性交友市場上有個缺口。我想創建一種交友服務，把男人訓練成更理想的交往對象，並教導他們約會時如何應對進退。

這是一個正在成長的產業，因為我覺得有越來越多人在網上相識交往，就跟妳我當初一樣。

我目前正處於收集創業基金的階段，需要五萬英鎊建立網頁、購買場地跟展開行銷。如果妳有興趣，我會很高興跟妳聊一聊。我可以把完整的營運計畫書寄給妳，然後也許我們可以星期五在網路電話上談一談？或是妳也可以買張機票給我到泰國，我們就可以面對面聊！哈哈哈。

傑米

艾咪立刻就回覆。

親愛的傑米：

謝謝你的來信。

現在我在泰國過著有生以來最愜意的生活，已經習慣每天把所有的事物都翻譯成英文。幸好我也很精通傑米文，所以我試著把你的來信翻譯如下：

1. 人頭總部完全失敗
2. 每個人都覺得我是個混蛋
3. 我需要錢

聽起來沒錯吧？

謝謝，不過謝了，我沒興趣。

艾咪

三個月前，艾咪贏得了《分手生存戰》的一百萬英鎊獎金。此外還有一系列的治療會談、一次全身改造、一趟度假跟一年免費加入最紅的交友網站《愛情市場》。但是除了獎金以外的小獎她全婉拒了。

經過一個月的媒體露面、訪談、電視曝光與粉絲見面會後，她終於可以靜下來好好思考怎麼利用這筆錢，以及這筆錢為她帶來的自由生活。其實更使艾咪感到興奮的是她的自由，而非她的財產。但是她也知道，如果投資得當，就可以用這筆錢買來更多的自由。

她實現對自己的承諾，買了一張飛去泰國的頭等機票。她還為爸媽跟莎拉也訂了機票，讓他們幾個月後來找她。下星期他們就會來了。

她的第一筆投資是一間位於普特尼區的兩房公寓，多虧莎拉的專業建議，而且她以現金付款。裡面已經有住戶了，所以艾咪可以靠租金的收入過活，把她的獎金存起來。

她第二筆投資是一間備受矚目的新興全女性健身房，位於艾賽克斯，叫做吉瑪健身房。她的投資為這健身房買進全新的健身設備，而且吉瑪承諾會每天寄給她最新實況，就像她今天早上收到的這則郵件。

主旨：深蹲架到了！

郵件附上的照片上可以看到懷孕的吉瑪吊在攀爬架上，兩隻大腿繞在杰森的脖子上。

看到這滑稽的畫面，艾咪不禁會心一笑，然後突然感覺到手機在口袋裡震動，嚇得立刻跳起來。是潔姬傳來的訊息，一雙紅唇咬著一個巧克力甜甜圈的特寫照片。

一切都好嗎，親愛的？剛吃了這個，就想到妳🍩

艾咪馬上回覆：

把所有的甜甜圈都寄給我！🍩🍩

🍩

還是不要好了，不然我在這個網紅國度會被排擠。

🙅‍♀️不要甜甜圈。

噢慘了，現在我滿腦子都是甜甜圈🤦‍♀️

潔姬又寄來一張照片，這次是她微笑的照片，前面的牙齒上全是甜甜圈。

艾咪回了一個笑臉貼圖，然後把手機放到桌上。

再過兩個月，潔姬的訴訟，也是艾咪的最後一筆投資，就會結束了（老天保佑），然後她們的網站就會正式啟用。

Shelfish.org

女性第一

這標題可能還需要琢磨一番。但是她們還有時間。潔姬在準備跟合夥人的會談，艾咪則在準備網站的內容。

吉瑪負責健身專欄。

海蒂負責美食專欄。

蘿倫負責性愛話題。

凱西是五十歲以上的知心大姊。

芙莉負責家庭生活。

她們組成完美的團隊。

她已經好幾年沒有覺得自己這麼完整過了，而且她不需要一個「另一半」才能做到這一點。她的生命很完整，因為她有親友的愛與支持，而且她知道，只要她有意願，她可以獨自做到任何事。她抬頭去看牆上新掛的那幅畫。上面是她最近在社群媒體上漫遊時意外發現的一句話。這句話在她耳中如此清晰宏亮，因此她決定請人把它畫下來，框起來。

擁有一切的祕訣在於知道妳在做什麼。

也許有一天，她會有個人可以一起分享這幅畫。但是只有在她準備好的時候。她現在還沒準備好。這句話也提醒她在飛來曼谷的前一晚，莎拉在「精典小菜」裡跟她共享一瓶普羅賽克氣泡酒時說的話。

「艾咪，我們總是忙著找到理想的伴侶，結果都沒時間使自己成為**自己**的理想伴侶。」

艾咪轉向電腦螢幕，面對著空白的文件檔案，然後開始打字。

〈我如何終於找到真愛〉

高寶書版集團
gobooks.com.tw

TN 279
分手生存戰
The Shelf
作　　者　赫莉・艾肯頓（Helly Acton）
譯　　者　羅慕謙
主　　編　吳珮旻
編　　輯　鄭淇丰
封面設計　張閔涵
內頁排版　賴姵均
企　　劃　鍾惠鈞

發 行 人　朱凱蕾
出　　版　英屬維京群島商高寶國際有限公司台灣分公司
　　　　　Global Group Holdings, Ltd.
地　　址　台北市內湖區洲子街88號3樓
網　　址　gobooks.com.tw
電　　話　(02) 27992788
電　　郵　readers@gobooks.com.tw（讀者服務部）
　　　　　pr@gobooks.com.tw（公關諮詢部）
傳　　真　出版部　(02) 27990909　行銷部 (02) 27993088
郵政劃撥　19394552
戶　　名　英屬維京群島商高寶國際有限公司台灣分公司
發　　行　希代多媒體書版股份有限公司/Printed in Taiwan
初　　版　2021年01月

Copyright © 2020 by Helly Acton
Published by arrangement with Madeleine Milburn Literary, TV & Film Agency, through The Grayhawk Agency.

國家圖書館出版品預行編目(CIP)資料

分手生存戰 / 赫莉・艾肯頓(Helly Acton)著；
羅慕謙譯. -- 初版. -- 臺北市：英屬維京群島商
高寶國際有限公司臺灣分公司,2021.01
　面；　公分. -- (文學新象；TN 279)

譯自：The shelf.

ISBN 978-986-361-967-3(平裝)

873.57　　　　　109019614

凡本著作任何圖片、文字及其他內容，
未經本公司同意授權者，
均不得擅自重製、仿製或以其他方法加以侵害，
如一經查獲，必定追究到底，絕不寬貸。
版權所有　翻印必究